La Chatte

Dialogues de bêtes

La Paix chez les bêtes

La Chatte

Dialogues de bêtes

La Paix chez les bêtes

Colette

La Chatte
Dialogues de bêtes
La Paix chez les bêtes

LITOS

Motifs n° 368

Éditions du Rocher-Litos
28, rue Comte Félix Gastaldi – BP 521 – 98015 Monaco

www.editionslitos.fr

ISBN : 978-2-38506-131-9

La Chatte

Vers dix heures, les joueurs du poker familial donnaient des signes de lassitude. Camille luttait contre la fatigue comme on lutte à dix-neuf ans, c'est-à-dire que par sursauts elle redevenait fraîche et claire ; puis elle bâillait derrière ses mains jointes et reparaissait pâle, le menton blanc, les joues un peu noires sous leur poudre teintée d'ocre, et deux petites larmes dans le coin des yeux.

— Camille, tu devrais aller te coucher !

— À dix heures, maman, à dix heures ! Qui est-ce qui se couche à dix heures ?

Elle en appelait du regard à son fiancé, vaincu au fond d'un fauteuil.

— Laissez-les, dit une autre voix de mère. Ils ont encore sept jours à s'attendre. Ils sont un peu bêtes en ce moment-ci, ça se conçoit.

— Justement. Une heure de plus ou de moins… Camille, tu devrais venir te coucher. Et nous aussi.

— Sept jours ! s'écria Camille. Mais nous sommes lundi ! Moi qui n'y pensais plus... Alain, viens, Alain !...

Elle jeta sa cigarette dans le jardin, en alluma une neuve, tria et battit les cartes du poker abandonné et les disposa cabalistiquement.

— Savoir si on l'aura, la voiture, le mignon roadster des enfants, avant la cérémonie !... Regarde, Alain. Je ne le lui fais pas dire ! Il sort avec le voyage, et avec la nouvelle importante...

— Qui ?

— Le roadster, voyons !

Alain tourna la tête, sans soulever la nuque, vers la porte-fenêtre béante d'où venait une douce odeur d'épinards et de foin frais, car on avait tondu les gazons dans la journée. Le chèvrefeuille, qui drapait un grand arbre mort, apportait aussi le miel de ses premières fleurs. Un tintement cristallin annonça que les sirops de dix heures et l'eau fraîche entraient, sur les bras tremblants du vieil Émile, et Camille se leva pour emplir les verres.

Elle servit son fiancé le dernier, lui offrit le gobelet embué avec un sourire d'entente. Elle le regarda boire et se troubla brusquement à cause de la bouche qui pressait les bords du verre. Mais il se sentait si fatigué qu'il refusa de participer à ce trouble, et il ne fit que serrer un peu les doigts blancs, les ongles rouges qui lui reprenaient le gobelet vide.

— Tu viens déjeuner demain ? lui demanda-t-elle à mi-voix.

— Demande-le aux cartes.

Camille recula, esquissa une mimique de clown :

— Pas charrier les Vingt-quatre-heures ! Charrier couteaux en croix, charrier sous percés, charrier ciné parlant, Dieu le Père…

— Camille !

— Pardon, maman… Mais pas blaguer Vingt-quatre-heures ! Lui bon petit type, noir gentil messager rapide, valet de pique toujours pressé…

— Pressé de quoi ?

— Mais de parler, voyons ! Songe, il porte les nouvelles des vingt-quatre heures qui suivent et même des deux jours. Si tu l'accompagnes de deux cartes de plus à sa droite et à sa gauche, il prédit sur la semaine qui vient…

Elle parlait vite, en grattant d'un ongle aigu, aux coins de sa bouche, deux petites bavures de fard rouge. Alain l'écoutait sans ennui et sans indulgence. Il la connaissait depuis plusieurs années, et la cotait à son prix de jeune fille d'aujourd'hui. Il savait comme elle menait une voiture, un peu trop vite, un peu trop bien, l'œil à tout et dans sa bouche fleurie une grosse injure toute prête à l'adresse des taxis. Il savait qu'elle mentait sans rougir à la manière des enfants et des adolescents ; qu'elle était capable de tromper ses parents afin de rejoindre Alain, après le dîner, dans les « boîtes » où ils dansaient ensemble; mais ils n'y buvaient que des jus d'oranges parce qu'Alain n'aimait pas l'alcool.

Avant leurs fiançailles officielles, elle lui avait livré, au soleil et dans l'ombre, ses lèvres prudemment essuyées, ses seins, impersonnels et toujours prisonniers d'une double poche de tulle dentelle, et de très belles jambes dans des bas sans défaut qu'elle achetait en cachette, des bas « comme Mistinguett, tu sais? Attention à mes bas, Alain! » Ses bas, ses jambes, voilà ce qu'elle avait de mieux...

« Elle est jolie, raisonnait Alain, parce qu'aucun de ses traits n'est laid, qu'elle est régulièrement brune, et que le brillant de ses yeux s'accorde avec des cheveux propres, lavés souvent, gommés, et couleur de piano neuf... » Il n'ignorait pas non plus qu'elle pouvait être brusque, et inégale comme une rivière de montagne.

Elle parlait encore du roadster:

— Non, papa, non! Pas question que je laisse le volant à Alain pendant notre traversée de la Suisse! Il est trop distrait, – et puis au fond, il n'aime pas vraiment conduire, – je le connais, moi!

« Elle me connaît, répéta Alain en lui-même. Peut-être qu'elle le croit. Moi aussi je lui ai dit vingt fois: "Je te connais, ma fille!" Saha aussi la connaît. Où est-elle, cette Saha? »

Il chercha des yeux la chatte et s'arracha de son fauteuil, épaule après épaule, et les reins ensuite, et enfin le séant, et descendit mollement les cinq marches du perron.

Le jardin, vaste, entouré de jardins, exhalait dans la nuit la grasse odeur des terres à fleurs, nourries, provoquées sans cesse à la fertilité. Depuis la naissance d'Alain, la maison avait peu changé. « Une maison de fils unique », estimait Camille, qui ne cachait pas son dédain pour le toit en gâteau, pour les fenêtres du haut engagées dans l'ardoise, et pour certaines pâtisseries modestes, aux flancs des portes-fenêtres du rez-de-chaussée.

Le jardin, comme Camille, semblait mépriser la maison. De très grands arbres, d'où pleuvait la noire brindille calcinée qui choit de l'orme en son vieil âge, la défendaient du voisin et du passant. Un peu plus loin sur un terrain à vendre, dans les cours d'un lycée, on eût pu retrouver, égarés par paires, les mêmes vieux ormes, reliquats d'une quadruple et princière avenue, vestiges d'un parc que le nouveau Neuilly ravageait.

— Où es-tu, Alain ?

Camille l'appelait en haut du perron, mais par caprice il s'abstint de répondre et gagna des ténèbres plus sûres, en tâtant du pied le bord de la pelouse tondue. Au haut du ciel siégeait une lune voilée, agrandie par la brume des premières journées tièdes.

Un seul arbre, un peuplier à jeunes feuilles vernissées, recueillait la clarté lunaire et dégouttait d'autant de lueurs qu'une cascade. Un reflet d'argent s'élança d'un massif, coula comme un poisson contre les jambes d'Alain.

— Ah ! te voilà, Saha ! Je te cherche. Pourquoi n'es-tu pas venue à table ce soir ?

— Me-rrouin, répondit la chatte, me-rrouin…

— Comment, me-rrouin ? Et pourquoi me-rrouin ? Est-ce une manière de parler ?

— Me-rrouin, insista la chatte, me-rrouin…

Il caressa tendrement à tâtons la longue échine plus douce qu'un pelage de lièvre, rencontra sous sa main les petites narines fraîches, dilatées par le ronronnement actif. « C'est ma chatte… Ma chatte à moi. »

— Me-rrouin, disait tout bas la chatte. R… rrouin…

Un nouvel appel de Camille vint de la maison, et Saha disparut sous une haie de fusains taillés, noir-vert comme la nuit.

— Alain !… On s'en va !…

Il courut vers le perron, accueilli par le sourire de Camille.

— Je vois tes cheveux courir, criait-elle. C'est fou d'être blond à ce point-là !

Il courut plus vite, franchit d'un saut les cinq marches et trouva Camille seule dans le salon.

— Les autres ? demanda-t-il à mi-voix.

— Vestiaire, dit-elle sur le même ton. Vestiaire et visite des « travaux ». Désolation générale. « Ça n'avance pas ! Ça ne sera jamais fini. » Ce qu'on s'en fout, nous deux ! Si on était malins, on le garderait pour nous, le studio de Patrick. Patrick s'en refera un autre. Je m'en occupe, si tu veux ?

— Mais Patrick ne laissera le Quart-de-Brie que pour t'être agréable…

— Naturellement ! On en profitera !

Elle rayonnait d'une immoralité exclusivement féminine, à laquelle Alain ne s'habituait pas. Mais il ne la reprit que sur sa manière de dire « on » à la place de « nous » et elle crut à un reproche tendre.

— Ça me viendra assez vite, l'habitude de dire « nous »…

Pour qu'il eût envie de l'embrasser, elle éteignit comme par jeu le plafonnier. L'unique lampe, allumée sur une table, projeta derrière la jeune fille une ombre nette et longue.

Camille, les bras levés et noués en anses derrière sa nuque, l'appelait du regard. Mais il n'avait d'yeux que pour l'ombre. « Qu'elle est belle sur le mur ! Juste assez étirée, juste comme je l'aimerais… »

Il s'assit pour les comparer l'une à l'autre. Flattée, Camille se cambra, tendit ses seins, et fit la bayadère, mais l'ombre savait ce jeu-là mieux qu'elle. Dénouant ses mains, la jeune fille marcha, précédée de l'ombre exemplaire. Arrivée à la porte-fenêtre béante, l'ombre bondit de côté et s'enfuit dans le jardin, sur le cailloutis rosé d'une allée, étreignant au passage, de ses deux longs bras, le peuplier couvert de gouttes de lune… « C'est dommage… », soupira Alain. Il se reprocha mollement ensuite son inclination à aimer, en Camille, une forme perfectionnée ou immobile de Camille, cette ombre, par exemple, un portrait, ou le vif souvenir qu'elle lui laissait de certaines heures, de certaines robes…

— Qu'est-ce que tu as, ce soir ? Viens m'aider à mettre ma cape, au moins…

Il fut choqué de ce que sous-entendait cet « au moins » et aussi parce que Camille, en franchissant devant lui la porte qui menait au vestiaire et à l'office, avait haussé imperceptiblement les épaules. « Elle n'a pas besoin de hausser les épaules. La nature et l'habitude s'en chargent. Quand elle ne fait pas attention, son encolure la rend courtaude. Légèrement, légèrement courtaude. »

Dans le vestiaire, ils retrouvèrent la mère d'Alain, les parents de Camille, qui battaient la semelle, comme par le froid, sur le tapis de corde et y laissaient des empreintes couleur de neige sale. La chatte, assise sur le rebord extérieur de la fenêtre, les regardait d'une manière inhospitalière, mais sans animosité. Alain imita sa patience et endura les manifestations du pessimisme rituel.

— Plus ça change…

— Ça n'a pour ainsi dire pas avancé depuis huit jours…

— Si vous voulez mon sentiment, ma chère amie, ce n'est pas quinze jours, c'est un mois, – qu'est-ce que je dis, un mois ? – deux mois, pour que leur nid…

Au mot de « nid », Camille se jeta dans la paisible mêlée, si aigrement qu'Alain et Saha fermèrent les yeux.

— Mais puisque nous en avons pris notre parti ! Et même que ça nous amuse de loger chez Patrick ! Et que ça arrange très bien Patrick qui n'a pas le rond, – pas d'argent, pardon, maman… Nos valises, et hop ! en plein ciel, au neuvième ! N'est-ce pas, Alain ?

Il rouvrit les yeux, sourit dans le vague, et lui posa sur les épaules sa cape claire. Dans le miroir, en face d'eux, il reçut le regard de Camille, noir de reproche, qui ne l'attendrit pas. « Je ne l'ai pas embrassée sur la bouche pendant que nous étions seuls. Eh bien ! non, je ne l'ai pas embrassée sur la bouche, là ! Elle n'a pas eu son compte de baisers-sur-la-bouche aujourd'hui ! Elle a eu celui de midi moins le quart dans une allée du Bois, celui de deux heures après le café, celui de six heures et demie dans le jardin ; alors il lui manque celui de ce soir. Eh bien ! elle n'a qu'à le marquer sur le compte, si elle n'est pas contente… Qu'est-ce que j'ai ? Je suis fou de sommeil. Cette vie est idiote ; nous nous voyons mal et beaucoup trop. Lundi j'irai tout bonnement au magasin, et… »

L'acidité chimique des pièces de soie neuve lui monta imaginairement aux narines. Mais le sourire impénétrable de M. Veuillet lui apparut comme en songe, et comme en songe, il entendit des paroles qu'il n'avait pas encore appris, à vingt-quatre ans, à ne pas redouter : « Non, non, jeune ami, une nouvelle machine comptable, qui coûte dix-sept mille francs, amortira-t-elle son prix de revient dans l'année ? Tout est là. Permettez au plus ancien collaborateur de votre pauvre père… » Et retrouvant dans le miroir l'image vindicative, les beaux yeux noirs qui l'épiaient, il enveloppa Camille de ses deux bras.

— Eh bien, Alain ?

— Oh ! ma chère, laissez-le ! Ces pauvres enfants…

Camille rougit et se dégagea, puis elle tendit sa joue à Alain avec une grâce si garçonnière et si fraternelle qu'il faillit se réfugier sur son épaule : « Me coucher, dormir… Oh ! bon Dieu, me coucher, dormir… »

Du jardin vint la voix de la chatte :

— Me-rrouin… Rrr-mouin.

— Écoute la chatte ! Elle doit être en chasse, dit sereinement Camille. Saha ! Saha !

La chatte se tut.

— En chasse ? protesta Alain. Comment veux-tu ? D'abord nous sommes en mai. Et puis elle dit : « Me-rrouin ! »

— Alors ?

— Elle ne dirait pas « me-rrouin » si elle était en chasse ! Ce qu'elle dit là – et c'est même assez curieux – c'est l'avertissement, et presque le cri pour rassembler les petits.

— Seigneur ! s'écria Camille en levant les bras. Si Alain se met à interpréter la chatte, nous n'avons pas fini !

Elle descendit en sautant les marches, et, sous la tremblante main du vieil Émile, deux grosses planètes mauves, à l'ancienne mode, s'allumèrent dans le jardin.

Alain marchait avec Camille en avant. À la grille, il l'embrassa sous l'oreille, respira, sous un parfum qui la vieillissait, une bonne odeur de pain et de pelage sombre, et serra sous la cape les coudes nus de la jeune fille. Quand elle s'assit au volant, devant ses parents, il se sentit éveillé et gai.

— Saha ! Saha !

La chatte jaillit de l'ombre, presque sous ses pieds, courut quand il courut, le précéda à longues foulées. Il la devinait sans la voir, elle fit irruption avant lui dans le hall et revint l'attendre en haut du perron. Le jabot gonflé, les oreilles basses, elle le regardait accourir en le provoquant de ses yeux jaunes, profondément enchâssés, soupçonneux, fiers, maîtres d'eux-mêmes.

— Saha ! Saha !

Proféré d'une certaine manière, à mi-voix avec l'*h* fortement aspiré, son nom la rendait folle. Elle battit de la queue, bondit au milieu de la table de poker et, de ses deux mains de chatte, grandes ouvertes, éparpilla les cartes du jeu.

— Cette chatte, cette chatte..., dit la voix maternelle. Elle n'a aucune notion de l'hospitalité. Regarde comme elle se réjouit du départ de nos amis !

Alain jeta un éclat de rire enfantin, le rire qu'il gardait pour la maison et l'étroite intimité, qui ne franchissait pas la charmille d'ormes ni la grille noire. Puis il bâilla frénétiquement.

— Mon Dieu, comme tu as l'air fatigué ! Est-il possible d'avoir l'air si fatigué quand on est heureux ? Il reste de l'orangeade. Non ? Alors nous pouvons monter... Laisse, Émile éteindra.

« Maman me parle comme si je relevais de maladie, ou comme si je recommençais une paratyphoïde... »

— Saha ! Saha ! Quel démon ! Alain, tu ne pourrais pas obtenir de cette chatte...

Par un chemin vertical connu d'elle, marqué sur la brocatelle élimée, la chatte venait d'atteindre presque le plafond. Un instant elle imita le lézard gris, plaquée contre la muraille et les pattes écartées, puis elle feignit le vertige et risqua un petit appel maniéré. Docilement, Alain vint se placer au-dessous d'elle, offrit ses épaules, et Saha descendit collée au mur comme une goutte de pluie le long d'une vitre. Elle prit pied sur l'épaule d'Alain, et ils gagnèrent ensemble leur chambre à coucher.

Une longue grappe pendante de cytise, noire devant la fenêtre ouverte, devint une longue grappe jaune clair quand Alain alluma le plafonnier et la lampe de chevet. Il versa la chatte sur le lit en penchant l'épaule, et erra, de sa chambre à la salle de bains, inutilement, en homme que la fatigue empêche de se coucher.

Il se pencha sur le jardin, chercha d'un regard hostile l'amas blanc des « travaux » inachevés, ouvrit et ferma des tiroirs, des boîtes où dormaient ses véritables secrets : un dollar d'or, une bague chevalière, une breloque d'agate pendue à la chaîne de montre de son père ; quelques graines rouges et noires provenant d'un balisier exotique ; un chapelet de communiant en nacre ; un mince bracelet rompu, souvenir d'une jeune maîtresse orageuse qui avait passé vite et à grand bruit… Le reste de ses biens terrestres n'étaient que livres brochés et reliés, lettres, photographies…

Il maniait rêveusement ces petites épaves, brillantes et sans valeur comme la pierraille colorée qu'on trouve dans les nids des oiseaux pillards. « Il faut jeter tout cela… ou le laisser ici ? Je n'y tiens pas… Est-ce que j'y tiens ?… » Sa condition d'enfant unique l'attachait à tout ce qu'il n'avait jamais partagé, ni disputé…

Il vit son visage dans le miroir et s'irrita contre lui-même. « Mais couche-toi donc ! Tu es délabré, c'est honteux ! » dit-il au beau jeune homme blond. « On ne me trouve beau que parce que je suis blond. Brun, je serais affreux. » Il critiqua une fois de plus son nez un peu chevalin, sa joue longue. Mais une fois de plus il sourit pour se montrer ses dents, flatta de la main le pli naturel de ses cheveux blonds trop épais, et fut content de la nuance de ses yeux, d'un gris verdissant entre des cils foncés. Deux plis creusèrent les joues, de part et d'autre du sourire, l'œil recula, cerné de mauve. Une barbe rude et pâle, rasée le matin, grossissait déjà la lèvre. « Quelle gueule ! je me fais pitié. Non, je me dégoûte. Ça, une figure de nuit de noces ?… » Au fond du miroir, Saha le dévisageait, de loin, gravement.

— Je viens, je viens !

Il se jeta sur le champ frais des draps, en ménageant la chatte. Il lui dédia rapidement quelques litanies rituelles qui convenaient aux grâces caractéristiques et aux vertus d'une chatte dite des Chartreux, pure de race, petite et parfaite.

— Mon petit ours à grosses joues… Fine-fine-fine chatte… Mon pigeon bleu… Démon couleur de perle…

Dès qu'il supprima la lumière, la chatte se mit à fouler délicatement la poitrine de son ami, perçant d'une seule griffe, à chaque foulée, la soie du pyjama et atteignant la peau juste assez pour qu'Alain endurât un plaisir anxieux.

— Encore sept jours, Saha…, soupira-t-il.

Dans sept jours, sept nuits, une vie nouvelle, dans un gîte nouveau, avec une jeune femme amoureuse et indomptée. Il caressa le pelage de la chatte, chaud et frais, fleurant le buis taillé, le thuya, le gazon bien nourri. Elle ronronnait à pleine gorge, et dans l'ombre elle lui donna un baiser de chat, posant son nez humide, un instant, sous le nez d'Alain, entre les narines et la lèvre. Baiser immatériel, rapide, et qu'elle n'accordait que rarement…

— Ah! Saha, nos nuits…

Les phares d'une voiture, dans la plus proche avenue, percèrent les feuillages de deux blancs rais tournants. Sur le mur de la chambre passèrent les ombres agrandies du cytise, d'un tulipier isolé au milieu d'une pelouse. Au-dessus de son visage Alain vit briller et s'éteindre le visage de Saha, couchée et l'œil dur.

— Ne me fais pas peur! pria-t-il.

Car à la faveur du sommeil, il redevenait faible, chimérique, attardé dans les rets d'une interminable et douce adolescence…

Il ferma les yeux, tandis que Saha, vigilante, suivait la ronde des signes qui s'ébattent, la lampe éteinte, autour des hommes endormis.

Il rêvait profusément, et descendait dans ses songes par étages. Au réveil, il ne racontait pas ses aventures nocturnes, jaloux d'un domaine qu'avaient agrandi une enfance délicate et mal dirigée, des séjours au lit pendant sa croissance brusque de long garçonnet filiforme.

Il aimait ses songes, qu'il cultivait, et n'eût pour rien au monde trahi les relais qui l'attendaient. À la première halte, alors qu'il entendait encore les klaxons sur l'avenue, il rencontra des visages tournoyants et extensibles, familiers, difformes, qu'il traversa comme il eût traversé, en saluant çà et là, une foule bénigne. Tournoyants, convexes, ils s'approchaient d'Alain en grossissant. Clairs sur un champ sombre, ils devenaient plus clairs encore, comme s'ils eussent reçu du dormeur lui-même la lumière. Pourvus d'un gros œil, ils évoluaient selon une giration aisée. Mais une volte sous-marine les rejetait au loin, dès qu'ils avaient touché une cloison invisible. Dans l'humide regard d'un monstre rond, dans la prunelle d'une lune dodue ou dans celle de l'archange égaré, chevelu de rayons, Alain reconnaissait la même expression, la même intention, qu'aucun d'eux n'avait encore traduite, et que l'Alain du rêve enregistrait avec sécurité : « Ils me la diront demain. »

Parfois ils périssaient en éclatant, s'éparpillaient en déchets faiblement lumineux. D'autres fois ils n'existaient qu'en tant que main, bras, front, globe optique plein de pensées, poussière astrale de nez, de mentons, et toujours cet œil bombé, qui, juste au moment de s'expliquer, tournait et ne montrait plus que son autre face noire…

Alain endormi poursuivit, sous la garde de Saha, son naufrage quotidien, dépassa l'univers des figures convexes et des yeux, descendit au travers d'une zone de noir qui n'admettait qu'un noir puissant, varié indiciblement et comme composé de couleurs immergées, aux confins de laquelle il prit pied dans le rêve mûr, complet et bien formé.

Il heurta une limite qui rendit un grand bruit, pareil au son fourmillant et prolongé de la cymbale. Et il déboucha dans la ville du songe, parmi les passants, les habitants debout sur leurs seuils, les gardiens de square couronnés d'or, et les figurants postés sur le passage d'Alain tout nu, armé d'une badine, extrêmement lucide et avisé : « Si je marche un peu vite, après avoir noué ma cravate d'une certaine manière, et surtout en sifflotant, il y a de grandes chances pour que personne ne s'aperçoive que je suis tout nu. » Il noua donc sa cravate en forme de cœur, et sifflota. « Ce n'est pas siffloter, ce que je fais là, c'est ronronner. Siffloter, c'est ainsi… » Mais il ronronnait encore. « Je ne suis pas au bout de mon rouleau. Il s'agit, en somme et simplement, de franchir cette place inondée de soleil, de contourner le kiosque où joue la musique militaire. C'est enfantin. Je m'élance, en faisant des sauts périlleux pour détourner l'attention, et je débarque dans la zone d'ombre... »

Mais il se sentit paralysé par le regard chaud et dangereux d'un figurant brun, au profil grec, perforé d'un grand œil de carpe... « La zone d'ombre... la zone de l'ombre... » Deux longs bras d'ombre, gracieux et tout clapotants de feuilles de peuplier, accoururent au mot « ombre » et emportèrent Alain pour qu'il reposât, pendant l'heure la plus ambiguë de la brève nuit, dans ce tombeau provisoire où le vivant exilé soupire, se mouille de pleurs, lutte et succombe, et renaît sans mémoire avec le jour.

Le soleil haut bordait la fenêtre quand Alain s'éveilla. La grappe jeune du cytise pendait, translucide, au-dessus de la tête de Saha, une Saha diurne, innocente et bleue, occupée à sa toilette.

— Saha !

— Me-rraing ! répondit la chatte avec éclat.

— Est-ce que c'est ma faute, si tu as faim ? Tu n'avais qu'à aller demander ton lait en bas, si tu es pressée.

Elle s'adoucit à la voix de son ami, répéta la même parole plus bas, montrant sa gueule sanguine, plantée de canines blanches. Sous le regard plein de loyal et exclusif amour, Alain s'alarma : « Mon Dieu, cette chatte… que faire de cette chatte… J'avais oublié que je me marie… Et la nécessité d'habiter chez Patrick… »

Il se tourna vers le portrait, serti d'acier chromé, où Camille brillait comme baignée d'huile, une grande flaque-miroir sur ses cheveux, la bouche en émail vitrifié d'un noir d'encre, les yeux vastes entre deux palissades de cils.

— Beau travail de professionnel, grommela Alain.

Il ne se souvenait plus qu'il avait choisi lui-même, pour sa chambre, cette photographie qui ne ressemblait ni à Camille, ni à personne. « Cet œil… J'ai vu cet œil… »

Il prit un crayon et rétrécit légèrement l'œil, atténua l'excès de blanc et ne réussit qu'à gâter l'épreuve.

— Mouek mouek mouek… Ma-a-a-a…, Ma-aa-a…, dit Saha, en s'adressant à un petit bombyx prisonnier entre la vitre et le rideau de tulle.

Son menton léonin tremblait, et elle bégayait de convoitise, Alain cueillit le papillon entre deux doigts pour l'offrir à la chatte.

— Hors-d'œuvre, Saha !

Un râteau, dans le jardin, peignait nonchalamment le gravier. Alain vit en lui-même la main qui guidait le râteau, une main de femme vieillissante, main machinale, obstinée et douce, sous un gros gant blanc de gendarme…

— Bonjour, maman ! cria-t-il.

Une voix de loin lui donna une réponse, voix dont il n'écoutait pas les paroles, murmure affectueux, insignifiant et nécessaire… Il descendit en courant, la chatte aux talons. Au grand jour, elle savait se changer en une sorte de chien turbulent, dégringoler bruyamment l'escalier, gagner le jardin par sauts rudes et dépouillés de magie. Elle s'assit sur la petite table du déjeuner, parmi les médailles de soleil, à côté du couvert d'Alain. Le râteau, qui s'était tu, reprit lentement sa tâche.

Alain versa le lait de Saha, y délaya une pincée de sel et une pincée de sucre, puis se servit avec gravité. Quand il déjeunait seul, il n'avait pas à rougir de certains gestes élaborés par le vœu inconscient de l'âge maniaque, entre la quatrième et la septième année. Il pouvait librement aveugler de beurre tous les « yeux » du pain, et froncer le sourcil lorsque le niveau du café au lait, dans sa tasse, dépassait une cote de crue marquée par certaine arabesque d'or. À la première tartine épaisse devait succéder une seconde tartine mince, tandis que la deuxième tasse réclamait un morceau de sucre supplémentaire… Enfin un tout petit Alain, dissimulé au fond d'un grand garçon blond et beau, attendait impatient que la fin du déjeuner lui permît de lécher en tous sens la cuiller du pot à miel, une vieille cuiller d'ivoire noircie et cartilagineuse.

« Camille, en ce moment, déjeune debout, en marchant. Elle mord à même une lame de jambon maigre, serrée entre deux biscottes, et dans une pomme d'Amérique. Et elle pose et oublie, de meuble en meuble, une tasse de thé sans sucre… »

Il leva les yeux sur son domaine d'enfant privilégié, qu'il chérissait et croyait connaître. Au-dessus de sa tête les vieux ormes, sévèrement taillés en charmilles, ne frémissaient que du bout de leurs jeunes feuilles. Un édredon de silènes roses, à margelle de myosotis, trônait sur une pelouse. L'arbre mort laissait pendre, de son coude décharné, une écharpe de polygonum émue à chaque souffle, mêlée de clématites violettes à quatre pétales. Un des appareils d'arrosage, debout sur son pied unique, rouait sur le gazon, ouvrant sa queue de paon blanc barrée d'un instable arc-en-ciel.

« Un si beau jardin… Un si beau jardin… », dit Alain tout bas. Il mesura, offensé, l'amas silencieux de gravats, de poutrelles et de plâtre en sacs qui déshonorait l'ouest de la maison. « Ah ! c'est dimanche, ils ne travaillent pas. Pour moi c'était dimanche toute la semaine… » Quoique jeune et capricieux, et choyé, il vivait selon le rythme commercial des six jours et *sentait* le dimanche.

Un pigeon blanc furtif bougea derrière les weigélias et les deutzias à grappes rosées. « Ce n'est pas un pigeon, c'est la main gantée de maman. » Le gros gant blanc, à ras de terre, relevait une tige, pinçait des brins d'herbe folle crus en une nuit. Deux verdiers, sur le gravier, vinrent cueillir les miettes du déjeuner, et Saha les suivit de l'œil sans s'échauffer. Mais une mésange, suspendue la tête en bas dans un orme, au-dessus de la table, appela la chatte par défi. Assise, les pattes jointes, son jabot de belle femme tendu et la tête en arrière, Saha tâchait de se vaincre, mais ses joues enflaient de fureur et ses petites narines se mouillaient.

— Aussi belle qu'un démon! Plus belle qu'un démon, lui dit Alain.

Il voulut caresser le crâne large, habité d'une pensée féroce, et la chatte le mordit brusquement pour dépenser son courroux. Il regarda sur sa paume deux petites perles de sang, avec l'émoi coléreux d'un homme que sa femelle a mordu en plein plaisir.

— Mauvaise… Mauvaise… Regarde ce que tu m'as fait…

Elle baissa le front, flaira le sang, et interrogea craintivement le visage de son ami. Elle savait comment l'égayer et l'attendrir, et cueillit sur le napperon une biscotte qu'elle tint à la manière des écureuils.

La brise de mai passait sur eux, courbait un rosier jaune qui sentait l'ajonc en fleur. Entre la chatte, le rosier, les mésanges par couples et les derniers hannetons, Alain goûta les moments qui échappent à la durée humaine, l'angoisse et l'illusion de s'égarer dans son enfance. Les ormes grandirent démesurément, l'allée élargie se perdit sous les arceaux d'une treille défunte, et comme le dormeur hanté qui choit d'une tour, Alain reprit conscience de sa vingt-quatrième année.

« J'aurais dû dormir une heure de plus. Il n'est que neuf heures et demie. C'est dimanche. Hier aussi pour moi c'était dimanche. Trop de dimanches… Mais demain… »

Il sourit à Saha d'un air complice. « Demain, Saha, c'est l'essayage fini de la robe blanche. Sans moi. C'est une surprise… Camille est assez brune pour que le blanc l'embellisse… Pendant ce temps-là, je verrai la voiture. Ça fait un peu kiki, un peu radin, comme dit Camille, un roadster… Voilà ce qu'on gagne à être "des mariés si jeunes"… »

D'un bond vertical, montant dans l'air comme un poisson vers la surface de l'eau, la chatte atteignit une piéride bordée de noir. Elle la mangea, toussa, recracha une aile, se lécha avec affectation. Le soleil jouait sur son pelage de chatte des Chartreux, mauve et bleuâtre comme la gorge des ramiers.

— Saha!

Elle tourna la tête et lui sourit sans détour.

— Mon petit puma! bien-aimée chatte! créature des cimes! Comment vivras-tu si nous nous séparons? Veux-tu que nous entrions tous deux dans les ordres? Veux-tu… je ne sais pas, moi…

Elle l'écoutait, le regardait d'un air tendre et distrait, mais, à une inflexion plus tremblante de la voix amie, elle lui retira son regard.

— D'abord, tu viendras avec nous, tu ne détestes pas la voiture. Si nous avons le cabriolet à la place du roadster, derrière les sièges il y a un rebord…

Il se tut et s'assombrit au souvenir récent d'une voix de jeune fille, vigoureuse, timbrée à souhait pour les appels en plein air, hardiment appuyée sur les grandes voyelles *a* et *o*, qui savait rappeler les nombreux mérites du roadster. « Et puis quand on couche le pare-brise, Alain, c'est épatant, à pleins gaz on sent la peau des joues qui vous recule jusqu'aux oreilles… »

— Qui recule jusqu'aux oreilles, tu t'imagines, Saha ? Quelle horreur…

Il serra les lèvres, fit une longue figure d'enfant buté, expert à la dissimulation.

« Ça n'est pas dit encore. Si j'aime mieux le cabriolet, moi ? Je pense que j'ai tout de même voix au chapitre ? »

Il toisa le rosier jaune comme si ce fût la jeune fille à la belle voix. Derechef, l'allée s'élargit, les ormes montèrent, la treille morte ressuscita. Tapi contre les jupes de deux ou trois parentes, hautaines et le front dans les nues, un Alain enfant épiait une autre famille compacte, entre les blocs de laquelle brillait une fillette très brune, dont les larges yeux et les cheveux noirs en rouleaux rivalisaient d'éclat hostile et minéral. « Dis bonjour… Pourquoi ne veux-tu pas dire bonjour ?... » C'était une voix d'autrefois, affaiblie, conservée par des années d'enfance, d'adolescence, de collège, d'ennui militaire, de fausse gravité, de fausse compétence commerciale. Camille ne voulait pas dire bonjour. Elle suçait sa joue à l'intérieur de sa bouche et esquissait roidement la courte révérence des fillettes. « Maintenant elle appelle ça la révérence à la tords-toi-le-pied. Mais quand elle est en colère, elle se mord encore le dedans de la joue. Et c'est curieux, dans ces moments-là, elle n'est pas laide. »

Il sourit et s'échauffa honnêtement sur sa fiancée, content en somme qu'elle fût saine, un peu banale dans la fougue sensuelle. À la face du matin innocent, il provoqua des images propres tantôt à exciter sa vanité et sa hâte, tantôt à engendrer l'appréhension, voire le désarroi. En sortant de son trouble, il trouva le soleil trop blanc et le vent sec. La chatte avait disparu, mais dès qu'Alain se leva elle fut auprès de lui et l'accompagna, marchant d'un long pas de biche et évitant les grains ronds du gravier rosé. Ils allèrent ensemble jusqu'aux « travaux », inspectèrent avec une hostilité égale le tas de gravats, une porte-fenêtre neuve, sans vitres, insérée dans un mur, des appareils d'hydrothérapie et des carreaux de faïence.

Pareillement offensés, ils supputaient le dommage causé à leur passé et à leur présent. Un vieil if, arraché, mourait très lentement, la tête en bas, sous sa chevelure de racines. « Jamais, jamais je n'aurais dû permettre cela », murmura Alain. « C'est une honte. Toi, Saha, tu ne le connais que depuis trois ans, cet if. Mais moi… »

Au fond du trou laissé par l'if, Saha flairait une taupe dont l'image, sinon l'odeur, lui monta au cerveau. Pendant une minute, elle s'oublia jusqu'à la frénésie, gratta comme un fox-terrier, se roula comme un lézard, sauta des quatre pattes comme un crapaud, couva une pelote de terre entre ses cuisses comme fait le rat des champs de l'œuf qu'il a volé, s'échappa du trou par une série de prodiges et se trouva assise sur le gazon, froide et prude et domptant son souffle.

Alain, grave, n'avait pas bougé. Il savait tenir son sérieux, quand les démons de Saha l'entraînaient hors d'elle-même. L'admiration et la compréhension du chat, il les portait innées en lui, rudiments qui lui donnèrent, par la suite, de traduire Saha avec facilité. Il la lisait comme un chef-d'œuvre, depuis le jour où au sortir d'une exposition féline, Alain avait posé sur le gazon ras de Neuilly une petite chatte de cinq mois, achetée à cause de sa figure parfaite, à cause de sa précoce dignité, de sa modestie sans espoir derrière les barreaux d'une cage.

— Pourquoi n'avez-vous pas acheté plutôt un angora ? demanda Camille.

« Elle me disait vous dans ce temps-là, songeait Alain. Ce n'était pas seulement une petite chatte que j'apportais. C'étaient la noblesse féline, son désintéressement sans bornes, son savoir-vivre, ses affinités avec l'élite humaine… » Il rougit et s'excusa mentalement. « Saha, l'élite, c'est ce qui te comprend le mieux… »

Il n'en était pourtant pas encore à penser « ressemblance » au lieu de « compréhension », car il appartenait à un milieu humain qui s'interdit de reconnaître et même de concevoir ses parentés animales. Mais à l'âge de convoiter une automobile, un voyage, une reliure rare, des skis, Alain n'en demeura pas moins le jeune-homme-qui-a-acheté-un-petit-chat. Son étroit univers en retentit, les employés de la Maison Amparat et Fils, rue des Petits-Champs, s'étonnèrent, et M. Veuillet s'enquit de la « petite bestiole »…

« Avant de t'avoir choisie, Saha, je n'aurais peut-être jamais su qu'on peut choisir. Pour le reste… Mon mariage contente tout le monde et Camille, et il y a des moments où il me contente aussi, mais… »

Il se leva du banc vert, prit le sourire important du fils Amparat qui épouse, condescendant, la petite des essoreuses Malmert, « une jeune fille qui n'est pas tout à fait de notre bord », disait Mme Amparat. Mais Alain n'ignorait pas que les Machines-à-laver-Malmert, parlant entre eux des Amparat-de-la-soie, n'oubliaient pas de mentionner, en levant haut le menton : « Les Amparat ne sont plus dans la soie, la mère et le fils ont seulement conservé des intérêts dans la maison, et le fils n'y fait pas figure de maître... »

Guérie de son extravagance, l'œil doux et doré, la chatte sembla attendre la reprise de la confidence mentale, du murmure télépathique vers lequel elle tendait son oreille ourlée d'argent.

« Tu n'es pas qu'un pur et étincelant esprit de chat, toi non plus, reprit Alain. Ton premier séducteur, le matou blanc sans queue, rappelle-toi, ô ma laide, ô ma coureuse sous la pluie, ô ma dévergondée... »

— Ce qu'elle est mauvaise mère, votre chatte! s'écriait Camille, indignée. Elle n'y pense même plus, à ses petits qu'on lui a ôtés!

« Mais c'étaient des paroles de jeune fille », reprit Alain, défiant. « Les jeunes filles sont toujours bonnes mères, avant. »

Un coup de timbre grave et rond tomba du haut de l'air tranquille, et Alain se leva d'un saut comme un coupable, au bruit du gravier écrasé sous les roues. « Camille! Il est onze heures et demie... Bon Dieu!... »

Il croisait la veste de son pyjama, resserrait la ceinture d'une main si nerveuse qu'il se gourmanda: « Allons, qu'est-ce que j'ai? J'en verrai bien d'autres dans une semaine... Saha, tu viens à la rencontre? »

Mais Saha avait disparu, et déjà Camille foulait, d'un talon hardi, le gazon. « Ah! Elle est vraiment bien… » Un bond agréable de son sang lui serra la gorge, lui rougit les joues, et il fut tout au spectacle de Camille en blanc, un petit pinceau noir de cheveux bien taillés sur les tempes, une mince cravate rouge au cou, et le même rouge sur sa bouche. Fardée avec art, avec modération, sa jeunesse ne devenait évidente qu'au bout d'un instant, et révélait la joue blanche sous l'ocre, la paupière sans pli sous un peu de poudre beige, autour du grand œil presque noir. Son diamant tout neuf à sa main gauche taillait la lumière en mille éclats colorés.

— Oh! s'écria-t-elle, tu n'es pas prêt!… Par ce temps!…

Mais elle s'arrêta aux rudes cheveux blonds désordonnés, à la poitrine nue sous le pyjama, à la confusion qui colorait Alain, et tout son visage de jeune fille avoua si clairement la chaude indulgence d'une femme, qu'Alain n'osa plus lui donner le baiser de midi moins le quart, celui du jardin ou du Bois.

— Embrasse-moi, supplia-t-elle tout bas, comme si elle lui demandait secours.

Gauche, inquiet, et mal défendu sous son pyjama léger, il désigna d'un signe les arbustes à grappes roses, d'où venait le bruit du sécateur et du râteau, et Camille n'osa pas se jeter à son cou. Elle baissa les yeux, cueillit une feuille, ramena sur sa joue le pinceau lustré de ses cheveux, mais, au mouvement de ses narines, Alain voyait qu'elle cherchait dans l'air, sauvagement, la fragrance d'un corps blond, à peine couvert, et dont il jugea secrètement qu'elle n'avait pas assez peur.

À son réveil, il ne s'assit pas d'un bond sur son lit. Hanté dans son sommeil par la chambre étrangère, il entrouvrit ses cils, éprouva que la ruse et la contrainte ne l'avaient pas tout à fait quitté pendant son sommeil, car son bras gauche étendu, délégué aux confins d'une steppe de toile, se tenait prêt à reconnaître, prêt aussi à repousser… Mais tout le vaste lit à sa gauche était vide et rafraîchi. N'étaient, en face du lit, l'angle à peine arrondi de la chambre à trois parois, et l'insolite obscurité verte, et la tige de clarté vive, jaune comme une canne d'ambre, qui séparait deux rideaux d'ombre raide, Alain se fût rendormi, bercé d'ailleurs par une petite chanson nègre à bouche fermée.

Avec précaution, il tourna la tête, entrouvrit les yeux et vit, tantôt blanche, et tantôt bleu clair selon qu'elle baignait dans l'étroit ruisseau de soleil ou qu'elle regagnait la pénombre, une jeune femme nue, un peigne à la main, la cigarette aux lèvres, qui fredonnait. « C'est du toupet, pensa-t-il. Toute nue ? Où se croit-elle ? »

Il reconnut les belles jambes qui lui étaient dès longtemps familières, mais le ventre, raccourci par le nombril placé un peu bas, l'étonna. Une jeunesse impersonnelle sauvait la fesse musclée, et les seins étaient légers au-dessus des côtes visibles. « Elle a donc maigri ? » L'importance du dos, aussi large que la poitrine, choqua Alain. « Elle a le dos peuple… » Justement Camille s'accouda à l'une des fenêtres, bomba le dos et remonta les épaules. « Elle a un dos de femme de ménage. » Mais elle se redressa soudain, dansa deux enjambées, fit un geste charmant d'étreinte dans le vide. « Non, ce n'est pas vrai, elle est belle. Mais quelle… mais quel culot ! Elle me croit mort ? Ou bien elle trouve tout naturel de se balader toute nue ? Oh ! mais ça changera… »

Comme elle se tournait vers le lit, il referma les yeux. Quand il les rouvrit, Camille s'était assise devant la coiffeuse qu'ils nommaient « la coiffeuse invisible », une planche translucide de beau cristal épais posée sur une armature d'acier noir. Elle poudra son visage, palpa du bout des doigts sa joue, son menton, et tout à coup sourit en détournant son regard avec une gravité et une lassitude qui désarmèrent Alain. « Elle est donc heureuse ?… Heureuse de quoi ? Je ne le mérite guère… Mais pourquoi est-elle nue ?… »

— Camille ! cria-t-il.

Il croyait qu'elle allait fuir vers la salle de bains, croiser ses mains sur son sexe, voiler ses seins de quelque lingerie froissée ; mais elle accourut, se pencha sur le jeune homme couché, et lui apporta, blottie sous ses bras, réfugiée dans l'algue d'un bleu sombre qui fleurissait son petit ventre quelconque, sa vigoureuse odeur de brune.

— Mon chéri ! Tu as bien dormi ?

— Toute nue ! gronda-t-il.

Elle agrandit comiquement ses grands yeux.

— Ben, et toi ?

Découvert jusqu'à la ceinture, il ne sut que répondre. Elle paradait pour lui, si fière et si loin de la pudeur qu'il lui jeta, un peu rudement, le pyjama froissé qui gisait sur le lit.

— Vite, mets ça ! J'ai faim, moi !

— La mère Buque est à son poste, tout marche et tout fonctionne !

Elle disparut et Alain voulut se lever, se vêtir, lisser ses cheveux mêlés, mais Camille revint ficelée dans un gros peignoir de bain neuf et trop long ; elle portait gaiement un plateau chargé.

— Quelle salade, mes enfants ! Y a un bol de cuisine, une tasse en pyrex, le sucre dans un couvercle de boîte… Tout ça se tassera… Mon jambon est sec… Ces pêches chlorotiques, c'est des restes du lunch…

La mère Buque est un peu perdue dans sa cuisine électrique. Je lui apprendrai à remettre les plombs... Et puis j'ai versé de l'eau dans les compartiments à glace du frigidaire... Ah! si je n'étais pas là!... Monsieur a son café très chaud et son lait bouillant, et son beurre raide... Non, ça c'est mon thé, ne touche pas! Qu'est-ce que tu cherches?

— Non, rien...

À cause de l'odeur du café, il cherchait Saha.

— Quelle heure est-il?

— Enfin un mot tendre! s'écria Camille. Très tôt, mon époux. J'ai vu huit heures un quart au réveil de la cuisine.

Ils mangèrent en riant fréquemment et en parlant peu. À l'odeur croissante des rideaux de toile cirée verte, Alain devinait la force du soleil qui les échauffait, et il ne pouvait détacher sa pensée de ce soleil extérieur, de l'horizon étranger, des neuf étages vertigineux, de la bizarre architecture du Quart-de-Brie qui, pour un temps, les abritait.

Il écoutait Camille aussi bien qu'il le pouvait, touché qu'elle feignît l'oubli de ce qui s'était passé entre eux la nuit, qu'elle affectât l'expérience dans ce logis de hasard, et la désinvolture d'une vieille mariée de huit jours au moins. Depuis qu'elle était vêtue il cherchait comment lui témoigner sa gratitude. « Elle ne m'en veut ni de ce que je lui ai fait, ni de ce que je ne lui ai pas fait, pauvre petite… Enfin, le plus embêtant est passé. Est-ce souvent cet à-peu-près, cette meurtrissure, une première nuit ? Ce demi-succès, ce demi-désastre… »

Cordialement, il lui passa son bras au cou et l'embrassa.

— Oh !… tu es gentil !…

Elle avait crié si haut, d'un tel cœur qu'elle rougit, et il lui vit les yeux pleins de larmes. Mais courageusement elle fuit leur émotion et sauta du lit sous prétexte d'emporter le plateau. Elle courut vers les fenêtres, se prit le pied dans son peignoir trop long, jura un gros juron et se suspendit à un cordage de bateau. Les rideaux de toile cirée se replièrent. Paris avec sa banlieue, bleuâtres et sans bornes comme le désert, tachés de verdures encore claires, de verrières d'un bleu d'insecte, entrèrent d'un bond dans la chambre triangulaire, qui n'avait qu'une paroi de ciment, les deux autres étant de verre à mi-hauteur.

— C'est beau, dit Alain, à mi-voix.

Mais il mentait à demi et sa tempe cherchait l'appui d'une jeune épaule, d'où glissait le peignoir-éponge. « Ce n'est pas un logis humain… Tout cet horizon chez soi, dans son lit… Et les jours de tempête ? Abandonnés au sommet d'un phare, parmi les albatros… »

Le bras de Camille, qui l'avait rejoint sur le lit, lui tenait le cou, et elle regardait sans peur tour à tour les vertigineuses limites de Paris et la blonde tête désordonnée. Sa fierté nouvelle, qui semblait faire crédit à la prochaine nuit, aux jours suivants, se contentait sans doute des licences d'aujourd'hui : fouler le lit commun, étayer, de l'épaule et de la hanche, un corps nu de jeune homme, s'habituer à sa couleur, à ses courbes, à ses offenses, appuyer avec assurance le regard sur les secs petits tétons, les reins qu'elle enviait, l'étrange motif du sexe capricieux…

Ils mordirent la même pêche insipide, et rirent en se montrant leurs belles dents mouillées, leurs gencives un peu pâles d'enfants fatigués.

— Cette journée d'hier !… soupira Camille. Quand on pense qu'il y a des gens qui se marient si souvent !…

La vanité lui revint, et elle ajouta :

— C'était d'ailleurs très bien. Aucun accroc. N'est-ce pas ?

— Oui, dit Alain mollement.

— Oh ! toi… C'est comme ta mère ! Je veux dire que du moment qu'on n'abîmait pas le gazon de votre jardin, et qu'on ne jetait pas de mégots sur votre gravier, vous trouviez tout très bien. N'est-ce pas ? N'empêche que notre mariage aurait été plus joli à Neuilly. Seulement ça aurait dérangé la chatte sacro-sainte… Dis, méchant, dis ?… Qu'est-ce que tu regardes tout autour de toi ?

— Rien, dit-il sincèrement, puisqu'il n'y a rien à regarder. J'ai vu la coiffeuse, j'ai vu la chaise, – nous avons vu le lit…

— Tu ne vivrais pas ici ? Moi, je m'y plais bien. Songe, trois pièces, et trois terrasses ! Si on y restait !

— On dit : « Si nous y restions ? »

— Alors pourquoi dis-tu : « On dit ? » Oui, si on y restait, comme *nous* disions ?

— Mais Patrick revient de sa croisière dans trois mois.

— La belle affaire ! Il revient. On lui explique qu'on veut rester. Et on le fout dehors.

— Oh !… Tu ferais ça ?

Elle secoua affirmativement sa huppe noire, avec une rayonnante et féminine aisance dans la malhonnêteté. Alain voulut la regarder sévèrement, mais sous son regard Camille changea, devint craintive comme il se sentait craintif lui-même, alors il lui baisa la bouche précipitamment.

Muette, empressée, elle lui rendit le baiser en cherchant, d'un mouvement des reins, le creux du lit ; en même temps sa main libre, qui serrait un noyau de pêche, tâtonnait dans l'air à la rencontre d'une tasse vide ou d'un cendrier.

Penché sur elle, il attendit, en la flattant de la main, que sa compagne eût rouvert les yeux.

Elle serrait ses cils sur deux petites larmes scintillantes qu'elle ne voulait pas laisser couler, il respecta cette discrétion et cette fierté. Ils avaient fait de leur mieux, elle et lui, en silence, aidés par la chaleur matinale, par leurs deux corps odorants et faciles.

Alain se souvenait du souffle accéléré de Camille et qu'elle avait fait preuve d'une chaude docilité, d'un zèle un peu intempestif, si agréable… Elle ne lui rappelait aucune femme ; il n'avait pensé, en la possédant pour la seconde fois, qu'aux ménagements qu'elle méritait. Elle gisait contre lui, bras et jambes mollement pliés, les mains à demi fermées et féline pour la première fois. « Où est Saha ?… »

Machinalement, il esquissa, sur Camille, une caresse « pour Saha », les ongles promenés délicatement le long du ventre… Elle cria de saisissement et raidit ses bras, dont l'un gifla Alain qui faillit lui rendre coup pour coup. Assise, l'œil hostile sous une huppe de cheveux dressés, Camille le menaçait du regard :

— Est-ce que tu serais vicieux, par hasard ?

Il n'attendait rien de pareil et éclata de rire.

— Il n'y a pas de quoi rire ! cria Camille. On m'a toujours dit que les hommes qui chatouillent les femmes sont des vicieux, et même des sadiques !

Il quitta le lit pour mieux rire, en oubliant qu'il était nu. Camille se tut si brusquement qu'il se retourna et surprit son visage épanoui, ébahi, attentif à tout ce jeune homme qu'une nuit de mariage venait de lui donner.

— Je prends la salle de bains dix minutes, tu permets ?

Il ouvrit la porte de glaces, pratiquée à une des extrémités de la paroi la plus longue qu'ils nommaient l'hypoténuse.

— Et puis je passerai une minute chez ma mère…

— Oui… Tu ne veux pas que je t'accompagne ?

Il parut choqué et elle rougit pour la première fois de la journée.

— Je verrai si les travaux…

— Oh ! les travaux… Ils t'intéressent, toi, les travaux ? Avoue, – elle croisa les bras en tragédienne – avoue que tu vas voir ma rivale !

— Saha n'est pas ta rivale, dit Alain simplement.

« Comment serait-elle ta rivale ? poursuivit-il en lui-même. Tu ne peux avoir de rivales que dans l'impur… »

— Je n'avais pas besoin d'une protestation aussi sérieuse, mon chéri. Va vite ! Tu n'oublies pas qu'on déjeune chez le père Léopold, en garçons ? Enfin, garçons ! Tu rentreras tôt ? Tu n'oublies pas qu'on rode ? Tu m'entends ?…

Il entendait surtout que le mot « rentrer » prenait une signification nouvelle, saugrenue, peut-être inacceptable, et il regarda Camille de biais. Elle arborait, revendiquait sa fatigue de jeune mariée, le gonflement léger de sa paupière inférieure sous l'angle ouvert du grand œil. « Auras-tu toujours, à toute heure, dès que tu sors du sommeil, un si grand œil ? Ne sais-tu pas fermer les yeux à demi ? Cela me fait mal à la tête de voir des yeux si ouverts… »

Il trouvait un plaisir déshonnête, une commodité évasive à l'interpeller en lui-même. « C'est moins désobligeant que la sincérité, en somme… » Il eut hâte d'atteindre la baignoire carrée, l'eau chaude, une solitude propice à la méditation. Mais comme la porte de miroirs ménagée dans l'hypoténuse le réfléchissait de la tête aux pieds, Alain l'ouvrit avec une lenteur complaisante, et ne se pressa pas de la refermer.

Pour sortir de l'appartement une heure après, il se trompa, déboucha sur l'une des terrasses qui bordaient le Quart-de-Brie, et reçut en plein visage le sec coup d'éventail du vent d'est qui bleuissait Paris, emportait les fumées et décapait au loin le Sacré-Cœur. Sur le parapet de ciment, cinq ou six vases, apportés par des mains bien intentionnées, contenaient des roses blanches, des hydrangéas, des lis souillés de leur pollen… « Ça n'est jamais joli, le dessert de la veille… » Pourtant il abrita du vent, avant de descendre, les fleurs malmenées.

Il pénétra dans le jardin en adolescent qui a découché. La capiteuse odeur des terreaux sous l'arrosage, la secrète vapeur d'immondices qui nourrit les fleurs grasses et coûteuses, les perles d'eau chassées par la brise, il les aspira d'une longue haleine et découvrit, dans le même moment, qu'il avait besoin d'être consolé.

— Saha ! Saha !

Elle ne vint qu'au bout d'un moment, et il ne reconnut pas tout de suite ce visage égaré, incrédule, comme voilé par un mauvais songe.

— Saha chérie !

Il la prit sur sa poitrine, lissant les doux flancs qui lui semblèrent un peu creux, et détacha, du pelage négligé, des soies d'araignée, des brindilles de pin et d'orme… Elle se reprenait rapidement, ramenait sur ses traits, dans ses yeux d'or pur, une expression familière et la dignité du chat… Sous ses pouces, Alain percevait les palpitations d'un petit cœur irrégulier et dur et aussi un ronronnement naissant, mal assuré… Il la posa sur une table de fer et la caressa. Mais au moment de jeter, follement et pour la vie comme elle savait le faire, sa tête dans la main d'Alain, elle flaira cette main et recula d'un pas.

Il cherchait des yeux le pigeon blanc, la main gantée derrière les arbustes à grappes rosées, derrière les rhododendrons enflammés de fleurs. Il se réjouissait que la « cérémonie » d'hier, respectant le beau jardin, eût ravagé seulement le logis de Camille.

« Ces gens ici… Et ces quatre filles d'honneur en papier rose… Et les fleurs qu'elles auraient cueillies, et les deutzias sacrifiés aux corsages des grosses dames… Et Saha… »

Il cria, vers la maison :

— Est-ce que Saha a mangé et bu ? Elle a un drôle d'air… Je suis là, maman…

Sur le seuil du hall parut une lourde silhouette blanche, qui répondit de loin :

— Non, figure-toi. Ni dîné, ni bu son lait ce matin. Je crois qu'elle t'attendait… Tu vas bien, mon petit ?

Il se tenait déférent devant sa mère, en bas du perron. Il remarqua qu'elle ne lui tendait pas la joue comme d'habitude, et qu'elle gardait ses mains contre sa ceinture, nouées l'une à l'autre. Il comprit et partagea, avec gêne et gratitude, cette pudeur maternelle. « Saha non plus ne m'a pas embrassé… »

— Car enfin, la chatte, elle t'a vu souvent partir. Elle prenait son parti de tes absences.

« Mais j'allais moins loin », pensait-il.

Près de lui, sur le guéridon de fer, Saha but avidement son lait, comme une bête qui a beaucoup marché et peu dormi.

— Tu ne veux pas une tasse de lait chaud, Alain, toi aussi ? Une tartine ?

— J'ai déjeuné, maman… Nous avons déjeuné…

— Déjeuné… pas trop bien, je pense. Dans un pareil caravansérail !…

Alain sourit parce que sa mère disait toujours « caravansérail » pour « capharnaüm ». D'un œil d'exilé, il contempla la tasse à arabesque d'or, à côté de la soucoupe de Saha, puis le visage de sa mère, épaissi, aimable sous de gros cheveux crêpelés, précocement blancs.

— Je ne t'ai pas demandé si ma nouvelle fille est contente…

Elle eut peur qu'il comprît mal et ajouta précipitamment :

— … enfin, si elle est en bonne santé.

— Très bonne, maman… Nous déjeunons en forêt de Rambouillet, on va roder…

Il se reprit :

— Nous allons roder la voiture, vous comprenez…

Ils restèrent seuls, Saha et lui, dans le jardin, engourdis tous deux de fatigue, de silence, appelés par le sommeil.

La chatte s'endormit brusquement sur le flanc, le menton en l'air, les canines découvertes comme un fauve mort; des plumules de l'arbre-à-perruque, des pétales de clématites pleuvaient sur elle sans qu'elle tressaillît au fond du rêve où elle goûtait sans doute la sécurité, la présence inaliénable de son ami. Son attitude vaincue, les coins tirés et pâlis de sa lèvre gris pervenche avouaient une nuit de veille misérable.

Au haut du fût desséché, drapé de plantes grimpantes, un vol d'abeilles, sur le lierre en fleur, soutenait une note de timbale grave, la même note depuis tant d'étés… « Dormir là, sur l'herbe, entre le rosier jaune et la chatte… Camille ne viendrait qu'à l'heure du dîner, ce serait très gentil… Et la chatte, mon Dieu, la chatte… » Du côté des « travaux » un rabot pelait une volige, un marteau de fer battait une poutrelle métallique, et déjà Alain ébauchait un rêve villageois peuplé de mystérieux forgerons… Aux onze coups tombant d'un campanile de lycée, il se dressa et s'enfuit sans oser éveiller la chatte.

Vinrent juin et les plus longs jours, ses ciels nocturnes sans mystère, dont une lueur attardée au couchant, une autre lueur levante sur l'est de Paris, soulevaient les bords. Mais juin n'est cruel qu'aux citadins sans voiture, encadrés étroitement de pierre chaude, qu'à l'homme serré contre l'homme. Autour du Quart-de-Brie, un air sans cesse agité tourmentait les stores jaunes, traversait la chambre triangulaire et le studio, butait contre la proue du bâtiment et desséchait les petites haies de troènes en caisses sur les terrasses. Les promenades quotidiennes aidant, Alain et Camille vivaient doucement, assagis et ensommeillés par la chaleur et la volupté.

« Pourquoi est-ce que je la nommais une jeune fille indomptée ? » se demandait Alain étonné. Camille jurait moins en voiture, perdait quelques âpretés de langage, et aussi son appétit des « boîtes » où chantent les jeunes femmes tziganes à naseaux de cavales.

Elle mangeait et dormait longtemps, ouvrait très grands ses yeux adoucis, se détachait de vingt projets d'été, et s'intéressait aux « travaux » qu'elle visitait chaque jour. Il lui arrivait de s'attarder longuement dans le jardin de Neuilly, où Alain, au sortir de l'ombreuse maison Amparat Fils et Cie, rue des Petits-Champs, la retrouvait oisive, prête à prolonger l'après-midi, prête à rouler sur les routes chaudes.

Alors, il s'assombrissait. Il l'écoutait donner des ordres aux peintres chanteurs, aux électriciens distants. Elle l'interrogeait, d'une manière générale et péremptoire, comme si elle quittait par devoir, et dès qu'il était là, sa nouvelle douceur…

— Ça va, les affaires ? La crise s'annonce toujours ? Tu leur en loges, aux princes de la couture, du foulard à pois ?

Elle ne respectait même pas le vieil Émile, qu'elle secouait jusqu'à en faire choir des formules empreintes d'une imbécillité pythique.

— Qu'est-ce que vous en pensez, Émile, de notre cagibi ? Vous n'aurez jamais vu la maison si belle ?

Le vieux valet murmurait, entre ses favoris, des réponses comme lui sans fond ni couleur.

— Ça ne se reconnaît plus… On m'aurait dit, autrefois, que ce serait une maison par petits compartiments… Il y a de la différence… On sera bien les uns chez les autres, c'est très gai…

Ou bien il versait goutte à goutte, sur Alain, des bénédictions sourdement éclairées d'un sens hostile.

— La jeune dame de M. Alain prend bien bonne mine. Et elle a bonne voix aussi. On l'entend de chez nos voisins; tant qu'elle parle bien. Une voix à ne pas la disputer, ah! mais… La jeune dame dit bien ce qu'elle veut dire. Elle a prétendu au jardinier que le massif de silènes et de myosotis faisait cucu… J'en ris encore.

Et il levait vers le ciel pur un œil pâle, couleur d'huître grise, qui n'avait jamais ri. Alain non plus ne riait pas. Saha le rendait soucieux. Elle maigrissait, et semblait abandonner un espoir, qui sans doute était l'espoir de revoir Alain chaque jour, et seul. Elle ne s'enfuyait plus lorsque Camille arrivait. Mais elle n'escortait pas Alain jusqu'à la grille, et elle le regardait, lorsqu'il s'asseyait près d'elle, avec une profonde et amère sagesse. « Son regard de petit chat derrière les barreaux, le même, le même regard… » Il l'appelait tout bas: « Saha… Saha… » en soufflant très fort les *h*. Mais elle ne bondissait pas, ni ne couchait les oreilles, et il y avait bien des jours qu'elle n'avait crié son éclatant: « Me-rraing! » ni les « Mouek-mouek-mouek » de la bonne humeur et de la convoitise.

Un jour qu'ils avaient été, Camille et lui, convoqués à Neuilly pour constater que la nouvelle baignoire-piscine, carrée, épaisse, énorme, effondrait le terrasson qui la portait, il entendit sa femme soupirer:

— Ça n'en finira jamais !

— Mais, dit-il surpris, je croyais que tu aimais mieux, en somme, le Quart-de-Brie, ses cormorans et ses pétrels...

— Oui... Mais tout de même... Et puis c'est ta maison, ici, ta vraie maison... Notre maison...

Elle s'appuyait à son bras, un peu molle, incertaine exceptionnellement. Le blanc bleuté de ses yeux, presque aussi bleu que sa claire robe d'été, l'arrangement parfait et superflu de sa joue, de sa bouche et de ses paupières, ne le touchèrent pas.

Pourtant il lui sembla qu'elle le consultait sans parler, pour la première fois. « Camille ici avec moi... Déjà ! Camille en pyjama sous les arceaux de roses... » Un des rosiers les plus anciens portait, à hauteur de visage, son fardeau de roses décolorées sitôt qu'épanouies, dont l'odeur orientale régnait, le soir, jusqu'au perron. « Camille en peignoir-éponge, sous la charmille d'ormes... » Valait-il pas mieux, à tout prendre, la cantonner encore dans le petit belvédère du Quart-de-Brie ? « Pas ici, pas ici – pas encore... »

Le soir de juin, gorgé de lumière, tardait à pencher du côté de la nuit. Des verres vides, sur un guéridon de paille, retenaient les gros bourdons roux, mais sous les arbres, sauf sous les pins, s'élargissait une zone d'humidité impalpable, une promesse de fraîcheur. Ni les géraniums rosats qui prodiguaient leur méridional parfum, ni les pavots de feu ne souffraient du rude été commençant. « Pas ici, pas ici… », martelait Alain au rythme de son pas. Il cherchait Saha et ne voulait pas l'appeler à pleine voix, il la rencontra couchée sur le petit mur bas qui étayait une butte bleue, couverte de lobélias. Elle dormait ou paraissait dormir, roulée en turban. « En turban ? À cette heure et par ce temps ? C'est une posture d'hiver, le sommeil en turban… »

— Saha chérie !

Elle ne tressaillit pas quand il la prit et l'éleva en l'air, et elle ouvrait des yeux caves, très beaux, presque indifférents.

— Mon Dieu, que tu es légère ! Mais tu es malade, mon petit puma !

Il l'emporta, rejoignit en courant sa mère et Camille.

— Mais, maman, Saha est malade ! Elle a mauvais poil, elle ne pèse rien, et vous ne me le dites pas !

— C'est qu'elle ne mange guère, dit Mme Amparat. Elle ne veut pas manger.

— Elle ne mange pas, et quoi encore ?

Il berçait la chatte contre sa poitrine et Saha s'abandonnait, le souffle court et les narines sèches. Les yeux de Mme Amparat, sous ses grosses frisures blanches, passèrent intelligemment sur Camille.

— Et puis rien, dit-elle.

— Elle s'ennuie de toi, dit Camille. C'est ta chatte, n'est-ce pas ?

Il crut qu'elle se moquait et releva la tête avec défi. Mais Camille n'avait pas changé de visage et considérait curieusement Saha, qui sous sa main referma les yeux.

— Touche ses oreilles, dit brusquement Alain, elles sont brûlantes.

Il ne réfléchit qu'un instant.

— Bon. Je l'emmène. Maman, faites-moi donner son panier, voulez-vous ? Et un sac de sable pour le plat. Pour le reste, nous avons tout ce qu'il faut. Vous comprenez que je ne veux absolument pas… Cette chatte croit que…

Il s'interrompit et se tourna tardivement vers sa femme.

— Ça ne te gêne pas, Camille, que je prenne Saha en attendant que nous revenions ici ?

— Quelle question !… Mais où comptes-tu l'installer la nuit ? ajouta-t-elle, si naïvement qu'Alain rougit à cause de la présence de sa mère, et qu'il répondit d'un ton sec :

— Elle choisira.

Ils partirent en petit cortège, Alain portant Saha muette dans son panier de voyage. Le vieil Émile pliait sous le sac plein de sable, et Camille fermait la marche, responsable d'un vieux plaid en kasha effrangé qu'Alain appelait le Kashasaha.

— Non, je ne croyais pas qu'un chat s'acclimatait si vite…

— Un chat n'est qu'un chat. Mais Saha est Saha.

Alain faisait, vaniteux, les honneurs de Saha. Lui-même ne l'avait jamais tenue ainsi serrée, prisonnière sur vingt-cinq mètres carrés, visible à toute heure et réduite, pour la méditation féline, sa soif d'ombre et de solitude, à emprunter le dessous des fauteuils géants qui erraient sans port d'attache dans le studio, ou l'antichambre embryonnaire, ou l'un des placards-vestiaires camouflés de miroirs.

Mais Saha voulait triompher de toutes les embûches. Elle se forma aux heures incertaines des repas, du coucher, du lever, choisit pour demeure nocturne la salle de bains et son tabouret-éponge, explora le Quart-de-Brie sans affectation de dégoût ni de sauvagerie. Elle condescendit à écouter, dans la cuisine, l'oiseuse parole de Mme Buque conviant

« la mimine » au foie cru. Alain et Camille sortis, elle prenait place sur le vertigineux parapet et sondait les abîmes d'air, suivant d'un œil calme, au-dessous d'elle, les dos volants des hirondelles et des passereaux. Son impassibilité au bord des neuf étages, l'habitude qu'elle prit de se laver longuement sur le parapet affolaient Camille.

— Empêche-la ! criait-elle à Alain. Elle me tourne le cœur et elle me donne des crampes dans les mollets !

Alain souriait avec compétence et admirait sa chatte, reconquise au goût de vivre et de se nourrir.

Ce n'est pas qu'elle devînt florissante, ni très gaie. Elle ne recouvrait pas son poil irisé comme le plumage mauve d'un pigeon. Mais elle vivait mieux, attendait le « poum » sourd de l'ascenseur qui hissait Alain, et acceptait de Camille des prévenances hors de saison, par exemple une soucoupe minuscule de lait à cinq heures, un petit os de poulet offert de haut, comme à un chien qu'on veut faire sauter.

— Pas comme ça !... Comme ça !... gourmandait Alain.

Et il posait l'os sur un tapis de bain, ou simplement sur la moquette beige à longue laine.

— Qu'est-ce qu'il prend, le tapis de Patrick ! blâmait Camille.

— Mais un chat ne mange pas un os ni une viande consistante sur une surface polie. Quand un chat prend un os dans une assiette et le dépose, avant de le manger, sur le tapis, on lui dit qu'il est sale. Le chat a besoin de maintenir sa proie sous sa patte pendant qu'il broie ou qu'il déchire, et il ne peut le faire que sur la terre nue ou sur un tapis. Mais on l'ignore…

Ébahie, Camille l'interrompit.

— Et toi, comment le sais-tu ?

Il ne se l'était jamais demandé et s'en tira par une plaisanterie :

— Chut ! C'est parce que je suis très intelligent… Ne le répète pas ! M. Veuillet n'en sait rien.

Il lui enseignait les us et les coutumes du félin, comme une langue étrangère riche de trop de subtilités. Malgré lui il mettait, à l'enseigner, de l'emphase. Camille l'observait étroitement et lui posait vingt questions, auxquelles il répondait sans prudence.

— Pourquoi la chatte joue-t-elle avec une ficelle, si elle a peur du gros cordage qui manœuvre les rideaux ?

— Parce que le cordage, c'est le serpent. C'est le calibre du serpent. Elle a peur des serpents.

— Elle a vu un serpent ?

Alain leva sur sa femme les yeux gris-vert, cillés de noir, qu'elle trouvait si beaux, « si traîtres », disait-elle…

— Non… certainement non… Où en aurait-elle vu ?

— Alors ?

— Alors, elle l'invente. Elle le crée. Toi aussi, tu aurais peur du serpent, même si tu ne l'avais jamais vu.

— Oui, mais on me l'a raconté, je l'ai vu en images. Je sais qu'il existe.

— Saha aussi.

— Comment ?

Il la couvrit d'un sourire impérieux.

— Comment ? Mais de naissance, comme les personnes de qualité.

— Alors, je ne suis pas une personne de qualité ?

Il s'adoucit, mais seulement par commisération.

— Mon Dieu, non... Console-toi : moi non plus. Tu ne crois pas ce que je te dis ?

Camille, assise aux pieds de son mari, le contempla de ses yeux les plus grands, les yeux de l'ancienne petite fille qui ne voulait pas dire bonjour :

— Il faut bien que je le croie, dit-elle gravement.

Ils se mirent à dîner presque tous les soirs chez eux, à cause, disait Alain, de la chaleur, « et à cause de Saha », insinuait Camille. Un soir, après le dîner, Saha chevaucha le genou de son ami.

— Et moi ? dit Camille.

— J'ai deux genoux, repartit Alain.

D'ailleurs, la chatte n'usa pas longtemps de son privilège. Avertie mystérieusement elle regagna la table d'ébène poli, s'y assit sur son propre reflet bleuâtre immergé dans une eau ténébreuse et rien, en elle, n'eût paru insolite, sinon la fixe attention qu'elle donnait aux invisibles, droit devant elle, dans l'air.

— Qu'est-ce qu'elle regarde ? demanda Camille.

Elle était jolie tous les soirs à la même heure, en pyjama blanc, les cheveux à demi dégommés et mobiles sur son front, les joues très brunes sous les couches de poudre qu'elle superposait depuis le matin. Alain gardait parfois son vêtement d'été, sans gilet, mais Camille portait sur lui des mains impatientes, lui retirait son veston, sa cravate, ouvrait son col, roulait les manches de sa chemise, montrait et cherchait la peau nue, et il la traitait d'effrontée, en se laissant faire. Elle riait un peu douloureusement, en refrénant son envie. Et c'est lui qui baissait les yeux pour cacher une appréhension qui n'était pas exclusivement voluptueuse : « Quel ravage de désir sur ce visage… Elle en a la bouche tirée. Une jeune femme si jeune… Qui lui a appris à me devancer ainsi ? »

La table ronde, flanquée d'une petite « servante » à roues caoutchoutées, les rassemblait au seuil du studio, près de la baie ouverte. Trois hauts peupliers âgés, épaves d'un beau jardin détruit, balançaient leurs cimes à la hauteur de la terrasse, et le vaste soleil couchant de Paris, rouge sombre, étouffé de vapeurs, descendait derrière leurs têtes maigres d'où la sève se retirait.

Le repas de Mme Buque, qui servait mal et cuisinait bien, égayait l'heure. Alain rafraîchi oubliait sa journée et les bureaux Amparat, et la tutelle de M. Veuillet. Ses deux captives du belvédère le fêtaient. « Tu m'attendais ? » murmurait-il à l'oreille de Saha.

— Je t'ai entendu arriver ! s'écriait Camille. On entend tout d'ici !

— Tu t'ennuyais ? lui demanda-t-il un soir, avec la crainte qu'elle ne se plaignît. Mais elle secoua sa huppe noire en signe de dénégation.

— Pas l'ombre ! Je suis allée chez maman. Elle m'a présenté la perle.

— Quelle perle ?

— La petite bonne femme qui sera ma femme de chambre là-bas. Pourvu que le vieil Émile ne lui fasse pas un gosse ! Elle est bien.

Elle rit, en roulant sur ses bras nus ses larges manches de crêpe blanc, avant d'ouvrir le melon à chair rouge autour duquel tournait Saha. Mais Alain ne rit pas, tout à l'horreur d'imaginer dans sa maison une servante nouvelle…

— Oui ? Figure-toi, avoua-t-il, que ma mère n'a jamais, depuis mon enfance, changé son personnel…

— Ça se voit, trancha Camille. Quel musée !

Elle mordait à même un croissant de melon, et riait face au soleil couchant. Alain admira, sans sympathie particulière, combien pouvaient être vifs, sur le visage de Camille, un certain rayonnement cannibale, l'éclat des yeux, de la bouche étroite, et une sorte de monotonie italienne. Il fit encore un effort de désintéressement.

— Tu ne revois guère tes amies, il me semble ? Tu pourrais peut-être…

— Et quelles amies ? releva-t-elle impétueuse. C'est pour me faire comprendre que je t'encombre ? Pour que je me donne un peu d'air ? Oui ?

Il haussa les sourcils, claqua la langue « tt… tt… » et elle plia promptement, avec une considération plébéienne pour l'homme dédaigneux.

— C'est vrai, ça… Des amies, je n'en avais guère quand j'étais petite fille. Alors, à présent… Tu me vois avec une jeune fille ? Il faudrait que je la traite en enfant, ou que je réponde à toutes ses sales questions : « Et comment est-ce qu'on fait ci, et comment est-ce qu'il te fait ça… » Les jeunes filles, expliqua-t-elle assez amèrement, les jeunes filles, tu sais, ça ne tient pas honnêtement ensemble… Ça n'a pas de solidarité. Ce n'est pas comme vous autres hommes.

— Pardon ! Je ne suis pas un vous-autres-hommes !

— Oh ! je le sais bien, dit-elle mélancoliquement. Et je me demande quelquefois si je n'aimerais pas mieux…

La mélancolie passait rarement sur elle, et ne lui venait que de la réticence secrète, ou d'un doute qu'elle n'exprimait pas.

— Toi, poursuivait-elle, à part Patrick qui est parti, tu n'as guère d'amis. Et même Patrick, tu t'en fous, au fond...

Elle s'interrompit sur un geste d'Alain.

— Ne parlons pas de ces choses-là, dit-elle intelligemment, ou on va se brouiller.

De longs cris d'enfants montaient de la terre, atteignaient dans l'air le sifflement acéré des hirondelles. Le bel œil jaune de Saha, envahi peu à peu par la grande pupille nocturne, visait dans l'espace des points mobiles, invisibles et flottants.

— Qu'est-ce qu'elle regarde, la chatte, dis ? Il n'y a pourtant rien, là où elle regarde ?

— Rien, pour nous...

Alain évoquait, regrettait le frisson léger, la peur séduisante que lui versait sa chatte-amie, autrefois, quand elle se couchait la nuit sur sa poitrine...

— Elle ne te fait pas peur, au moins ? dit-il condescendant.

Camille éclata de rire comme si elle n'eût attendu que ce mot insultant.

— Peur ?... Je n'ai pas peur de grand-chose, moi, tu sais !

— C'est un mot de petite sotte, dit Alain agacé.

— Mettons, dit Camille en haussant les épaules. Tu es à l'orage.

Elle désigna la muraille violacée de nuages qui montait en même temps que la nuit.

— Et tu es comme Saha, ajouta-t-elle. Tu n'aimes pas l'orage.

— Personne n'aime l'orage.

— Je ne le déteste pas, dit Camille sur un ton d'amateur. En tout cas, je ne le crains guère.

— Le monde entier craint l'orage, dit Alain, hostile.

— Eh bien, je ne suis pas le monde entier, voilà tout.

— Si, pour moi, dit-il avec une grâce soudaine et artificielle dont elle ne fut pas dupe.

— Oh ! gronda-t-elle tout bas, je te battrais…

Il pencha vers elle, par-dessus la table, ses cheveux blonds, fit briller ses dents.

— Bats-moi !

Mais elle se priva du plaisir de fourrager ces cheveux dorés, d'offrir son bras nu à cette bouche brillante.

— Tu as le nez bossu, lui jeta-t-elle férocement.

— C'est l'orage, dit-il en riant.

Cette finesse ne fut pas du goût de Camille, mais les premiers roulements bas de la foudre détournèrent son attention. Elle jeta sa serviette pour courir à la terrasse.

— Viens ! on va voir monter les beaux éclairs !

— Non, dit Alain sans bouger, viens, toi.

— Où ?

Du menton, il indiquait leur chambre. Sur le visage de Camille se forma l'expression butée, l'obtuse convoitise qu'il connaissait bien, pourtant elle hésita :

— Mais si on regardait les éclairs avant ?

Il fit un signe de refus.

— Pourquoi, méchant ?

— Parce que moi, j'ai peur de l'orage. Choisis. L'orage, ou… moi.

— Oh ! tu penses !…

Elle courut à leur chambre d'un mouvement fougueux qui enorgueillit Alain. Mais en la rejoignant il vit qu'elle avait allumé exprès un pavé de verre lumineux près du vaste lit, et exprès il l'éteignit.

Par les baies ouvertes la pluie entra comme ils s'apaisaient, tiède et cinglante, embaumée d'ozone. Aux bras d'Alain, Camille lui faisait comprendre qu'elle eût voulu, pendant que l'orage accourait, que de nouveau il oubliât, avec elle, sa peur de l'orage. Mais il comptait, nerveux, les vastes éclairs en nappes, et les grands arbres éblouissants dressés contre les nuées, et il s'écartait de Camille. Elle se résigna, se haussa sur son coude, et peigna d'une main la chevelure crépitante de son mari. Aux palpitations des éclairs, leurs deux visages de plâtre bleu surgissaient de la nuit et s'y abîmaient.

— Attendons la fin de l'orage, consentit-elle.

« Et voilà ! se dit Alain. Voilà ce qu'elle trouve à dire après une rencontre qui en valait, ma foi, la peine. Elle pouvait se taire, tout au moins. Comme dit Émile, la jeune dame se fait comprendre… »

Un éclair à halètements, long comme un songe, se mira en lame de feu dans la tranche épaisse de cristal, sur la coiffeuse invisible ; Camille serra contre Alain sa jambe nue.

— C'est pour me rassurer ? On le sait, que tu n'as pas peur de la foudre.

Il élevait la voix pour dominer le caverneux fracas et les cascades de pluie sur le toit plat. Il se sentait las et irrité, prêt à l'injustice, effrayé de constater qu'il n'était plus jamais seul. Avec violence, il retourna mentalement à son ancienne chambre, tendue d'un papier blanc à fleurs froides, la chambre que nulle main n'avait tenté d'orner ou d'enlaidir. Son souhait fut si affamé que le murmure du vieux calorifère mal réglé suivit l'évocation des bouquets plats et clairs, murmure et haleine de cave sèche, issus d'une bouche à lèvres de cuivre, encastrée dans le parquet. Murmure qui rejoignit celui de la maison tout entière, chuchotement des vieux domestiques poncés par l'usage, inhumés à mi-corps dans leur sous-sol et que le jardin lui-même ne tentait plus… « Ils disaient "elle" en parlant de ma mère, mais depuis mes premières culottes j'étais "Monsieur Alain…" »

Un coup sec de tonnerre le rappela du sommeil bref où il glissait avec le plaisir. Penchée sur lui, accoudée, sa jeune femme ne bougeait pas.

— Je t'aime bien quand tu dors, dit-elle. L'orage s'en va.

Il prit ce mot pour une requête et se mit sur son séant.

— Je fais comme lui, dit-il. Quelle moiteur ! Je vais dormir sur le banc de la salle d'attente.

Ils appelaient ainsi l'étroit divan, meuble unique d'une petite pièce bâtarde, couloir à murs de vitres que Patrick destinait à des séances d'héliothérapie.

— Oh ! non, oh ! non, supplia Camille. Reste…

Mais il glissait déjà hors du lit. Les grandes lueurs des nuées révélèrent la dure figure offensée de Camille.

— Pouh ! Petit bonhomme !

Sur ce mot qu'il n'attendait pas, elle lui tira le nez. D'un revers de bras dont il ne fut pas maître, et qu'il ne regretta point, il rabattit la main irrespectueuse. Une trêve soudaine de la pluie et du vent les laissa seuls au milieu du silence, et comme sourds. Camille massait sa main engourdie.

— Mais…, dit enfin Camille, mais… tu es une brute…

— C'est possible, dit Alain. Je n'aime pas qu'on me touche la figure. Le reste ne te suffit pas ? Ne me touche jamais la figure.

— Mais oui, répéta lentement Camille, tu es une brute…

— Ne le redis pas trop. À part ça, je ne t'en veux pas. Fais seulement attention.

Il ramena sur le lit sa jambe nue.

— Tu vois ce grand carré gris sur le tapis ? C'est le jour qui se lève. Veux-tu que nous dormions ?

— Oui… je veux bien…, dit la même voix incertaine…

— Alors, viens !

Il étendit le bras gauche pour qu'elle y posât sa tête, et elle vint docilement, avec une politesse circonspecte. Content de lui, Alain la bouscula amicalement, l'attira par l'épaule, mais la tint en respect, à tout hasard, en pliant un peu les genoux, et s'endormit vite. Éveillée, Camille respirait sans abandon, et tournait son regard vers la flaque blanchissante du tapis. Elle écouta les passereaux fêter la fin de l'orage, dans les trois peupliers dont le bruissement imitait l'averse. Lorsqu'en changeant de posture Alain lui retira son bras, elle reçut de lui une caresse inconsciente qui, glissant par trois fois sur sa tête, semblait habituée à lisser un pelage encore plus doux que ses doux cheveux noirs.

Ce fut vers la fin de juin qu'entre eux l'inconciliabilité s'établit comme une saison nouvelle, avec ses surprises et parfois ses agréments. Alain la respirait comme un printemps âpre, installé en plein été. Sa répugnance à ménager, dans la maison natale, une place pour la jeune femme étrangère, il l'emportait avec lui, la dissimulait sans effort, la brassait et l'entretenait mystérieusement par des soliloques, et par la contemplation sournoise du nouvel appartement conjugal. Un jour de chaleur grise, Camille, excédée, s'écria, au haut de leur passerelle abandonnée du vent :

— Ah ! plaquons tout ! On prend la trottinette, et on va se tremper quelque part ! Dis, Alain ?

— J'en suis, répondit-il avec une promptitude cauteleuse. Où allons-nous ?

Il eut la paix pendant que Camille énumérait des plages et des noms d'hôtels. L'œil sur Saha prostrée et plate, il prenait le loisir de réfléchir, et de conclure :

« Je ne veux pas voyager avec elle. Je… je n'ose pas. Je veux bien me promener comme nous faisons, rentrer le soir, rentrer tard dans la nuit. Mais c'est tout. Je ne veux pas les soirées à l'hôtel, les soirées dans un casino, les soirées… » Il frémit : « Je demande du temps, je reconnais que je suis long à m'habituer, que j'ai un caractère difficile, que… Mais je ne veux pas m'en aller avec elle. » Il eut un mouvement de honte à constater qu'il disait « elle », comme Émile et Adèle lorsqu'ils parlaient à mi-voix de « Madame ».

Camille acheta des cartes routières et ils jouèrent au voyage, à travers une France déployée par quartiers sur la table d'ébène poli, qui reflétait deux visages inverses et délayés.

Ils additionnèrent des kilomètres, décrièrent leur voiture, s'injurièrent cordialement, et se sentirent ravivés, presque réhabilités, par une camaraderie oubliée. Mais de tropicales averses, sans rafales de vent, noyèrent les derniers jours de juin et les terrasses du Quart-de-Brie. Saha, à l'abri des verrières closes, regardait serpenter, sur les mosaïques, des ruisselets plats, que Camille épongeait en piétinant des serviettes. L'horizon, la ville, l'averse adoptaient la couleur des nuages chargés d'une eau intarissable.

— Veux-tu que nous prenions le train ? suggéra Alain d'une voix suave.

Il avait prévu qu'au mot abhorré Camille bondirait. Elle bondit en effet, et blasphéma.

— J'ai peur, ajouta-t-il, que tu ne t'ennuies. Tous ces voyages que nous nous étions promis…

— Tous ces hôtels d'été… Tous ces restaurants à mouches… Toutes ces mers à baigneurs…, continua-t-elle, plaintive. Vois-tu, on a bien l'habitude de rouler, nous deux, mais ce qu'on sait faire, au fond, c'est de la route, ce n'est pas du voyage.

Il la vit un peu dolente et l'embrassa en frère. Mais elle se retourna, le mordit à la bouche et sous l'oreille, et ils usèrent, encore une fois, du divertissement qui raccourcit les heures et entraîne les corps à atteindre facilement le plaisir amoureux. Alain s'y fatiguait. Lorsqu'il dînait chez sa mère avec Camille et qu'il retenait des bâillements, Mme Amparat baissait les yeux et Camille ne manquait pas de rire d'un petit rire rengorgé. Car elle notait, orgueilleuse, l'habitude qu'Alain prenait d'user d'elle, habitude presque hargneuse, rapide corps à corps d'où il la rejetait, haletant, pour gagner le côté frais du lit découvert.

Elle l'y rejoignait ingénument et il ne le lui pardonnait pas, quoique silencieusement il lui cédât de nouveau. À ce prix il pouvait, après, rechercher en paix les sources de ce qu'il nommait leur inconciliabilité. Il avait la sagesse de les situer hors des possessions fréquentes. Lucide, aidé par l'épuisement, il remontait aux retraites où l'inimitié, de l'homme à la femme, se garde fraîche et ne vieillit jamais. Parfois, elle se découvrait à lui dans une région banale, où elle dormait comme une innocente en plein soleil. Par exemple, il s'ébahit, jusqu'au scandale, de comprendre combien Camille était brune. Au lit, couché derrière elle, il épiait les cheveux courts de la nuque tondue, rangés comme des piquants d'oursins, dessinés sur la peau comme des hachures orographiques, les plus courts visibles et bleus sous la peau fine avant que chacun d'eux émergeât par un petit pore noirci.

« N'avais-je jamais eu de brune? s'émerveillait-il. Deux ou trois petites noiraudes ne m'ont pas laissé un souvenir aussi brun! » Et il tendait à la lumière son propre bras normalement blanc-jaune, un bras de blond pailleté de duvet d'or vert, irrigué de veines couleur de jade. Il comparait sa propre chevelure aux sylves à reflets violets, qui sur Camille laissaient apercevoir, entre les crispations d'algues et les tiges parallèles d'une abondance exotique, la blancheur étrange de l'épiderme.

La vue d'un fin cheveu très noir, collé au bord d'une cuvette, lui donna la nausée. Puis la petite névrose changea, et quittant la nuance s'en prit à la forme. Tenant embrassé, apaisé, le jeune corps dont la nuit lui voilait les ombres précises, Alain se mit à blâmer qu'un esprit créateur, aussi rigoureux qu'autrefois celui de sa nurse anglaise – « pas plus de pruneaux que de riz, my garçon, pas plus de riz que de poulet » – eût modelé Camille en suffisance, mais sans rien abandonner à la fantaisie ou à la prodigalité. Il emportait son blâme, et son regret, dans le vestibule de ses songes, pendant l'instant incalculable réservé au paysage noir, animé d'yeux convexes, de poissons à nez grec, de lunes et de mentons. Là il souhaita qu'un fessier dix-neuf cent, librement développé au-dessous d'une taille déliée, compensât la petitesse acide des seins de Camille. D'autres fois il transigeait, à demi endormi, et préférait une gorge encombrante, une mouvante et double monstruosité de chair aux cimes irritables... De telles soifs, qui naissaient de l'étreinte et lui survivaient, n'affrontaient pas la lumière du jour, ni le réveil complet, et ne peuplaient qu'un isthme étroit, entre le cauchemar et le rêve voluptueux.

Échauffée, l'étrangère fleurait le bois mordu par la flamme, le bouleau, la violette, tout un bouquet de douces odeurs sombres et tenaces, qui demeuraient longtemps attachées aux paumes. Ces fragrances exaltaient Alain contradictoirement, et n'engendraient pas toujours le désir.

— Tu es comme l'odeur des roses, dit-il un jour à Camille, tu ôtes l'appétit.

Elle le regarda, indécise, prit l'air un peu gauche et penché dont elle accueillait les louanges ambiguës.

— Comme tu es dix-huit cent trente, murmura-t-elle.

— Moins que toi, répliquait Alain. Mais oui, moins que toi. Je sais à qui tu ressembles.

— À Marie Dubas, on me l'a déjà dit.

— Grande erreur, ma fille ! Tu ressembles, les bandeaux en moins, à toutes celles qui ont pleuré en haut d'une tour, sous Loïsa Puget. Elles pleuraient sur la première page des romances, avec ton grand œil grec, bombé, et ce bord épais de la paupière qui fait sauter la larme sur la joue…

Ses sens, l'un après l'autre, abusaient Alain et condamnaient Camille. Il dut au moins convenir qu'elle savait recevoir de la bonne manière, à bout portant, certaines paroles qui jaillissaient de lui brièvement, paroles moins de gratitude que de provocation, à l'heure où, étendu sur le sol, il la mesurait d'un regard étouffé entre ses cils et appréciait, sans indulgence ni ménagement, les mérites neufs, la flamme un peu monotone mais déjà savamment égoïste d'une si jeune épousée, et ses particulières aptitudes. C'étaient là des moments de lumière franche, de certitude, dont Camille s'attachait à prolonger le demi-silence de pugilat, l'angoisse de corde tendue et d'équilibre périlleux.

Sans malice profonde, elle ne se doutait pas que, dupe à demi des défis intéressés, des pathétiques appels et même d'un frais cynisme polynésien, Alain possédait sa femme chaque fois pour la dernière fois. Il se rendait maître d'elle comme il lui eût mis une main sur la bouche pour l'empêcher de crier, ou comme il l'eût assommée.

Rhabillée, verticale, assise auprès de lui dans leur roadster, il ne retrouvait plus, en la détaillant, ce qui avait fait d'elle la pire ennemie, car en reprenant son souffle, en écoutant décroître les battements de son cœur, il cessait lui-même d'être le dramatique jeune homme qui se mettait nu avant de terrasser sa compagne ; et le bref protocole voluptueux, les soucis gymniques, la gratitude simulée ou réelle, reculaient au rang de ce qui est fini, de ce qui ne reviendra sans doute jamais. Alors renaissait la plus grande préoccupation, qu'il acceptait comme honorable et naturelle, la question qui reprenait, pour l'avoir longuement méritée, sa place, la première place : « Comment empêcher Camille d'habiter MA maison ? »

Passé la période d'hostilité contre « les travaux », il avait mis de bonne foi son espoir dans le retour à la maison natale, dans l'apaisant arrangement d'une existence au ras du sol, qui s'appuie à tout moment à la terre, à ce qu'enfante la terre. « Ici, j'ai le mal des airs. Ah ! soupirait-il, le dessous des branches… le ventre des oiseaux… » Il achevait, sévère : « La pastorale n'est pas une solution. » Et il recourut à l'indispensable allié, le mensonge.

Il vint, par un après-midi de feu pur, qui fondait l'asphalte, à son fief autour duquel Neuilly n'était que voies désertes, tramways vides de juillet, jardins où bâillaient des chiens. Avant de quitter Camille, il avait installé Saha sur la terrasse la plus fraîche du Quart-de-Brie, vaguement inquiet chaque fois qu'il laissait ensemble, seules, ses deux femelles.

Le jardin et la maison dormaient, et la petite porte de fer ne grinça pas. Des roses trop mûres, des pavots rouges, les premiers balisiers à gosiers de rubis, des mufliers sombres brûlaient, par bouquets isolés, sur les pelouses. Au flanc de la maison béaient la porte neuve, et deux autres fenêtres dans un petit bâtiment de rez-de-chaussée, tout frais. « Tout est fini », constata Alain. Il marchait avec précaution, comme dans ses songes, et ne foulait que l'herbe.

Au murmure d'une voix qui montait du sous-sol, il s'arrêta, prêta l'oreille distraitement. Ce n'étaient que les vieilles voix connues, – servilité, bougonnements cultuels – les vieilles voix qui disaient autrefois « elle » et « Monsieur Alain », et qui flattaient le petit homme blond, la grêle forme virile, son aiguillon enfantin… « J'étais roi », se dit Alain en souriant tristement…

— Alors, c'est bientôt *qu'elle* va coucher ici ? demanda distinctement une des vieilles voix.

« C'est Adèle », se dit Alain. Étayé au mur, il écouta sans scrupule.

— Comme de bien entendu, dit Émile en chevrotant. Cet appartement, c'est bien mal combiné.

La femme de chambre, une Basquaise grisonnante, barbue, intervint :

— Je vous crois. De leur salle de bains, on entend tout ce qui se passe dans les waters. M. Alain n'en sera pas charmé.

— *Elle* a dit, la dernière fois *qu'elle* est venue, *qu'elle* n'avait pas besoin de rideaux dans son petit salon, puisqu'il n'y a pas de voisins sur le jardin.

— Pas de voisins ? Alors, et nous, si on va à la buanderie ? Qu'est-ce qu'on verra quand *elle* sera avec M. Alain ?

Alain devina des rires très bas, et l'antique Émile reprit :

— Oh ! on n'en verra peut-être pas tant que ça… *Elle* se fera remiser plus souvent qu'à son tour… M. Alain n'est pas quelqu'un à se laisser aller comme ça sur les divans à toute heure du jour et de nuit…

Pendant un silence, Alain n'entendit que le bruit d'une lame sur la pierre à couteaux, mais il resta aux écoutes contre la muraille chaude, cherchant vaguement des yeux, entre un géranium embrasé et le vert mordant du gazon, le pelage pierre-de-lune de Saha…

— Moi, dit Adèle, je trouve ça entêtant, le parfum *qu'elle* se met.

— Et ses robes, renchérit Juliette la Basquaise, sa manière de s'habiller, ça ne fait pas grande couture. *Elle* ferait plutôt genre artiste, à cause du culot. Et qu'est-ce *qu'elle* va nous amener, il paraîtrait, comme femme de chambre, une personne d'orphelinat, je pense, ou pire…

Un vasistas bascula et les voix s'éteignirent. Alain se sentait lâche et un peu tremblant, et respirait comme un homme épargné par des meurtriers. Il n'était pas surpris, ni indigné. Entre sa manière à lui de juger Camille et la rigueur des juges du sous-sol, la différence n'était pas grande. Mais le cœur lui battait d'écouter bassement, de n'en être point puni, et de recueillir des témoignages de partisans, de complices sans pacte. Il essuya son visage, aspira l'air profondément comme si cette bouffée de misogynie unanime, ce païen encens dédié au seul principe mâle l'eût étourdi. Sa mère, qui, s'éveillant de sa sieste, rabattait les persiennes de sa chambre, le vit debout, la joue encore appuyée au mur. Elle cria sans bruit, en mère sage.

— Ha ! mon garçon… Tu n'as pas de mal ?

Il lui prit les mains par-dessus l'appui de la fenêtre, comme un amoureux.

— Aucun, maman… Je suis venu en me promenant.

— C'est une bonne idée.

Elle n'en croyait rien, mais ils se souriaient en mentant l'un comme l'autre.

— Est-ce que je peux vous demander un petit service, maman ?

— Un petit service d'argent, je parie ? Vous n'êtes pas trop bien fournis cette année, mes pauvres enfants, c'est vrai…

— Non, maman… S'il vous plaît, je voudrais que vous ne disiez pas à Camille que je suis venu aujourd'hui. Comme je suis venu sans motif, je veux dire sans autre motif que de vous embrasser, j'aime mieux… Ce n'est pas tout. Je voudrais que vous me donniez un conseil. Entre nous, n'est-ce pas ?

Mme Amparat baissa les yeux, fourragea sa chevelure blanche frisée, essaya d'écarter la confidence.

— Je ne suis pas bavarde, tu sais… Tu me surprends toute dépeignée, j'ai l'air d'une vieille roulottière… Tu ne veux pas entrer au frais ?

— Non, maman… Pensez-vous qu'il y ait un moyen, – c'est une idée qui me suit – un moyen gentil, naturellement, – qui soit agréable à tout le monde – un moyen d'empêcher Camille d'habiter ici ?

Il serrait les mains de sa mère, attendait leur tressaillement ou leur dérobade. Mais elles restaient froides et douces entre les siennes.

— Ce sont des idées de jeune marié, dit-elle gênée.

— Comment ?

— Oui. Entre les jeunes mariés ça va trop bien, ou ça va trop mal. Et je ne sais pas lequel vaut le mieux. Mais ça ne va jamais tout seul.

— Mais maman, ce n'est pas ça que je vous demande, je vous demande s'il n'y a pas un moyen…

Pour la première fois, il perdait contenance devant sa mère. Elle ne l'aidait pas et il détourna le front avec humeur.

— Tu parles comme un enfant. Par cette chaleur tu cours les rues, et tu t'en viens après une dispute me poser des questions… je ne sais pas, moi… Des questions qui n'ont une réponse que dans le divorce… Ou dans le déménagement, ou Dieu sait dans quoi…

Elle s'essoufflait dès qu'elle parlait, et Alain ne se reprocha que de la voir rouge, hors d'haleine pour peu de mots. « Assez pour aujourd'hui », jugea-t-il prudemment.

— Nous ne nous sommes pas disputés, maman. C'est seulement moi qui ne m'habitue pas à l'idée… qui ne voudrais pas voir…

Il désigna, d'un grand geste embarrassé, le jardin qui les entourait, l'étang vert de la pelouse, le lit de pétales sous les rosiers en arceaux, un brouillard d'abeilles au-dessus du lierre fleuri, la maison laide et révérée…

La main qu'il avait gardée dans l'une des siennes se ferma, se durcit en petit poing, et il baisa brusquement cette main sensible: « Assez, assez pour aujourd'hui… »

— Je m'en vais, maman. M. Veuillet vous téléphone demain à huit heures pour cette histoire de baisse des actions… J'ai meilleure mine, maman?

Il levait ses yeux verdis par l'ombre du tulipier, renversait son visage qu'il contraignait par habitude, par tendresse et par diplomatie, à l'ancienne expression enfantine. Un clin de paupières pour embellir l'œil, un sourire de séduction, une moue des lèvres… La main maternelle se rouvrit, passa par-dessus l'appui de la fenêtre, atteignit et palpa, sur Alain, des points faibles et connus, – l'omoplate, la pomme d'Adam, le haut du bras – et la réponse ne vint qu'après le geste:

— Un peu meilleure… Oui, plutôt un peu meilleure mine…

« Je lui ai fait plaisir, en la priant de cacher quelque chose à Camille… » Au souvenir de la dernière caresse maternelle, il serra sa ceinture sous son veston. « J'ai maigri, je maigris. Plus de culture physique – plus d'autre culture physique que l'amour… »

Il allait léger, vêtu pour la saison, et la brise fraîchissante le séchait, chassant devant lui le parfum amer de sa sueur blonde, parent du noir cyprès. Il laissait son bastion natal inviolé, sa souterraine cohorte alliée intacte, et le reste de la journée coulerait facile.

Jusqu'à minuit sans doute, assis au flanc de Camille inoffensive, il boirait en voiture l'air du soir, tantôt sylvestre entre les chênaies bordées de fossés vaseux, tantôt sec et sentant l'aire à blé… « Et je rapporterai du chiendent d'origine pour Saha ! »

Il se reprocha avec véhémence le sort de sa chatte, qui vivait à si petit bruit en haut du belvédère. « Elle est comme sa propre chrysalide, et par ma faute… » À l'heure des jeux conjugaux, elle se bannissait si strictement qu'Alain ne l'avait jamais vue dans la chambre triangulaire. Elle mangeait juste assez, perdait son langage varié, ses exigences et préférait à tout sa longue attente. « De nouveau, elle attend derrière des barreaux… Elle m'attend. »

La voix éclatante de Camille, comme il atteignait le palier, franchit la porte fermée :

— C'est cette sacrée cochonnerie de bête ! Et qu'elle crève, bon Dieu ! Quoi ?… Non, madame Buque, quand vous direz… Je m'en fous ! Je m'en fous !

Il distingua encore quelques mots injurieux. Très doucement il tourna la clef dans la serrure, mais ne put consentir, passé son propre seuil, à écouter sans être vu. « Une sacrée cochonnerie de bête ? Mais quelle bête ? Une bête dans la maison ? »

Dans le studio, Camille, en petit pull-over sans manches, un béret de tricot accroché miraculeusement sur l'occiput, chaussait avec rage ses mains nues de gants à entonnoirs, et elle parut stupéfaite à la vue de son mari.

— C'est toi!... D'où sors-tu?

— Je ne sors pas, je rentre. Toi, à qui en as-tu?

Elle tourna l'obstacle, attaqua Alain par une volte habile.

— Te voilà bien tranchant, pour une fois que tu es à l'heure. Je suis prête, moi, je t'attends!

— Tu ne m'attends pas, puisque je suis à l'heure. À qui en avais-tu? J'ai entendu: sacrée cochonnerie de bête... Quelle bête?

Elle loucha très légèrement, mais soutint le regard d'Alain.

— Le chien, cria-t-elle. Le damné chien d'en bas, le chien du matin et du soir! Ça le reprend! Tu ne l'entends pas aboyer? Écoute!

Le doigt levé elle commandait l'attention, et Alain eut le temps de s'apercevoir que le doigt ganté tremblait. Il céda à un naïf besoin de certitude.

— J'ai cru que c'était de Saha que tu parlais, figure-toi...

— Moi? s'écria Camille. Parler de Saha sur ce ton-là? Je ne m'y frotterais pas. Qu'est-ce qui me tomberait! Tu viens, enfin, tu viens?

— Sors la voiture, je te rejoins en bas. Je me cherche un mouchoir et un pull-over...

Il s'enquit d'abord de la chatte, et ne vit sur la terrasse la plus fraîche, près du fauteuil de toile où Camille dormait parfois l'après-midi, que des éclats de verre brisé, qu'il interrogea d'un œil stupide.

— La chatte est avec moi, monsieur, dit la voix flûtée de Mme Buque. Elle aime bien mon tabouret de paille. Elle fait ses griffes dessus.

« Dans la cuisine ! » songea douloureusement Alain. « Mon petit puma, ma chatte des jardins, ma chatte des lilas et des hannetons, dans la cuisine !... Ah ! tout ça va changer ! »

Il embrassa Saha sur le front, lui chanta tout bas quelques versets rituels et lui promit le chiendent et les fleurs d'acacia sucrées. Mais il trouva que la chatte et Mme Buque manquaient de naturel, Mme Buque surtout.

— Nous rentrons dîner, ou bien nous ne rentrons pas, madame Buque. La chatte a tout ce qu'il lui faut ?

— Oui, monsieur, oui, oui, monsieur, dit Mme Buque avec précipitation. Je fais bien tout ce que je peux, j'assure à monsieur...

La grosse femme était rouge et semblait près des larmes ; elle passa sur le dos de la chatte une main amicale et maladroite. Saha bomba le dos et proféra un petit « m'hain », une parole de chat pauvre et timide, qui gonfla de tristesse le cœur de son ami.

La promenade fut plus douce qu'il ne l'espérait. Assise au volant, l'œil agile, le pied et la main d'accord, Camille le mena jusqu'au coteau de Montfort-l'Amaury.

— On dîne dehors, Alain ?… Mon chéri ?

Elle lui souriait de profil, belle comme toujours au crépuscule, la joue brune et transparente, le coin de l'œil et les dents du même blanc étincelant. Dans la forêt de Rambouillet elle abattit le pare-brise et le vent emplit les oreilles d'Alain d'un bruit de feuillages et d'eau courante.

— Un petit lapin !… criait Camille. Un faisan !

— Encore un lapin ! Un peu plus…

— Il ne connaît pas sa veine, celui-là !

— Tu as une fossette dans la joue comme sur tes photographies d'enfant, dit Alain qui s'animait.

— Ne m'en parle pas, je deviens énorme ! dit-elle en secouant les épaules.

Il guetta le retour du rire et de la fossette, et son attention descendit jusqu'au cou robuste, net de tout collier de Vénus, un cou inflexible et rond de belle négresse blanche. « Mais oui, elle a engraissé. De la plus séduisante façon, d'ailleurs, car ses seins, eux aussi… » Il fit un retour sur lui-même, et buta, morose, contre l'antique grief viril : « Elle, elle s'engraisse à faire l'amour… Elle engraisse de moi. » Il glissa une main jalouse sous son veston, tâta ses côtes, et cessa d'admirer la fossette et la joue enfantines.

Mais il eut un mouvement vaniteux en s'asseyant, un peu plus tard, à la table d'une auberge renommée, lorsque les dîneurs voisins se retinrent de parler et de manger pour regarder Camille. Et il échangea avec sa femme le sourire, le mouvement de menton, le manège de coquetterie qui convenait au « joli couple ».

Ce fut pour lui seul d'ailleurs que Camille atténua le son de sa voix, montra un peu de langueur et des prévenances qui n'étaient point de parade. En revanche, Alain lui ôta des mains le ravier de tomates crues et le panier de fraises, insista pour qu'elle prît du poulet à la crème, et il lui versait un vin qu'elle n'aimait pas beaucoup, mais qu'elle buvait vite.

— Tu sais bien que je n'aime pas le vin, répétait-elle chaque fois qu'elle vidait son verre.

Le soleil couché n'emportait pas la lumière du ciel presque blanc, à petites nues pommelées d'un rose sombre. Mais de la forêt, debout et massive derrière les tables de l'auberge, semblaient sortir ensemble la nuit et la fraîcheur. Camille posa sa main sur celle d'Alain.

— Quoi ? quoi ? Qu'est-ce qu'il y a ? dit-il effrayé.

Elle retira sa main, étonnée. Le peu de vin qu'elle avait bu riait, humide, dans ses yeux où brillait l'image toute petite et oscillante des ballons roses suspendus à la pergola.

— Mais rien, voyons ! Nerveux comme un chat… C'est défendu, de mettre ma main sur la tienne ?

— J'ai cru, avoua-t-il lâchement, j'ai cru que tu voulais me dire quelque chose… de grave… J'ai cru, dit-il d'un trait, que tu allais me dire que tu étais enceinte…

Le petit rire aigu de Camille attira sur elle l'attention des hommes attablés.

— Et ça t'a bouleversé à ce point-là ?… De joie ou… d'embêtement ?

— Je ne sais pas au juste… Et toi, qu'est-ce que ça te ferait ? Contente ou pas contente ? Nous y avons si peu pensé… moi du moins… Mais pourquoi ris-tu ?

— C'est ta figure… Tout d'un coup une figure de condamné… C'est trop drôle. Tu vas me faire dégommer mes cils…

Elle soulevait, sur ses deux index, les cils de ses deux paupières.

— Ce n'est pas drôle, c'est grave, dit Alain, heureux de donner le change. « Mais pourquoi ai-je eu si peur ? » pensait-il.

— Ce n'est grave, dit Camille, que pour les gens qui n'ont pas de logement, ou qui n'ont que deux pièces. Mais nous…

Sereine, équilibrée dans l'optimisme par le vin traître, elle fumait et parlait comme si elle eût été seule, le flanc à la table et les jambes croisées.

— Baisse ta jupe, Camille.

Elle ne l'entendit pas, et poursuivit :

— Nous, on a l'essentiel pour un enfant : un jardin, et quel !... Et une chambre rêvée, avec sa salle de bains.

— Une chambre ?

— Ton ancienne chambre, qu'on repeint, – par exemple tu seras bien gentil de ne pas y exiger une frise de petits canards et de sapins des Vosges sur fond ciel... Ça fausserait le goût de notre descendance...

Il se garda de l'arrêter. Les joues échauffées, elle parlait avec nonchalance, contemplant au loin ce qu'elle construisait. Il ne l'avait jamais vue aussi belle. La base de son cou, fût sans plis, faisceau de muscles enveloppés, le retenait et aussi les narines qui soufflaient la fumée... « Quand je lui fais plaisir et qu'elle serre la bouche, elle respire en ouvrant les narines comme un petit cheval... »

Il entendit tomber, des lèvres rougies et dédaigneuses, des prédictions si folles qu'elles cessèrent de l'épouvanter : Camille avançait tranquillement dans sa vie de femme, parmi les décombres du passé d'Alain. « Mâtin, jugea-t-il, comme c'est organisé... J'en apprends ! » Un tennis remplacerait plus tard la grande pelouse inutile... La cuisine et l'office...

— Tu ne t'es jamais rendu compte de leur incommodité, et de la place perdue ? C'est comme le garage… Tout ce que j'en dis, mon chéri, c'est pour que tu saches que je pense beaucoup à notre installation véritable… Avant tout, nous devons ménager ta mère qui est d'une telle gentillesse et ne jamais nous passer de son approbation… N'est-ce pas ?

Il faisait signe que oui, il faisait signe que non, au petit bonheur, en ramassant des fraises des bois égaillées sur la nappe. Un repos provisoire, un avant-goût d'indifférence, à partir de « ton ancienne chambre », l'avaient immunisé.

— Une seule chose peut nous presser, continua Camille, la dernière carte postale de Patrick est datée des Baléares, attention… Il faut moins de temps à Patrick pour venir des Baléares, s'il n'y traîne pas sur les plages, qu'à notre décorateur pour tout finir – qu'il crève tout violet, cet enfant de Pénélope couverte par une tortue mâle ! Mais je prendrais ma voix de sirène : « Mon petit Patrick… » Et tu sais qu'elle lui fait beaucoup d'impression, ma voix de sirène, à Patrick…

— Des Baléares…, interrompit Alain songeur. Des Baléares…

— La porte à côté, autant dire… Où vas-tu ? Tu veux qu'on s'en aille ? On était si bien.

Debout, dégrisée, elle bâillait de sommeil et frissonnait.

— Je prends le volant, dit Alain. Mets le vieux manteau qui est sous le coussin. Et dors.

Une mitraille d'éphémères, des papillons de vif-argent, des lucanes durs comme des cailloux accouraient au-devant des phares, et l'automobile refoulait, comme une onde, l'air encombré d'ailes. Camille s'endormit en effet, toute droite, entraînée à ne point charger, même endormie, l'épaule et le bras du conducteur. Elle saluait seulement, à petits coups de tête, les cassis de la route.

« Des Baléares… », se répétait Alain. À la faveur de l'air noir, des feux blancs qui captaient, repoussaient, décimaient les créatures volantes, il réintégrait le vestibule surpeuplé de ses songes, le firmament à poussières de visages éclatés, de gros yeux ennemis qui remettaient au lendemain une reddition, un mot de passe, un chiffre. Si bien qu'il omit de couper au plus court entre Pontchartrain et l'octroi de Versailles, et Camille grogna dans son sommeil. « Bravo ! applaudit Alain. Bon réflexe. Bons petits sens fidèles et vigilants… Ah ! comme je te trouve aimable, comme notre accord est facile quand tu dors et que je veille… »

La rosée mouillait leurs cheveux nus, leurs manches, quand ils mirent pied à terre dans leur rue neuve, déserte sous le clair de lune. Alain leva la tête : au centre de la lune presque ronde, en haut des neuf étages, une petite ombre cornue de chat, penchée, attendait. Il la montra à Camille :

— Regarde ! Comme elle attend !

— Tu as de bons yeux, dit Camille bâillant.

— Si elle tombait ! Ne l'appelle pas, surtout !

— Tu peux être tranquille, dit Camille. Si je l'appelais, elle ne viendrait pas.

— Pour cause, ricana Alain.

Dès qu'il eut laissé échapper ces deux mots il se les reprocha. « Trop tôt, trop tôt. Et quelle heure mal choisie ! » La main que Camille tendait vers le bouton de sonnerie ne toucha pas son but.

— Pour cause ? Pour quelle cause ? Allons, vas-y. J'ai encore manqué de respect à l'animal-tabou ? La chatte s'est plainte de moi ?

« Je suis bien avancé », pensait Alain en fermant le garage. Il retraversa la rue, rejoignit sa femme qui l'attendait en posture de bataille. « Ou je mets les pouces en échange d'une nuit tranquille – ou j'éteins, d'une bonne bourrade, le débat… ou… C'est trop tôt. »

— Eh bien, je te parle !

— Montons d'abord, dit Alain.

Ils se turent dans l'ascenseur exigu, serrés l'un contre l'autre. Dès le studio, Camille jeta loin d'elle son béret et ses gants, comme pour marquer qu'elle n'abandonnait pas la querelle. Alain s'occupait de Saha, l'invitait à quitter son poste périlleux. Patiente, empressée à ne pas lui déplaire, la chatte le suivit dans la salle de bains.

— Si c'est à cause de ce que tu as entendu avant le dîner, quand tu es rentré…, commença Camille sur le mode aigu, dès qu'il reparut.

Alain avait pris son parti et l'interrompit d'un air las :

— Mon petit, qu'est-ce que nous allons nous dire? Rien que nous ne sachions. Que tu n'aimes guère la chatte, que tu as engueulé la mère Buque parce que la chatte a cassé un vase, – ou un verre, j'ai vu les morceaux? Je te répondrai que je tiens à Saha, que ta jalousie serait la même à peu près si j'avais gardé une chaude affection pour un ami d'enfance… Et la nuit y passerait. Merci bien. J'aime mieux dormir. Tiens, la prochaine fois, je te conseille de prendre les devants et d'avoir un petit chien.

Saisie, embarrassée de sa colère sans emploi, Camille le regardait, les sourcils hauts.

— La prochaine fois ? Quelle prochaine fois ? Qu'est-ce que tu veux dire ? Quels devants ?

Comme Alain haussait les épaules, elle devint rouge et dans son visage redevenu très jeune, l'extrême éclat de ses yeux présagea des larmes : « Ah ! je m'ennuie… », gémit Alain en lui-même. « Elle va avouer. Elle va me donner raison. Je m'ennuie… »

— Écoute, Alain.

Avec effort, il feignit la violence, imita l'autorité.

— Non, mon petit. Non et non. Tu n'obtiendras pas de moi que je termine cette soirée, qui a été charmante, par une discussion stérile ! Non, tu ne changeras pas en drame un enfantillage, pas plus que tu ne m'empêcheras d'aimer les animaux !

Une sorte de gaieté amère passa dans les yeux de Camille, mais elle ne parla pas. « J'ai peut-être été un peu fort. Enfantillage était de trop. Et pour ce qui est d'aimer les animaux, qu'en sais-je ?... » Une petite forme d'un bleu d'ombre, cernée, comme un nuage, d'un ourlet d'argent, assise au bord vertigineux de la nuit, occupa sa pensée et l'écarta du lieu sans âme où pied à pied il défendait sa chance d'isolement, son égoïsme, sa poésie...

— Allons, ma petite ennemie, dit-il avec une grâce déloyale, allons nous reposer.

Elle ouvrit la porte de la salle de bains où Saha, installée pour la nuit sur le tabouret-éponge, ne parut lui accorder qu'un minimum d'attention.

— Mais pourquoi, mais pourquoi... Pourquoi m'as-tu dit : la prochaine fois...

Le bruit de l'eau couvrait et coupait la voix de Camille, à qui Alain ne répondait plus. Lorsqu'il la rejoignit dans le vaste lit, il lui souhaita une bonne nuit, l'embrassa au hasard sur son nez sans poudre, tandis que la bouche de Camille lui baisait le menton avec un petit bruit avide.

Éveillé tôt, il s'en alla doucement se recoucher sur le banc de la salle d'attente, l'étroit divan serré entre deux parois de vitres.

C'est là qu'il vint, les nuits suivantes, achever son repos. Il fermait de part et d'autre les rideaux opaques d'étoffe cirée, presque neufs et déjà à demi détruits par le soleil. Il respirait sur son corps l'arôme même de sa solitude, l'âpre parfum félin de la bugrane et du buis fleuri. Un bras étendu, l'autre plié sur sa poitrine, il reprenait l'attitude molle et souveraine de ses sommeils d'enfant. Suspendu au faîte étroit de la maison triangulaire, il favorisait de toutes ses forces le retour des songes anciens, que la fatigue amoureuse avait désagrégés.

Il s'échappait plus aisément que Camille ne l'eût voulu, contraint qu'il était de fuir sur place, par rétraction pure, depuis que l'évasion ne signifiait plus un escalier descendu à pas légers, le claquement d'une portière de taxi, une lettre brève… Aucune maîtresse ne lui avait donné de prévoir Camille et sa facilité de jeune fille, Camille et son appétit sans calcul, mais aussi Camille et son point d'honneur de partenaire offensé.

Évadé, recouché sur le banc de la salle d'attente, et cherchant de la nuque un petit coussin boudiné qu'il préférait à tous, Alain tendait une oreille inquiète vers la chambre qu'il venait de quitter. Mais jamais Camille ne rouvrit la porte. Seule, elle ramenait sur elle le drap froissé et la couverture de soie ouatée, mordait de dépit et de regret son index plié, et abaissait d'une tape sèche la longue paupière de métal chromé qui projetait, en travers du lit, un pont étroit de lumière blanche. Alain ne sut jamais si elle avait dormi dans le lit vide où elle apprenait, si jeune, qu'une nuit solitaire impose un réveil armé, puisqu'elle reparaissait fraîche, un peu parée, délaissant le peignoir-éponge et le pyjama de la veille. Mais elle ne pouvait pas comprendre que l'humeur sensuelle de l'homme est une saison brève, dont le retour incertain n'est jamais un recommencement.

Couché, seul, baigné d'air nocturne, mesurant le silence et la hauteur de sa cime par les cris affaiblis des bateaux sur la Seine proche, l'infidèle retardait son sommeil jusqu'à l'apparition de Saha. Elle venait à lui, ombre plus bleue que l'ombre, sur le bord de la verrière ouverte. Elle y restait aux aguets et ne descendait pas sur la poitrine d'Alain, encore qu'il l'en priât par des paroles qu'elle reconnaissait.

— Viens, mon petit puma, viens… Ma chatte des cimes, ma chatte des lilas, Saha, Saha, Saha…

Elle résistait, assise au-dessus de lui sur le rebord de la fenêtre. Il ne distinguait d'elle que sa forme de chatte sur le ciel, son menton penché, ses oreilles passionnément orientées vers lui, et jamais il ne put surprendre l'expression de son regard.

Parfois l'aube sèche, l'aube d'avant le lever du vent, les vit assis sur la terrasse de l'est, contemplant joue à joue le pâlissement du ciel et l'essor des pigeons blancs quittant, un à un, le beau cèdre de la Folie-Saint-James. Ensemble ils s'étonnaient d'être si loin au-dessus de la terre, si seuls, et si peu heureux. D'un mouvement ardent et onduleux de chasseresse, Saha suivait le vol des pigeons, et exhalait quelques « … ek… ek… », écho affaibli des « mouek… mouek… » d'excitation, de convoitise et de jeu violent.

— Notre chambre, lui disait Alain dans l'oreille. Notre jardin, notre maison…

Elle maigrissait de nouveau, et Alain la trouvait légère et ravissante. Mais il souffrait de la voir si douce, et patiente comme tous ceux que lasse et soutient une promesse.

Le sommeil reprenait Alain à mesure que le jour, éclos, raccourcissait les ombres. Découronné d'abord et élargi par la brume de Paris, puis rapetissé, allégé et déjà brûlant, le soleil montait, allumant un crépitement de passereaux dans les jardins. La lumière accrue révélait sur les terrasses, au bord des balcons, dans les courettes où languissaient des arbustes captifs, le désordre d'une nuit chaude, un vêtement oublié sur une chaise longue en rotin, des verres vides sur un guéridon de tôle, une paire de sandales. Alain haïssait cette impudeur des petits logis opprimés par l'été, et il regagnait son lit d'un bond, par un panneau béant de la verrière. En bas de la maison à neuf étages, dans un petit jardin de légumes grêles, un jardinier levait la tête pour voir ce jeune homme blanc qui perçait, d'un saut de cambrioleur, la paroi translucide.

Saha ne le suivait pas. Tantôt elle penchait une oreille vers la chambre triangulaire, tantôt elle notait sans passion l'éveil d'un monde lointain, à ras de terre. D'une maisonnette caduque un chien délivré s'élançait, muet, tournait autour du jardinet et ne recouvrait la voix qu'après son temps de course sans but. Des femmes paraissaient aux fenêtres, une servante furieuse claquait les portes, secouait des coussins orange sur un toit plat à l'italienne, – des hommes, éveillés à regret, allumaient l'amère première cigarette... Enfin, dans la cuisine sans feu du Quart-de-Brie s'entrechoquaient la cafetière automatique à sifflet et la théière électrique; – par le hublot de la salle de bains s'envolaient le parfum et le bâillement rugi de Camille... Saha, résignée, repliait ses pattes sous son ventre et feignait le sommeil.

Un soir de juillet qu'elles attendaient toutes deux le retour d'Alain, Camille et la chatte se reposèrent au même parapet, la chatte couchée sur ses coudes, Camille appuyée sur ses bras croisés. Camille n'aimait pas ce balcon-terrasse réservé à la chatte, limité par deux cloisons de maçonnerie, qui le gardaient du vent et de toute communication avec la terrasse de proue.

Elles échangèrent un coup d'œil de pure investigation, et Camille n'adressa pas la parole à Saha. Accoudée, elle se pencha comme pour compter les étages de stores orange largués du haut en bas de la vertigineuse façade, et frôla la chatte qui se leva pour lui faire place, s'étira, et se recoucha un peu plus loin.

Dès que Camille était seule, elle ressemblait beaucoup à la petite fille qui ne voulait pas dire bonjour, et son visage retournait à l'enfance par l'expression de naïveté inhumaine, d'angélique dureté qui ennoblit les visages enfantins. Elle promenait sur Paris, sur le ciel d'où chaque jour la lumière se retirait plus tôt, un regard impartialement sévère, qui peut-être ne blâmait rien. Elle bâilla nerveusement, se redressa et fit quelques pas distraits, se pencha de nouveau, en obligeant la chatte à sauter à terre. Saha s'éloigna avec dignité et préféra rentrer dans la chambre. Mais la porte de l'hypoténuse avait été refermée, et Saha s'assit patiemment. Un instant après elle devait céder le passage à Camille, qui se mit en marche d'une cloison à l'autre, à pas brusques et longs, et la chatte sauta sur le parapet. Comme par jeu, Camille la délogea en s'accoudant, et Saha, de nouveau, se gara contre la porte fermée.

L'œil au loin, immobile, Camille lui tournait le dos. Pourtant la chatte regardait le dos de Camille, et son souffle s'accélérait. Elle se leva, tourna deux ou trois fois sur elle-même, interrogea la porte close... Camille n'avait pas bougé. Saha gonfla ses narines, montra une angoisse qui ressemblait à la nausée ; un miaulement long, désolé, réponse misérable à un dessein imminent et muet, lui échappa, et Camille fit volte-face.

Elle était un peu pâle, c'est-à-dire que son fard évident dessinait sur ses joues deux lunes ovales. Elle affectait l'air distrait, comme elle l'eût fait sous un regard humain. Même elle commença un chantonnement à bouche fermée, et reprit sa promenade de l'une à l'autre cloison, sur le rythme de son chant, mais la voix lui manqua. Elle contraignit la chatte, que son pied allait meurtrir, à regagner d'un saut son étroit observatoire, puis à se coller contre la porte.

Saha s'était reprise, et fût morte plutôt que de jeter un second cri. Traquant la chatte sans paraître la voir, Camille alla, vint, dans un complet silence. Saha ne sautait sur le parapet que lorsque les pieds de Camille arrivaient sur elle, et elle ne retrouvait le sol du balcon que pour éviter le bras tendu qui l'eût précipitée du haut des neuf étages.

Elle fuyait avec méthode, bondissait soigneusement, tenait ses yeux fixés sur l'adversaire, et ne condescendait ni à la fureur, ni à la supplication. L'émotion extrême, la crainte de mourir, mouillèrent de sueur la sensible plante de ses pattes, qui marquèrent des empreintes de fleurs sur le balcon stuqué.

Camille sembla faiblir la première, et disperser sa force criminelle. Elle commit la faute de remarquer que le soleil s'éteignait, donna un coup d'œil à son bracelet-montre, prêta l'oreille à un tintement de cristaux dans l'appartement. Quelques instants encore et sa résolution, en l'abandonnant comme le sommeil quitte le somnambule, la laisserait innocente et épuisée… Saha sentit chanceler la fermeté de son ennemie, hésita sur le parapet, et Camille, tendant les deux bras, la poussa dans le vide.

Elle eut le temps d'entendre le crissement des griffes sur le torchis, de voir le corps bleu de Saha tordu en *S*, agrippé à l'air avec une force ascendante de truite, puis elle recula et s'accota au mur.

Elle ne montra aucune tentation de regarder en bas, dans le petit potager cerné de moellons neufs. Rentrée dans la chambre, elle posa ses mains sur ses oreilles, les retira, secoua la tête comme si elle entendait un chant de moustique, s'assit et faillit s'endormir ; mais la nuit tombante la remit debout et elle chassa le crépuscule en allumant pavés de verre, rainures lumineuses, champignons aveuglants et aussi la longue paupière chromée qui versait un regard opalin en travers du lit.

Elle se déplaçait élastiquement, maniait les objets avec des mains légères, adroites, rêveuses.

— Je suis comme si j'avais maigri..., dit-elle à haute voix.

Elle changea ses vêtements, s'habilla de blanc.

— Ma mouche dans du lait, dit-elle en imitant la voix d'Alain. Ses joues se recolorèrent au passage d'un souvenir sensuel qui la rendit à la réalité, et elle attendit l'arrivée d'Alain.

Elle penchait la tête vers l'ascenseur bourdonnant, tressaillait à tous les bruits – chocs sourds de tremplin, gifles métalliques, grincements de bateau à l'ancre, musiques jugulées – qu'exhale la vie discordante d'une maison neuve. Mais elle n'eut pas l'air étonnée que le grelottement caverneux du timbre remplaçât, dans l'antichambre, le tâtonnement d'une clef dans la serrure. Elle courut, et ouvrit elle-même.

— Ferme la porte, commanda Alain. Que je voie avant tout si elle n'est pas blessée. Viens, tu me donneras de la lumière.

Il portait Saha vivante dans ses bras. Il alla droit à la chambre, poussa de côté les bibelots de la coiffeuse invisible, déposa doucement la chatte sur la planche de verre. Elle se tint debout et d'aplomb sur ses pattes, mais promena autour d'elle le regard de ses yeux profondément enchâssés, comme elle eût fait dans un logis étranger.

— Saha!… appela Alain à mi-voix. Si elle n'a rien, ce sera un miracle… Saha!

Elle leva la tête, comme pour rassurer son ami, et appuya sa joue contre sa main.

— Marche un peu, Saha… Elle marche! Ah! là là… Six étages de chute… C'est le store du type du deuxième qui a amorti… De là, elle a rebondi sur le petit gazon des concierges, le concierge l'a vue passer en l'air. Il m'a dit: « J'ai cru que c'était un parapluie qui tombait… » Qu'est-ce qu'elle a à l'oreille?… Non, c'est du blanc de mur. Attends, que j'écoute son cœur…

Il coucha la chatte sur le flanc, et interrogea les côtes battantes, le rouage minuscule et désordonné.

Ses cheveux blonds répandus, les yeux clos, il sembla dormir sur le flanc de Saha, s'éveiller avec un soupir, et apercevoir seulement Camille qui regardait, debout et silencieuse, leur groupe serré.

— Crois-tu !... Elle n'a rien, – du moins je ne lui découvre rien, qu'un cœur terriblement agité, mais un cœur de chat est normalement agité. Mais comment ça a-t-il pu arriver ? Je te le demande comme si tu pouvais le savoir, ma pauvre petite. Elle est tombée de ce côté-ci..., dit-il en regardant la porte-fenêtre béante... Saute à terre, Saha, si tu peux...

Elle sauta après avoir hésité, mais se recoucha sur le tapis. Elle respirait vite, et continuait de regarder, d'un regard incertain, toute la chambre.

— J'ai envie de téléphoner à Chéron... Pourtant, tu vois, elle se lave. Elle ne se laverait pas si elle avait un mal caché... Ah ! bon Dieu !

Il s'étira, jeta son veston sur le lit, vint à Camille.

— Quelle alerte... Te voilà bien jolie tout en blanc... Embrasse-moi, ma mouche dans du lait !...

Elle s'abandonna dans les bras qui se souvenaient enfin d'elle, et ne put retenir des sanglots saccadés.

— Non ?... Tu pleures ?

Il se troubla à son tour, cacha son front dans les cheveux noirs et doux.

— Je... je ne savais pas que tu étais bonne, figure-toi...

Elle eut le courage de ne pas se dégager sur ce mot. Alain, d'ailleurs, retourna vite à Saha, qu'il voulut conduire sur la terrasse à cause de la chaleur. Mais la chatte résista, se contenta de se coucher près du seuil, tournée vers le soir bleu comme elle. De temps en temps, elle tressaillait brièvement et surveillait derrière elle le fond de la chambre triangulaire.

— C'est la commotion, expliqua Alain. J'aurais voulu l'installer dehors...

— Laisse-la, dit faiblement Camille. Puisqu'elle ne veut pas.

— Ses caprices sont des ordres. Surtout aujourd'hui ! Qu'est-ce qu'il peut bien rester de mangeable, à cette heure-ci ? Neuf heures et demie !

La mère Buque roula la table sur la terrasse, et ils dînèrent devant le Paris de l'est, le plus piqueté de feux. Alain parlait beaucoup, buvait de l'eau rougie, accusait Saha de maladresse, d'imprudence, de « faute de chat »...

— Les « fautes de chat » sont des sortes d'erreurs sportives, des défaillances imputables à l'état de civilisation et de domestication... Elles n'ont rien de commun avec des maladresses, des brusqueries presque voulues...

Mais Camille ne lui demandait plus : « Comment le sais-tu ? »

Après le dîner, il emporta Saha et entraîna Camille dans le studio, où la chatte consentit à boire le lait qu'elle avait refusé. En buvant elle tremblait de tout le corps, comme les chats qu'on abreuve de liquides trop froids.

— La commotion, répéta Alain. Je demanderai tout de même à Chéron de passer la voir demain matin… Oh! j'oublie tout! s'écria-t-il gaiement. Téléphone chez le concierge! J'ai laissé dans la loge le rouleau qu'y a déposé Massart, notre sacré meublier.

Camille obéit tandis qu'Alain, fatigué, détendu, tombait dans un des fauteuils errants et fermait les yeux :

— Allô! téléphonait Camille. Oui… Ça doit être ça… Un grand rouleau… Merci bien.

Les yeux fermés, il riait. Elle était revenue près de lui, et le regardait rire.

— Cette petite voix que tu fais! Qu'est-ce que c'est que cette nouvelle petite voix? « Un grand rouleau… Merci bien », minauda-t-il. C'est à la concierge que tu réserves une si petite voix? Viens, nous ne sommes pas trop de deux pour affronter les dernières créations de Massart.

Il déroula sur la table d'ébène un grand lé de whatman. Aussitôt Saha, amoureuse de toute paperasse, sauta sur le lavis.

— Qu'elle est gentille! s'exclama Alain. C'est pour me montrer qu'elle n'a aucun mal. Ô ma rescapée!… Est-ce qu'elle n'a pas une bosse à la tête? Camille, tâte sa tête… Non, elle n'a pas de bosse. Tâte-lui la tête tout de même, Camille…

Une pauvre petite meurtrière, docile, essaya de sortir de la relégation où elle s'enfonçait, tendit la main et toucha doucement, avec une haine humble, le crâne de la chatte…

Le plus sauvage feulement, un cri, un bond d'épilepsie, répondirent à son geste, et Camille fit « ha ! » comme une brûlée. Debout sur le lavis déployé, la chatte couvrait la jeune femme d'une accusation enflammée, levait le poil de son dos, découvrait ses dents et le rouge sec de sa gueule…

Alain s'était levé, prêt à protéger l'une de l'autre Saha et Camille.

— Attention ! Elle est… elle est peut-être folle… Saha…

Elle le dévisagea avec violence, mais d'une manière lucide qui attestait la présence de sa raison.

— Qu'est-ce qu'il y a eu ? Où l'as-tu touchée ?

— Je ne l'ai pas touchée…

Ils se parlaient bas, et du bout des lèvres.

— Ça, par exemple…, dit Alain. Je ne comprends pas… Avance encore la main.

— Non, je ne veux pas ! protesta Camille. Elle est peut-être enragée, ajouta-t-elle.

Alain se risqua à caresser Saha, qui abattit son poil hérissé, se modela sous la paume amie, mais ramena la lumière de ses yeux sur Camille.

— Ça, par exemple…, répéta Alain lentement. Tiens, elle a une écorchure au nez, je n'avais pas vu… c'est du sang séché. Saha, Saha, sage…, dit-il en voyant la fureur croître dans les yeux jaunes.

À cause du gonflement des joues, de la rigidité chasseresse des moustaches dardées en avant, la chatte furieuse semblait rire. L'allégresse des combats tirait les coins mauves de la gueule, bandait le mobile menton musclef, et tout le félin visage s'efforçait vers un langage universel, vers un mot oublié des hommes…

— Qu'est-ce que c'est, ça ? dit brusquement Alain.

— Ça quoi ?

Sous le regard de la chatte, Camille récupérait la bravoure, et l'instinct de la défense. Penché sur le lavis, Alain déchiffrait des empreintes humides, par groupes de quatre petites taches autour d'une tache centrale irrégulière.

— Ses pattes… mouillées ? murmura Alain.

— Elle aura marché dans l'eau, dit Camille. Tu en fais des histoires avec rien !

Alain releva la tête vers la nuit sèche et bleue.

— Dans l'eau ? Dans quelle eau ?…

Il se retourna vers sa femme, enlaidi singulièrement par ses yeux qu'il arrondissait.

— Tu ne sais pas ce que c'est que ces traces-là ? dit-il âprement. Non, tu n'en sais rien. C'est de la peur, comprends-tu, de la peur. La sueur de la peur, la sueur du chat, la seule sueur du chat… Elle a donc eu peur…

Il prit avec délicatesse une patte de devant de Saha, et du doigt essuya la plante charnue. Puis il retroussa la vivante gaine blanche où se reposaient les ongles rétractiles :

— Elle a toutes les griffes cassées…, dit-il en se parlant à lui-même. Elle s'est retenue… accrochée… Elle a griffé la pierre en se retenant… Elle…

Il s'interrompit, prit sans un mot de plus la chatte sous son bras et l'emporta dans la salle de bains.

Seule, immobile, Camille prêtait l'oreille. Elle tenait ses mains nouées l'une à l'autre, et, libre, semblait chargée de liens.

— Madame Buque, disait la voix d'Alain, vous avez du lait ?

— Oui, monsieur, dans le frigidaire.

— Alors, il est glacé ?

— Mais je peux le tiédir sur la plaque… C'est fait aussitôt que dit, tenez… C'est pour la chatte ? Elle n'est pas malade ?

— Non, elle est…

La voix d'Alain s'arrêta court, et changea :

— … elle est un peu dégoûtée de la viande par cette chaleur… Merci, madame Buque. Oui, vous pouvez partir. À demain matin.

Camille entendit son mari aller et venir, ouvrir un robinet, sut qu'il pourvoyait la chatte de nourriture et d'eau fraîche. Une ombre diffuse, au-dessus d'un abat-jour de métal, montait jusqu'à son visage où seules ses grandes prunelles bougeaient lentement.

Alain revint, resserrant nonchalamment sa ceinture de cuir, et se rassit à la table d'ébène. Mais il ne rappela pas Camille auprès de lui, et elle dut parler la première.

— Tu l'as renvoyée, la mère Buque ?

— Oui. Il ne fallait pas ?

Il allumait une cigarette et louchait sur la flamme du briquet.

— J'aurais voulu qu'elle apporte, demain matin… Oh ! c'est sans importance, ne t'excuse pas…

— Mais je ne m'excuse pas… Au fait, je l'aurais dû.

Il alla jusqu'à la baie ouverte, attiré par le bleu de la nuit. Il étudiait en lui-même un frémissement qui ne venait pas de l'émotion récente, un frémissement comparable à un trémolo d'orchestre, sourd et annonciateur. De la Folie-Saint-James une fusée monta, éclata en pétales lumineux que leur chute flétrit un à un, et le bleu nocturne recouvra sa paix, sa poudreuse profondeur. Dans le parc de la Folie, une grotte de rocailles, une colonnade, une cascade s'illuminèrent de blanc incandescent et Camille se rapprocha.

— Ils donnent une fête ?… Attendons le feu d'artifice… Tu entends les guitares ?

Il ne lui répondit pas, occupé de son propre frémissement. Les poignets et les mains fourmillants, les reins las et travaillés de mille piqûres, son état lui rappelait une lassitude exécrée, la fatigue des anciennes compétitions sportives, au collège, – course à pied, lutte à l'aviron – d'où il sortait vindicatif, méprisant sa victoire ou sa défaite, palpitant et fourbu. Il n'était paisible qu'en une partie de lui-même, celle qui ne s'inquiétait plus de Saha. Depuis un long moment – ou depuis un moment très court – depuis la découverte des griffes cassées, depuis la peur furibonde de Saha, il n'avait pas exactement mesuré le temps.

— Ce n'est pas un feu d'artifice, dit-il. Plutôt des danses…

Au mouvement que fit Camille près de lui dans l'ombre, il comprit qu'elle n'attendait plus sa réponse. Mais elle s'enhardit, et se rapprocha encore. Il la sentit venir sans appréhension, perçut de profil la robe blanche, un bras nu, un demi-visage éclairé de jaune par les lampes de l'intérieur, un demi-visage bleu absorbé par la nuit claire, deux demi-visages divisés par le petit nez régulier, doués chacun d'un grand œil qui cillait peu.

— Oui, des danses, approuva-t-elle. Ce sont des mandolines, pas des guitares… Écoute… *Les donneurs… de sé-é-réna… des, Et les bel-les é-écou-teu…*

Sur la note la plus haute sa voix trébucha, et elle toussa pour excuser sa défaillance.

« Mais quelle petite voix…, s'étonnait Alain. Qu'a-t-elle fait de sa voix, grande ouverte comme ses yeux ? Elle chante d'une voix de fillette, et s'enroue… »

Les mandolines se turent, la brise apporta une faible rumeur humaine de plaisir et d'applaudissements. Peu après une fusée monta, éclata en ombrelle de rayons mauves où pendaient des larmes de feu vif.

— Oh !… s'écria Camille.

Ils avaient surgi de l'ombre tous deux comme deux statues, Camille en marbre lilas, Alain plus blanc, les cheveux verdâtres et les prunelles décolorées. La fusée éteinte, Camille soupira.

— C'est toujours trop court…, dit-elle plaintive.

La musique lointaine recommença. Mais un caprice du vent détourna le son des instruments à résonance aiguë, et les temps forts d'un des cuivres d'accompagnement, sur deux notes, montèrent lourdement jusqu'à eux.

— C'est dommage, dit Camille. Ils ont sans doute le meilleur jazz. C'est *Love in the Night,* qu'il joue…

Elle fredonna la mélodie d'une voix insaisissable, tremblante et haute, comme succédant à des pleurs. Cette voix nouvelle redoublait le malaise d'Alain, engendrait en lui un besoin de révélation, l'envie de briser ce qui – depuis un long moment, ou depuis un moment très court ? – s'élevait entre Camille et lui, ce qui n'avait pas encore de nom mais grandissait vite, ce qui l'empêchait de prendre Camille par le cou comme un garçon, ce qui le tenait accoté et immobile, attentif, contre le mur encore tiède de la chaleur du jour... Il devint impatient, et dit :

— Chante encore...

Une longue pluie tricolore, en branchages retombant comme les branches des saules pleureurs, raya le ciel au-dessus du parc, et montra à Alain Camille étonnée, déjà défiante :

— Chanter quoi ?

— *Love in the Night,* ou n'importe quoi...

Elle hésita, refusa :

— Laisse que j'écoute le jazz... même d'ici on entend qu'il est d'un moelleux...

Il n'insista pas, contint son impatience, dompta le fourmillement dont son corps retentissait tout entier.

Un essaim de petits soleils gais, qui gravitaient légers sur la nuit, prit l'essor, tandis qu'Alain les confrontait secrètement avec les constellations de ses songes préférés.

« Ceux-ci sont à retenir... je tâcherai de les emporter là-bas, nota-t-il gravement. J'ai trop négligé mes rêves... » Enfin, dans le ciel, au-dessus de la Folie, naquit et gonfla une sorte d'aurore vagabonde, jaune et rose, qui creva en médailles vermeilles, en fougères fulminantes, en rubans de métal aveuglant...

Des cris d'enfants, sur les terrasses inférieures, saluèrent le prodige à la lumière duquel Alain vit Camille distraite, absorbée, réclamée en elle-même par d'autres lueurs…

Il cessa d'hésiter dès que la nuit se referma, et glissa son bras nu sous le bras nu de Camille. En le touchant, il lui sembla qu'il le voyait, d'un blanc à peine teinté par l'été, vêtu d'un duvet à brins fins couchés sur la peau, mordorés sur l'avant-bras, plus pâles près de l'épaule…

— Tu es froide…, murmura-t-il. Tu n'es pas souffrante ?

Elle pleura tout bas, si promptement qu'Alain la soupçonna d'avoir préparé ses larmes.

— Non… C'est toi… C'est toi qui… qui ne m'aimes pas.

Il s'adossa au mur, prit Camille contre sa hanche. Il la sentait tremblante, et froide de l'épaule jusqu'à ses genoux, nus au-dessus des bas roulés. Elle adhérait à lui fidèlement, et ne ménageait pas son poids.

— Ah ! Ah ! je ne t'aime pas. Bon. C'est encore une scène de jalousie à cause de Saha ?

Il perçut, dans tout le corps qu'il soutenait, une onde musculeuse, une reprise de défense et d'énergie, et il insista, encouragé par l'heure, par une sorte d'opportunité indicible.

— Au lieu d'adopter comme moi cette charmante bête… Sommes-nous le seul jeune ménage à élever un chat, un chien ? Veux-tu un perroquet, un ouistiti, un couple de colombes, un chien, pour me rendre à mon tour bien jaloux ?

Elle secoua les épaules, en protestant à bouche fermée d'une voix chagrine. La tête haute, Alain surveillait sa propre voix, et se stimulait. « Allez, allez… encore deux ou trois enfantillages, du remplissage, et on arrive à quelque chose… Elle est comme une jarre qu'il faut que je renverse pour la vider… Allez… Allez… »

— Veux-tu un petit lion, un crocodile enfant, de cinquante ans à peine ? Non ?… Va, tu ferais mieux d'adopter Saha… Pour peu que tu t'en donnes la peine, tu verras…

Camille s'arracha de ses bras, si rudement qu'il chancela :

— Non ! cria-t-elle. Ça, jamais ! Tu m'entends ? Jamais !

Elle exhala un soupir furieux, et répéta plus bas :

— Ah ! non !… Jamais.

« Ça y est », se dit Alain avec délectation.

Il poussa Camille dans la chambre, fit tomber le store extérieur, alluma au plafond le rectangle de verre et ferma la fenêtre. D'un mouvement animal, Camille se rapprocha de l'issue, qu'Alain rouvrit :

— À la condition que tu ne cries pas, dit-il.

Il roula près de Camille l'unique fauteuil, enfourcha l'unique chaise au pied du large lit découvert, nappé de frais. Les rideaux de toile cirée, éployés pour la nuit, verdissaient la pâleur de Camille et sa robe blanche froissée.

— Alors ? commença Alain. Inarrangeable ? Affreuse histoire ? Ou elle, ou toi ?

Elle répondit d'un bref signe de tête, et Alain comprit qu'il fallait abandonner le ton badin.

— Que veux-tu que je te dise ? reprit-il après un silence. La seule chose que je ne veux pas te dire ? Tu sais bien que je ne renoncerai pas à cette chatte. J'en aurais honte. Honte devant moi, et devant elle…

— Je sais, dit Camille.

— … Et devant toi, acheva Alain.

— Oh ! moi…, dit Camille en levant la main.

— Tu comptes aussi, dit Alain durement. En somme, c'est à moi seul que tu en veux ? Tu n'as rien à reprocher à Saha, que l'affection qu'elle me porte ?

Elle ne répondit que par un regard trouble et hésitant, et il fut irrité d'avoir à la questionner encore. Il avait cru qu'une scène, violente et brève, forcerait toutes les issues, il s'en était remis à cette facilité. Mais, le premier cri jeté, Camille se repliait et ne fournissait d'aucun brandon le brasier. Il usa de patience :

— Dis-moi, mon petit… Quoi donc ? je ne peux pas t'appeler « mon petit » ? Dis-moi, s'il s'agissait d'un autre chat que Saha, serais-tu moins intolérante ?

— Naturellement oui, répondit-elle très vite. Tu ne l'aimerais pas comme celle-là.

— C'est juste, dit Alain avec une loyauté calculée.

— Même une femme, continua Camille en s'échauffant, même une femme tu ne l'aimerais pas sans doute autant.

— C'est juste, dit Alain.

— Tu n'es pas comme les gens qui aiment les bêtes, toi… Patrick, lui, il aime les bêtes… Il prend les gros chiens par le cou, il les roule, il imite les chats pour voir la tête qu'ils feront, il siffle les oiseaux…

— Oui, enfin, il n'est pas difficile, dit Alain.

— Toi, c'est autre chose, tu aimes Saha…

— Je ne te l'ai jamais caché, mais je ne t'ai pas menti non plus quand je t'ai dit : Saha n'est pas ta rivale…

Il s'interrompit et abaissa ses paupières sur son secret, qui était un secret de pureté.

— Il y a rivale et rivale, dit Camille sarcastiquement.

Elle rougit soudain, s'enflamma d'une ivresse brusque, marcha sur Alain :

— Je vous ai vus ! cria-t-elle. Le matin, quand tu passes la nuit sur ton petit divan… Avant que le jour se lève, je vous ai vus, tous deux…

Elle tendit un bras tremblant vers la terrasse.

— Assis, tous les deux… vous ne m'avez même pas entendue ! Vous étiez comme ça, la joue contre la joue…

Elle alla jusqu'à la fenêtre, reprit haleine et revint sur Alain.

— C'est à toi de dire honnêtement si j'ai tort d'en vouloir à cette chatte, et tort de souffrir.

Il garda le silence si longtemps qu'elle s'irrita de nouveau.

— Mais parle ! Dis quelque chose ! Au point où nous en sommes… Qu'est-ce que tu attends ?

— La suite, dit Alain. Le reste.

Il se leva doucement, se pencha sur sa femme, et baissa la voix en désignant la porte-fenêtre :

— C'est toi, n'est-ce pas ? Tu l'as jetée ?…

Elle mit, d'un mouvement prompt, le lit entre elle et lui, mais ne nia point. Il la regarda fuir avec une sorte de sourire :

— Tu l'as jetée, dit-il rêveur. J'ai bien senti que tu avais tout changé entre nous, tu l'as jetée… elle a cassé ses griffes en s'accrochant au mur…

Il baissa la tête, imagina l'attentat.

— Mais comment l'as-tu jetée ? En la tenant par la peau du cou ?… En profitant de son sommeil sur le parapet ?… Est-ce que tu as longtemps organisé ton coup ? Vous ne vous êtes pas battues, avant ?…

Il releva le front, regarda les mains et les bras de Camille.

— Non, tu n'as pas de marques. Elle t'a bien accusée, hein, quand je t'ai obligée à la toucher… Elle était magnifique…

Son regard, abandonnant Camille, embrassa la nuit, la cendre d'étoiles, les cimes des trois peupliers qu'éclairaient les lumières de la chambre…

— Eh bien, dit-il simplement, je m'en vais.

— Oh ! écoute… écoute…, supplia Camille follement, très bas.

Elle le laissa pourtant sortir de la chambre. Il ouvrit les placards, parla à la chatte dans la salle de bains. Le bruit de ses pas avertit Camille qu'il venait de chausser des souliers de ville, et machinalement elle regarda l'heure. Il rentra, portant Saha dans un panier ventru dont Mme Buque se servait pour faire le marché. Vêtu à la hâte, les cheveux mal coiffés, un foulard au cou, il avait un air de désordre amoureux, et les paupières de Camille se gonflèrent. Mais elle entendit Saha remuer dans le panier, et elle serra les lèvres.

— Voilà, je m'en vais, répéta Alain.

Il abaissa les yeux, souleva un peu le panier, et corrigea avec une cruauté raisonnée :

— Nous nous en allons.

Il assujettit le couvercle d'osier, en expliquant :

Je n'ai trouvé que ça dans la cuisine.

— Tu vas chez toi ? demanda Camille, en se forçant à imiter le calme d'Alain.

— Mais naturellement.

— Est-ce que tu... est-ce que je peux compter te voir ces jours-ci ?

— Mais certainement.

De surprise, elle mollit encore une fois, faillit plaider, pleurer, s'en défendit avec effort.

— Et toi, dit Alain, tu restes seule ici, cette nuit ? Tu n'auras pas peur ? Si tu l'exigeais, je resterais, mais...

Il tourna la tête vers la terrasse :

— ... Mais franchement je n'y tiens pas... Qu'est-ce que tu comptes dire, chez toi ?

Blessée qu'il la renvoyât, en paroles, aux siens, Camille se redressa.

— Je n'ai rien à leur dire. Ce sont des choses qui me regardent, je pense... je n'ai aucun goût pour les conseils de famille.

— Je te donne tout à fait raison, – provisoirement.

— D'ailleurs, nous pourrons décider, à partir de demain...

Il leva sa main libre pour parer à cette menace d'avenir :

— Non. Pas demain. Aujourd'hui il n'y a pas de demain.

Sur le seuil de la chambre, il se retourna.

— Dans la salle de bains, j'ai laissé ma clef, et l'argent que nous avons ici...

Elle l'interrompit ironiquement :

— Pourquoi pas une caisse de conserves, et une boussole ?

Elle faisait la brave, et le toisait, une main sur la hanche, la tête d'aplomb sur son beau cou. « Elle soigne ma sortie », pensa Alain. Il voulut répliquer par une analogue coquetterie de la dernière heure, rejeter ses cheveux sur son front, user du regard étouffé entre les cils et dédaigneux de se poser ; mais il renonça à une mimique incompatible avec le panier à provisions, et se borna à un vague salut vers Camille.

Elle gardait sa contenance, son apparat théâtral. À distance, il vit mieux, avant de sortir, le cerne de ses yeux et la moiteur qui couvrait ses tempes et son cou sans plis.

En bas, il traversa machinalement la rue, la clef du garage à la main. « Je ne peux pas faire cela », songea-t-il, et il rebroussa chemin vers l'avenue, assez lointaine, où roulaient la nuit les taxis maraudeurs. Saha miaula deux ou trois fois et il la calma de la voix. « Je ne peux pas faire cela, mais ce serait vraiment beaucoup plus commode de prendre la voiture. Neuilly est impossible la nuit. » Il s'étonnait, ayant compté sur une détente heureuse, de perdre son sang-froid depuis qu'il était seul, et la marche ne l'apaisait pas. Enfin il rencontra un taxi errant, et trouva longue la course de cinq minutes.

Il grelottait, dans la nuit tiède, sous le bec de gaz, en attendant que la grille s'ouvrît. Saha, qui avait reconnu l'odeur du jardin, miaulait à petits coups dans le panier posé sur le trottoir.

Le parfum des glycines en leur seconde floraison traversa l'air, et Alain trembla plus fort, en s'appuyant d'un pied sur l'autre comme par un froid vif. Il sonna de nouveau, car rien ne s'éveillait dans la maison malgré la sonorité grave et scandaleuse du gros timbre. Enfin une lumière parut dans les petits bâtiments du garage, et il entendit les pieds traînants du vieil Émile sur le gravier.

— C'est moi, Émile, dit-il quand la face sans couleur du vieux valet s'appuya aux barreaux.

— C'est Monsieur Alain ? dit Émile en exagérant son chevrotement. La jeune dame de Monsieur Alain n'est pas indisposée ? L'été est si traître... Monsieur Alain a une valise, je vois ?

— Non, c'est Saha. Laissez, je la porte. Non, n'allumez pas les globes, la lumière pourrait réveiller Madame... Ouvrez-moi seulement la porte d'entrée, et retournez vous coucher.

— Madame est réveillée, c'est elle qui m'a sonné, je n'avais pas entendu le gros timbre. Dans mon premier sommeil, n'est-ce pas...

Alain se hâtait pour échapper au verbiage, au bruit de pas flageolants qui le suivaient. Il ne butait pas au tournant des allées, quoique la nuit fût sans lune. La grande pelouse, plus pâle que les plates-bandes cultivées, le guidait. L'arbre mort drapé, au centre du gazon, figurait un homme énorme, debout, son manteau sur le bras. L'odeur des géraniums arrosés arrêta Alain et lui serra la gorge. Il se pencha, ouvrit le panier à tâtons et délivra la chatte.

— Saha, notre jardin…

Il la sentit couler hors du panier, et par tendresse il cessa de s'occuper d'elle. Il lui rendit, lui dédia la nuit, la liberté, la terre spongieuse et douce, les insectes veilleurs et les oiseaux endormis.

Derrière les persiennes du rez-de-chaussée, une lampe attendait et Alain se rembrunit. « Parler, et encore parler, expliquer à ma mère… expliquer quoi ? C'est si simple… C'est si difficile… »

Il ne désirait que le silence, la chambre semée de bouquets aux plates couleurs, le lit, et surtout les larmes véhémentes, les gros sanglots rauques comme une toux, compensation coupable et cachée…

— Entre, mon chéri, entre…

Il avait peu fréquenté la chambre maternelle. Son égoïste aversion des fioles compte-gouttes, des boîtes de digitaline et des tubes homéopathiques datait de l'enfance et durait encore. Mais il ne résista pas à la vue du lit étroit et sans recherche, de la femme aux cheveux blancs et drus qui se soulevait sur ses poignets.

— Vous savez, maman, il n'y a rien d'extraordinaire…

Il accompagna cette phrase stupide d'un sourire dont il eut honte, un sourire horizontal à joues raides. Sa fatigue venait de le ruiner d'un coup, et lui infligeait un démenti qu'il accepta. Il s'assit au chevet de sa mère et dénoua son foulard.

— Je vous demande pardon de ma tenue, je suis venu comme j'étais… J'arrive à des heures indues, sans crier gare…

— Mais tu as crié gare, dit Mme Amparat.

Elle jeta un regard sur les chaussures poussiéreuses d'Alain.

— Tu as des souliers de chemineau…

— Je ne viens que de chez moi, maman. Mais j'ai dû chercher un taxi assez longtemps. Je portais la chatte…

— Ah ! fit Mme Amparat d'un air entendu, tu as rapporté la chatte ?

— Oh ! naturellement… Si vous saviez…

Il s'arrêta, retenu par une discrétion bizarre. « Ce sont des choses qu'on ne raconte pas. Ce ne sont pas des histoires pour parents. »

— Camille n'aime pas beaucoup Saha, maman.

— Je sais, dit Mme Amparat.

Elle se força à sourire, hocha ses cheveux crêpelés.

— C'est très grave, ça !

— Oui, pour Camille, dit Alain, malveillant.

Il se leva, se promena parmi les meubles, houssés de blanc pour l'été comme dans les maisons de province. Depuis qu'il avait résolu de ne pas dénoncer Camille, il ne trouvait plus rien à dire.

— Vous savez, maman, il n'y a eu ni cris ni bris de vaisselle… La coiffeuse en verre n'a pas souffert, et les voisins ne sont pas montés. Seulement il me faut un peu de… de solitude, de repos… Je ne vous cache pas que je n'en peux plus, dit-il en s'asseyant sur le lit.

— Non, tu ne me le caches pas, dit Mme Amparat.

Elle posa une main sur le front d'Alain, renversant vers la lumière cette jeune figure d'homme où levait une barbe pâle. Il se plaignit, détourna ses yeux changeants et réussit à différer encore le tumulte de pleurs qu'il se promettait.

— S'il n'y a pas de draps à mon ancien lit, maman, je m'envelopperai dans n'importe quoi…

— Il y a des draps à ton lit, dit Mme Amparat.

Sur ce mot, il étreignit sa mère, l'embrassa en aveugle sur les yeux, sur les joues et les cheveux, lui poussa son nez dans le cou, bégaya « bonne nuit » et sortit en reniflant.

Dans le vestibule, il se ressaisit et ne gravit pas tout de suite l'escalier, parce que la nuit finissante et Saha l'appelaient. Mais il n'alla pas loin. Le perron lui suffit. Il s'assit dans l'ombre, sur une marche, et la main qu'il étendit rencontra le pelage, les moustaches en antennes subtiles et les fraîches narines de Saha.

Elle tournait et retournait sur place, selon le code du fauve caressant. Elle lui parut toute petite, légère comme un chaton, et parce qu'il avait faim il pensa qu'elle avait besoin de manger.

— Nous mangerons demain… tout à l'heure… le jour va venir…

Déjà elle embaumait la menthe, le géranium et le buis. Il la tenait confiante et périssable, promise à dix ans de vie peut-être, et il souffrait en pensant à la brièveté d'un si grand amour.

— Après toi je serai sans doute à qui voudra… À une femme, à des femmes… Mais jamais à un autre chat.

Un merle siffla quatre notes dont retentit tout le jardin, et se tut. Mais les passereaux l'avaient entendu et répondirent. Sur la pelouse et sur les massifs fleuris naissaient les fantômes des couleurs. Alain discerna un blanc maussade, un rouge engourdi plus triste que le noir, un jaune englué dans le vert environnant, une fleur jaune arrondie qui bientôt gravita plus jaune, suivie d'yeux et de lunes… Chancelant, subjugué de sommeil, Alain atteignit sa chambre, jeta ses vêtements, découvrit le lit fermé, et la fraîcheur des draps le conquit tout entier.

Couché sur le dos, un bras étendu, la chatte pétrissant, muette et concentrée, son épaule, il descendait à pic et sans halte au plus profond du repos, quand un sursaut le ramena vers le petit jour, le balancement des arbres éveillés et le grincement béni du tramway lointain.

« Qu'est-ce que j'ai ? Je voulais… Ah ! oui, je voulais pleurer… » Il sourit et retomba endormi.

Il dormit fiévreux, gorgé de rêves. À deux ou trois reprises il crut qu'il s'éveillait et reprenait conscience du lieu où il reposait, mais chaque fois, il fut détrompé par l'expression des parois de sa chambre, hargneuses et guettant un œil ailé qui voletait.

« Mais je dors, voyons, je dors… »

« Je dors… » répondit-il encore au crissement du gravier. « Puisque je vous dis que je dors ! » cria-t-il à deux pieds traînassants, qui frôlaient la porte. Les pieds s'éloignèrent et le dormeur s'applaudit en songe. Mais le rêve avait mûri sous les sollicitations réitérées, et Alain ouvrit les yeux.

Le soleil, qu'il avait laissé en mai sur le rebord de la fenêtre, était devenu un soleil d'août, et ne dépassait plus le tronc satiné du tulipier, en face de la maison. « Comme l'été a vieilli », se dit Alain. Il se leva, nu, chercha un vêtement et trouva un pyjama trop court, à manches étroites, un peignoir de bain décoloré, qu'il revêtit joyeusement. La fenêtre l'appelait, mais il se heurta à la photographie de Camille, oubliée au chevet. Il examina curieusement le petit portrait inexact, lustré, blanchi ici, là noirci. « Il est plus ressemblant que je ne le croyais, pensa-t-il. Comment ne m'en suis-je pas aperçu ? Il y a quatre mois, je disais : "Oh ! elle est très différente de ceci, fine et moins dure…" mais je me trompais… »

La brise longue et égale courait à travers les arbres avec un murmure de rivière. Ébloui, une faim douloureuse au creux de l'estomac, Alain s'abandonnait : « Comme c'est doux, une convalescence… » Pour le combler d'illusion, un doigt heurta la porte, et la Basquaise barbue entra, portant un plateau.

— Mais j'aurais mangé au jardin, Juliette !

Elle fit une manière de sourire dans ses poils gris.

— J'avais pensé… Si Monsieur Alain veut que je descende le plateau ?

— Non, non, j'ai trop faim, laissez ça là. Saha viendra par la fenêtre…

Il appela la chatte qui surgit d'une retraite invisible, comme si elle naissait à son appel. Elle s'élança sur le chemin vertical de plantes grimpantes et retomba, – elle avait oublié ses griffes cassées.

— Attends, je viens !

Il la rapporta dans ses bras et ils se gorgèrent, elle de lait et de biscottes, lui de tartines et de café brûlant. Sur un coin du plateau, une petite rose fleurissait l'oreille du pot de miel.

« Ce n'est pas une rose de ma mère », estima Alain. C'était une petite rose mal faite, un peu avortée, une rose dérobée aux rameaux bas, qui exhalait un farouche parfum de rose jaune. « Ça, c'est un hommage de la Basquaise… »

Saha, rayonnante, semblait avoir engraissé depuis la veille. Le jabot tendu, ses quatre raies de moire bien marquées entre les oreilles, elle fixait sur le jardin des yeux de despote heureux.

— Comme c'est simple, n'est-ce pas, Saha, pour toi du moins…

Le vieil Émile entra à son tour, réclama les chaussures d'Alain.

— Il y a un des lacets qui est bien éprouvé… Monsieur Alain n'en a pas d'autre ? Ça ne fait rien, j'y mettrai un lacet à moi, bêla-t-il avec émotion.

« Décidément, c'est ma fête », se dit Alain. Ce mot le rejeta par contraste vers le souci de tout ce qui hier était quotidien, la toilette, l'heure d'aller aux bureaux Amparat, l'heure de revenir déjeuner avec Camille…

— Mais je n'ai rien à me mettre ! s'écria-t-il.

Le rasoir un peu rouillé, l'ovule de savon rose, l'ancienne brosse à dents, il les reconnut dans la salle de bains, et s'en servit avec une joie de naufragé pour rire. Mais il dut descendre en pyjama trop court, la Basquaise ayant emporté ses vêtements.

— Viens, Saha, Saha…

Elle le précédait, il courut gauchement, les pieds mal assurés dans des sandales de raphia effilochées. Il tendit l'épaule à la chape de soleil adouci, et ferma à demi ses paupières déshabituées de la réverbération verte des gazons, de la chaude couleur ascendante que rejetaient un bloc serré d'amarantes à crêtes charnues, une touffe de sauges rouges cernées d'héliotropes.

— Oh! les mêmes, les mêmes sauges!

Ce petit massif en forme de cœur, Alain ne l'avait connu que rouge, et toujours bordé d'héliotropes, et protégé par un cerisier âgé, maigre, qui parfois donnait quelques cerises en septembre…

— J'en vois six… sept… Sept cerises vertes!

Il parlait à la chatte qui, l'œil vide et doré, atteinte par l'odeur démesurée des héliotropes, entrouvrait la bouche, et manifestait la nauséeuse extase du fauve soumis aux parfums outranciers…

Elle goûta une herbe pour se remettre, écouta des voix, se frotta le museau aux dures brindilles des troènes taillés. Mais elle ne se livra à aucune exubérance, nulle gaieté irresponsable, et elle marcha noblement sous le petit nimbe d'argent qui l'enserrait de toutes parts.

« Jetée, du haut de neuf étages, songeait Alain en la regardant. Saisie, – ou poussée… Peut-être s'est-elle défendue…, peut-être s'est-elle échappée, pour être reprise et jetée… Assassinée… »

Il essayait par de telles conjectures d'allumer en lui la juste colère, et n'y parvenait pas. « Si j'aimais vraiment, profondément Camille, quelle fureur… » Autour de lui rayonnait son royaume, menacé comme tous les royaumes. « Ma mère assure qu'avant vingt ans, personne ne pourra plus conserver des demeures, des jardins comme ceux-ci. C'est possible. Je veux bien les perdre. Je ne veux pas y laisser entrer les… »

Une sonnerie de téléphone, dans la maison, l'émut. « Allons ! est-ce que j'ai peur ? Camille n'est pas assez bête pour me téléphoner. Rendons-lui cette justice : je n'ai jamais vu une jeune femme user plus discrètement de cet outil… »

Mais il ne put se tenir de courir tant bien que mal, perdant ses sandales et trébuchant sur les graviers ronds, et d'appeler :

— Maman ! Qui est-ce qui téléphone ?

L'épais peignoir blanc parut sur le perron, et Alain se sentit honteux d'avoir appelé.

— Que j'aime votre gros peignoir blanc, maman, toujours le même, toujours le même…

— Je te remercie bien pour mon peignoir, dit Mme Amparat.

Elle prolongea un moment l'attente d'Alain.

— C'était M. Veuillet. Il est neuf heures et demie. Tu ne connais plus les habitudes de la maison ?

Elle peigna de ses doigts les cheveux de son fils, boutonna le pyjama trop étroit.

— Te voilà joli ! Tu ne vas pas passer ta vie en va-nu-pieds, je pense ?

Alain lui sut gré de questionner si habilement.

— Il n'en est pas question, maman. Tout à l'heure je vais m'occuper de tout ça…

Mme Amparat arrêta tendrement le geste ample et vague :

— Ce soir, où seras-tu ?

— Ici ! cria-t-il, et les larmes lui montèrent aux yeux.

— Mon Dieu ! Quel enfant !… dit Mme Amparat, et il releva le mot avec une gravité de boy-scout.

— C'est possible, maman. Je voudrais justement prendre un peu conscience de ce que je dois faire, sortir de cette enfance…

— Par où ? Par un divorce ? C'est une porte qui fait du bruit.

— Mais qui donne de l'air, osa-t-il répliquer vertement.

— Est-ce qu'une séparation… temporaire, un régime de repos, ou de voyage… ne donnerait pas d'aussi bons résultats ?

Il leva des bras indignés.

— Mais, ma pauvre maman, vous ne savez pas… Vous êtes à cent lieues d'imaginer…

Il allait tout dire, raconter l'attentat…

— Eh bien, laisse-moi à cent lieues ! Ces choses-là ne me concernent pas, aie un peu de… de réserve, voyons…, dit précipitamment Mme Amparat, et Alain profita de sa pudique erreur.

— Maintenant, maman, il y a encore le côté embêtant, je veux dire le point de vue famille qui se confond avec le point de vue commercial… Du point de vue Malmert, mon divorce serait sans excuse, quelle que soit la part de responsabilité de Camille… Une mariée de trois mois et demi… J'entends d'ici…

— Où prends-tu que ce soit un point de vue commercial ? Vous n'avez pas de firme commune, toi et la petite Malmert. Un couple n'est pas une paire d'associés.

— Je sais bien, maman ! Mais enfin, si les choses prennent la tournure que j'envisage, c'est une période odieuse que celle des formalités, des entrevues, des… Ce n'est jamais si simple qu'on le dit, un divorce…

Elle écoutait son fils avec douceur, sachant que certaines causes fructifient en effets imprévus, et qu'un homme est obligé, au long de sa vie, de naître plusieurs fois sans autre secours que le hasard, les contusions, les erreurs…

— Ce n'est jamais simple de quitter ce qu'on a voulu s'attacher, dit Mme Amparat. Elle n'est pas si mauvaise, cette petite Malmert. Un peu… grosse, un peu sans manières… Non, pas si mauvaise. Du moins, c'est ma manière de voir… Je ne te l'impose pas. Nous avons le temps d'y réfléchir…

— J'ai pris ce soin, dit Alain avec une politesse revêche. Et bien que je préfère, pour l'instant, garder pour moi certaine histoire…

Son visage s'éclaira soudain d'un rire, d'une enfance retrouvée. Dressée sur ses pattes de derrière, Saha, la patte en cuiller au-dessus d'un arrosoir plein, pêchait des fourmis noyées.

— Regardez-la, maman ! N'est-elle pas un miracle de chatte ?

— Oui, soupira Mme Amparat. C'est ta chimère.

Il était toujours étonné quand sa mère usait d'un mot rare. Il salua celui-ci d'un baiser appuyé sur une main tôt vieillie, à grosses veines, tavelée de ces lunules brunes que Juliette la Basquaise nommait lugubrement des « taches de terre ». Au coup de timbre qui résonna à la grille, il se redressa.

— Cache-toi, dit Mme Amparat. Nous sommes sur le passage des fournisseurs. Va t'habiller… Vois-tu que le petit du boucher te surprenne accoutré comme tu l'es ?…

Mais ils savaient tous deux que le petit du boucher ne sonnait pas à la grille des visiteurs, et déjà Mme Amparat tournait le dos, se hâtait de gravir le perron, en relevant à deux mains son peignoir.

Derrière les fusains taillés, Alain vit passer, courant, la Basquaise en déroute, son tablier de soie noire au vent, et un glissement de pantoufles sur le gravier dénonça la fuite du vieil Émile. Alain lui coupa la route :

— Vous avez ouvert, au moins ?

— Oui, Monsieur Alain, la jeune dame est après sa voiture…

Il leva vers le ciel un œil terrifié, remonta ses épaules comme sous la grêle et disparut.

« Pour une panique, c'est une panique. J'aurais bien voulu m'habiller… Tiens, elle a un tailleur neuf… »

Camille l'avait aperçu et venait droit à lui, sans trop de hâte. Dans un de ces moments de trouble presque hilares que couvent les heures dramatiques, il pensa confusément : « Peut-être qu'elle vient déjeuner… »

Soigneusement et légèrement maquillée, armée de cils noirs, de belles lèvres décloses, de dents brillantes, elle parut pourtant perdre son assurance lorsque Alain avança à sa rencontre. Car il approchait sans se détacher de son atmosphère protectrice, foulait le gazon natal sous la complicité fastueuse des arbres, et Camille le contemplait avec des yeux de pauvre.

— Excuse-moi, j'ai l'air d'un collégien en crise de croissance… Nous n'avions pas pris rendez-vous pour ce matin ?

— Non… Je t'ai apporté ta grosse valise pleine.

— Mais il ne fallait pas ! se récria-t-il. J'aurais fait prendre aujourd'hui par Émile…

— Parlons-en, d'Émile… J'ai voulu lui passer ta valise, mais ce vieil idiot s'est sauvé comme si j'avais la peste… La valise est par terre près de la grille…

En rougissant d'humiliation, elle se mordit l'intérieur de la joue. « Ça débute bien », se dit Alain.

— Je suis désolé… Tu sais comment il est, Émile… Écoute, décida-t-il, allons donc dans le rond de fusains, nous serons plus tranquilles que dans la maison.

Il se repentit tout de suite de son choix, car le rond de fusains, petite architecture d'arbres taillés autour d'une clairière meublée d'osier, avait caché autrefois leurs baisers clandestins.

— Attends que j'enlève les brindilles. Il ne faut pas abîmer ce joli costume, que je ne connais pas…

— Il est neuf, dit Camille avec un accent de tristesse profonde, comme elle eût dit : « Il est mort. »

Elle s'assit de biais, en regardant autour d'elle. Deux arcades arrondies, l'une en face de l'autre, perçaient la rotonde de verdure. Alain se souvint d'une confidence de Camille : « Tu n'as pas idée comme il a pu m'intimider, ton beau jardin… J'y venais comme la petite fille du village qui vient jouer avec le fils des châtelains dans le parc. Et pourtant… » D'un mot, elle avait tout gâté, le dernier mot, ce « pourtant » qui évoquait la prospérité des essoreuses Malmert, comparée à la maison Amparat déclinante…

Il remarqua que Camille restait gantée. « Ça, c'est une précaution qui se retourne contre elle… Sans ces gants, je n'aurais peut-être pas pensé à ses mains, à ce qu'elles ont commis… Ah! voilà donc enfin un peu de colère », se dit-il en écoutant le battement de son cœur. « J'y ai mis le temps. »

— Alors…, dit Camille d'un ton morne, alors qu'est-ce que tu fais?… Peut-être que tu n'as pas encore réfléchi…

— Si, dit Alain.

— Ah!

— Oui. Je ne peux pas revenir.

— Je comprends bien qu'il n'est pas question aujourd'hui…

— Je ne veux pas revenir.

— Du tout?… Jamais?

Il haussa les épaules:

— Qu'est-ce que ça veut dire, jamais? Je ne veux pas revenir. Pas maintenant. Je ne veux pas.

Elle épiait, tâchant de discerner le faux du vrai, l'irritation voulue du frémissement authentique. Il lui rendait suspicion pour suspicion. « Elle est petite, ce matin. Elle fait un peu jolie midinette. Elle est perdue dans tout ce vert. Nous avons déjà échangé pas mal de paroles inutiles… »

Au loin, par l'une des issues arrondies, Camille apercevait sur une des façades de la maison la trace des « travaux », une fenêtre neuve, des persiennes peintes de frais… Bravement elle se jeta au-devant du risque :

— Et si je n'avais rien dit, hier ? suggéra-t-elle brusquement. Si tu n'avais rien su ?

— Belle idée de femme, ricana-t-il. Elle te fait honneur.

— Oh ! dit Camille en secouant la tête, honneur, honneur… Ce ne serait pas la première fois que le bonheur d'un couple dépendrait de quelque chose d'inavouable, ou d'inavoué… Mais j'ai idée qu'en cachant cette histoire je n'aurais fait que reculer pour mieux sauter. Je ne te sentais pas… comment dire ?

Elle cherchait le mot et le mimait, en nouant ses mains l'une à l'autre. « Elle a tort de mettre ses mains en évidence, pensa Alain vindicatif. Ces mains qui ont exécuté quelqu'un. »

— Enfin, tu es si peu de mon parti, dit Camille. N'est-ce pas ?

Frappé, il convint mentalement qu'elle ne se trompait pas. Il se taisait et Camille insista plaintivement, d'une voix qu'il connaissait bien.

— Dis, méchant, dis ?…

— Mais, bon Dieu, éclata-t-il, ce n'est pas de ça qu'il est question ! Ce qui peut m'intéresser – m'intéresser à toi –, c'est de savoir si tu regrettes ce que tu as fait, si tu ne peux pas ne pas y penser, si tu es malade d'y penser… Le remords, quoi, le remords! Ça existe, le remords!

Il se leva, emporté, fit le tour du rond de fusains en essuyant son front sur sa manche.

— Ah! dit Camille d'un air contrit et apprêté, naturellement, voyons… J'aurais mille fois mieux aimé ne pas le faire… Il a fallu que je perde la tête…

— Tu mens! cria-t-il en étouffant sa voix. Tu ne regrettes que d'avoir raté ton coup! Il n'y a qu'à t'entendre, qu'à te voir, avec ton petit chapeau de côté, tes gants, ton tailleur neuf, tout ce que tu as combiné pour me séduire… Si c'était vrai, ton regret, je le verrais sur ta figure, je le sentirais!

Il criait bas, d'une voix râpeuse, et n'était plus tout à fait maître de sa colère qu'il avait encouragée. L'étoffe usée de son pyjama creva au coude, et il arracha presque toute sa manche, qu'il jeta sur un buisson.

Camille n'eut d'abord d'yeux que pour le bras nu, singulièrement blanc sur le bloc sombre des fusains, et qui gesticulait.

Il mit les mains sur ses yeux, se força à parler plus bas.

— Une petite créature sans reproche, bleue comme les meilleurs rêves, une petite âme… Fidèle, capable de mourir délicatement si ce qu'elle a choisi lui manque… Tu as tenu cela dans tes mains, au-dessus du vide, et tu as ouvert les mains… Tu es un monstre… Je ne veux pas vivre avec un monstre…

Il découvrit son visage moite, se rapprocha de Camille en cherchant des mots qui l'accableraient. Elle respirait court, son attention allait du bras nu au visage non moins blanc, déserté par le sang.

— Une bête ! cria-t-elle avec indignation. Tu me sacrifies à une bête ! Je suis ta femme, tout de même ! Tu me laisses pour une bête !…

— Une bête ?… Oui, une bête…

Calmé en apparence, il se déroba derrière un sourire mystérieux et renseigné. « Je veux bien admettre que Saha est une bête… Si elle en est vraiment une, qu'y a-t-il de supérieur à cette bête, et comment le ferais-je comprendre à Camille ? Elle me fait rire, cette petite criminelle toute nette, tout indignée et vertueuse, qui prétend savoir ce que c'est qu'une bête… » Il ne railla pas plus loin, rappelé par la voix de Camille.

— C'est toi, le monstre.

— Pardon ?

— Oui, c'est toi. Malheureusement, je ne sais pas bien expliquer pourquoi. Mais je t'assure que je ne me trompe pas. J'ai voulu, moi, supprimer Saha. Ce n'est pas beau. Mais tuer ce qui la gêne, ou qui la fait souffrir, c'est la première idée qui vient à une femme, surtout à une femme jalouse… C'est normal. Ce qui est rare, ce qui est monstrueux, c'est toi, c'est…

Elle peinait à vouloir se faire comprendre et désignait en même temps sur Alain les signes accidentels qui imposaient leur sens un peu délirant : la manche arrachée, la bouche tremblante et injurieuse, la joue où le sang ne remontait plus, la touffe insensée des blonds cheveux en tempête… Il ne protestait pas, dédaignait toute défense et semblait perdu dans une exploration sans retour.

— Si j'avais tué, ou voulu tuer une femme par jalousie, tu me pardonnerais probablement. Mais c'est sur la chatte que j'ai porté la main, alors mon compte est bon. Et tu voudrais que je ne te traite pas de monstre…

— Ai-je dit que je le voudrais ? interrompit-il avec hauteur.

Elle leva sur lui ses yeux effarés, fit un geste d'impuissance. Sombre et détaché, il suivait, chaque fois qu'elle bougeait, la jeune main exécrable et gantée.

— Maintenant, pour la suite des temps, qu'est-ce qu'on va faire… Qu'est-ce qui va nous arriver, Alain ?

Il faillit gémir, débordant d'intolérance, et lui crier : « On se sépare, on se tait, on dort, on respire l'un sans l'autre ! Je me retire loin, très loin, sous ce cerisier par exemple, sous les ailes de cette pie blanche et noire, ou dans la queue de paon du jet d'arrosage… Ou bien dans ma chambre froide, sous la protection d'un petit dollar d'or, d'une poignée de reliques et d'une chatte des Chartreux… »

Il se maîtrisa et mentit posément :

— Mais rien pour l'instant. Il est trop tôt pour prendre une... une détermination... Nous verrons plus tard...

Ce dernier effort de modération et de sociabilité l'épuisa. Il trébucha dès les premiers pas, quand il se leva pour accompagner Camille, qui acceptait cette vague conciliation, avec un espoir affamé :

— C'est ça, oui, c'est trop tôt... Un peu plus tard... Reste là, je ne me soucie pas que tu viennes jusqu'à la grille... Avec ta manche, on croirait que nous nous sommes battus... Écoute, j'irai peut être nager un peu à Ploumanac'h, chez le frère et la belle-sœur de Patrick... Parce que rien qu'à l'idée de vivre dans ma famille en ce moment...

— Vas-y avec le roadster, proposa Alain.

Elle rougit, en remerciant trop.

— Je te le rendrai, tu sais, dès mon retour à Paris, tu peux en avoir besoin, n'hésite pas à me le réclamer... D'ailleurs, je t'avertirai de mon départ et de mon retour...

« Déjà elle organise, déjà elle jette des fils de trame, des passerelles, déjà elle ramasse, recoud, retisse... C'est terrible. C'est cela que ma mère prise en elle ? C'est peut-être très beau en effet. Je ne me sens pas plus en mesure de la comprendre que de la récompenser. Comme elle est à l'aise dans tout ce qui m'est insoutenable... Qu'elle s'en aille maintenant, qu'elle s'en aille... »

Elle s'en allait, en se gardant de lui tendre la main. Mais elle osa, sous l'arcade de verdure taillée, le frôler vainement de ses seins embellis. Seul, il s'effondra dans un fauteuil et près de lui, sur la table d'osier, surgit prodigieusement la chatte.

Une courbe de l'allée, une brèche dans le feuillage permirent à Camille de revoir, à distance, la chatte et Alain. Elle s'arrêta court, eut un élan comme pour retourner sur ses pas. Mais elle ne balança qu'un moment, et s'éloigna plus vite. Car si Saha, aux aguets, suivait humainement le départ de Camille, Alain à demi couché jouait, d'une paume adroite et creusée en patte, avec les premiers marrons d'août, verts et hérissés.

Dialogues de bêtes

À Rachilde

PERSONNAGES

KIKI-LA-DOUCETTE, *angora tigré.*

TOBY-CHIEN, *bull bringé.*

LUI,
Seigneurs de moindre importance.
ELLE,

Sentimentalités

Le perron au soleil. La sieste après déjeuner. Toby-Chien et Kiki-la-Doucette gisent sur la pierre brûlante. Un silence de dimanche. Pourtant, Toby-Chien ne dort pas, tourmenté par les mouches et par un déjeuner pesant. Il rampe sur le ventre, le train de derrière aplati en grenouille, jusqu'à Kiki-la-Doucette, fourrure tigrée immobile.

TOBY-CHIEN : Tu dors ?

KIKI-LA-DOUCETTE, *ronron faible* : …

TOBY-CHIEN : Vis-tu seulement ? Tu es si plat ! Tu as l'air d'une peau de chat vide.

KIKI-LA-DOUCETTE, *voix mourante* : Laisse…

TOBY-CHIEN : Tu n'es pas malade ?

KIKI-LA-DOUCETTE : Non… laisse-moi. Je dors. Je ne sais plus si j'ai un corps. Quel tourment de vivre près de toi ! J'ai mangé, il est deux heures… dormons.

TOBY-CHIEN : Je ne peux pas. Quelque chose fait boule dans mon estomac. Cela va descendre, mais lentement. Et puis ces mouches, ces mouches !... La vue d'une seule tire mes yeux hors de ma tête. Comment font-elles ? Je ne suis que mâchoires hérissées de dents terribles (entends-les claquer !) et ces bêtes damnées m'échappent. Hélas ! mes oreilles ! hélas ! mon tendre ventre bistré ! ma truffe enfiévrée !... Là ! juste sur mon nez, tu vois ? Comment faire ? Je louche tant que je peux... Il y a deux mouches maintenant ? Non, une seule... Non, deux... Je les jette en l'air comme un morceau de sucre. C'est le vide que je happe... Je n'en puis plus. Je déteste le soleil, et les mouches, et tout !...

Il gémit.

KIKI-LA-DOUCETTE, *assis, les yeux pâles de sommeil et de lumière* : Tu as réussi à m'éveiller. C'est tout ce que tu voulais, n'est-ce pas ? Mes rêves sont partis. À peine sentais-je, à la surface de ma fourrure profonde, les petits pieds agaçants de ces mouches que tu poursuis. Un effleurement, une caresse parfois ridait d'un frisson l'herbe inclinée et soyeuse qui me revêt... Mais tu ne sais rien faire discrètement ; ta joie populacière encombre, ta douleur cabotine gémit. Méridional, va !

TOBY-CHIEN, *amer*: Si c'est pour me dire ça que tu t'es réveillé!...

KIKI-LA-DOUCETTE, *rectifiant*: Que tu m'as réveillé.

TOBY-CHIEN: J'étais mal à l'aise, je quêtais une aide, une parole encourageante...

KIKI-LA-DOUCETTE: Je ne connais point de verbes digestifs. Quand je pense que, de nous deux, c'est moi qui passe pour un sale caractère! Mais rentre un peu en toi-même, compare! La chaleur t'excède, la faim t'affole, le froid te fige...

TOBY-CHIEN, *vexé*: Je suis un sensitif.

KIKI-LA-DOUCETTE: Dis: un énergumène.

TOBY-CHIEN: Non, je ne le dirai pas. Toi, tu es un monstrueux égoïste.

KIKI-LA-DOUCETTE: Peut-être. Les Deux-Pattes, ni toi, n'entendent rien à l'égoïsme, à celui des Chats. Ils baptisent ainsi, pêle-mêle, l'instinct de préservation, la pudique réserve, la dignité, le renoncement fatigué qui nous vient de l'impossibilité d'être compris par eux. Chien peu distingué, mais dénué de parti pris, me comprendras-tu mieux? Le Chat est un hôte et non un jouet. En vérité, je ne sais en quel temps nous vivons! Les Deux-Pattes, Lui et Elle, ont-ils seuls le droit de s'attrister, de se réjouir, de laper les assiettes, de gronder, de promener par la maison une humeur capricieuse? J'ai, moi aussi, mes caprices, ma tristesse, mon appétit inégal, mes heures de retraite rêveuse où je me sépare du monde…

TOBY-CHIEN, *attentif et consciencieux* : Je t'écoute, et je te suis avec peine, car tu parles compliqué et un peu au-dessus de ma tête. Tu m'étonnes. Ont-Ils coutume de contrarier ta changeante humeur ? Tu miaules : on t'ouvre la porte. Tu te couches sur le papier, le papier sacré qu'Il gratte : Il s'écarte, ô merveille, et te livre sa page déjà salie. Tu déambules, le nez froncé, la queue en balancier agitée de secs mouvements, visiblement en quête de méfaits : Elle t'observe, rit, et Il annonce : « la Promenade de dévastation ». Alors ? D'où vient que tu récrimines ?

KIKI-LA-DOUCETTE, *de mauvaise foi* : Je ne récrimine pas. D'ailleurs, les subtilités psychologiques te demeureront à jamais étrangères.

TOBY-CHIEN : Ne parle pas si vite. Il me faut le temps de comprendre… Il me semble…

KIKI-LA-DOUCETTE, *narquois* : Ne te presse pas : ta digestion en pourrait pâtir.

TOBY-CHIEN, *fermé à l'ironie* : Tu as raison. J'ai de la peine à m'exprimer aujourd'hui. Voici : il me semble que, de nous deux, c'est toi qu'on choie ; et, cependant, c'est toi qui te plains.

KIKI-LA-DOUCETTE : Logique de chien !… Plus on me donne, plus je demande.

TOBY-CHIEN : C'est mal ! C'est de l'indiscrétion.

KIKI-LA-DOUCETTE : Non ; j'ai droit à tout.

TOBY-CHIEN : À tout ? Et moi ?

KIKI-LA-DOUCETTE : Tu ne manques de rien, j'imagine ?

TOBY-CHIEN : De rien ? Je ne sais. Aux moments où je suis le plus heureux, une envie de pleurer me serre les côtes, mes yeux se troublent… Mon cœur m'étouffe. Je voudrais, à ces minutes d'angoisse, être sûr que tout ce qui vit m'aime, qu'il n'y a nulle part dans le monde un chien triste derrière une porte, et qu'il ne viendra jamais rien de mauvais…

KIKI-LA-DOUCETTE, *goguenard* : Et alors, il arrive quoi de mauvais ?

TOBY-CHIEN : Ah ! tu ne l'ignores pas ! C'est fatalement à cette heure qu'Elle survient, portant une fiole jaune où nage l'horreur… tu sais… l'huile de ricin ! Perverse, insensible. Elle me maintient entre ses genoux vigoureux, desserre mes dents…

KIKI-LA-DOUCETTE : Serre-les mieux.

TOBY-CHIEN : Mais j'ai peur de lui faire mal… Et ma langue épouvantée connaît enfin la fadeur visqueuse… Je suffoque, je crache. Ma pauvre figure convulsée agonise, – et la fin de ce supplice est longue à venir… Tu m'as vu, après, me traîner mélancolique, la tête basse, écoutant dans mon estomac le glouglou malsain de l'huile, et cacher dans le jardin ma honte…

KIKI-LA-DOUCETTE : Tu la caches si mal !

TOBY-CHIEN : C'est que je n'en ai pas toujours le temps.

KIKI-LA-DOUCETTE : Elle a voulu – j'étais petit – me purger avec l'huile. Je l'ai si bien griffée et mordue qu'Elle n'a pas recommencé. Elle a cru, une minute, tenir le démon sur ses genoux. Je me suis roulé en spirale, j'ai soufflé du feu, j'ai multiplié mes vingt griffes par cent, mes dents par mille, et j'ai fui, comme par magie.

TOBY-CHIEN : Je n'oserais pas. Je l'aime, tu comprends. Je l'aime assez pour lui pardonner même le supplice du bain.

KIKI-LA-DOUCETTE, *intéressé* : Oui ? dis-moi ce que tu ressens. La seule vue de ce qu'Elle te fait dans l'eau me remplit de frissons.

TOBY-CHIEN : Hélas !... Écoute, et plains-moi. Quelquefois, lorsqu'Elle est sortie de son bassin de zinc, vêtue de sa peau toute seule, – une peau sans poils et douce que je lèche avec respect, – Elle ne remet pas tout de suite ses peaux de linge et d'étoffe. Elle reverse de l'eau chaude, y jette une brique brune qui sent le goudron et dit : « Toby ! » Cela suffit ; mon âme me quitte déjà. Mes jambes flageolent. Quelque chose, sur l'eau, brille, qui danse et m'aveugle, une image en forme de fenêtre tortillée... Elle me saisit, pauvre corps évanoui que je suis, et me plonge... Dieux !... Dès lors je ne sais plus rien... je n'espère qu'en Elle, mes yeux s'attachent aux siens, durant qu'une tiédeur étroite colle à moi, épiderme sur mon épiderme…

Brique mousseuse, odeur de goudron, eau piquante dans mes yeux, dans mes narines, naufrage de mes oreilles… Elle s'excite, Elle m'étrille d'un cœur allègre, ahane, rit… Enfin, c'est le sauvetage, le repêchage par la nuque, pattes battant l'air et cherchant la vie ; la serviette rude, le peignoir où je goûte une convalescence épuisée…

KIKI-LA-DOUCETTE, *troublé au fond* : Remets-toi.

TOBY-CHIEN : Dame, rien que de le raconter… Mais toi-même, si narquoisement curieux de mes malheurs, ne m'es-tu pas apparu, un jour, terrassé sur une table de toilette, au-dessous d'Elle qui, armée d'une éponge…

KIKI-LA-DOUCETTE, *très gêné, queue battante* : Une vieille histoire ! Ma culotte de zouave était salie. Elle a voulu la nettoyer. Je l'ai persuadée que je souffrais atrocement sous l'éponge.

TOBY-CHIEN : Que tu es menteur ! Elle t'a cru ?

KIKI-LA-DOUCETTE : Heu… pas tout le temps. C'est de ma faute. Renversé sur le dos, j'offrais le ventre candide, les yeux pardonnants et terrifiés d'un agneau à l'autel. Je perçus, à travers ma culotte floconneuse, un fraîchissement à peine… puis rien d'autre… L'épouvante me prit, je craignis ma sensibilité abolie… Mes gémissements rythmiques s'enflèrent, puis décrurent – tu connais la puissance de ma voix ! – puis montèrent encore comme une clameur marine : j'imitai le petit veau, l'enfant fouetté, la chatte en amour, le vent sous la porte, grisé peu à peu de mon propre chant… Si bien qu'Elle avait depuis longtemps fini de me souiller d'eau froide, et que je gémissais encore, les yeux au plafond, devant Elle, qui riait sans tact et criait : « Tu es menteur comme une femme ! »

TOBY-CHIEN, *convaincu* : Ça, c'est embêtant.

KIKI-LA-DOUCETTE : Je lui en ai voulu pendant tout un après-midi.

TOBY-CHIEN : Oh ! pour bouder, tu t'en acquittes. Moi, je ne peux jamais. J'oublie les injures.

KIKI-LA-DOUCETTE, *pince-sans-rire* : Et tu lèches la main qui te frappe. Connu !

TOBY-CHIEN, *gobeur* : Je lèche la main qui… Oui, c'est tout à fait comme tu dis. C'est une jolie expression.

KIKI-LA-DOUCETTE : Elle n'est pas de moi. La dignité ne t'étouffe pas. Ma parole, souvent j'ai honte pour toi. Tu aimes tout le monde, tu accueilles d'un derrière plat toutes les rebuffades. Ton cœur est avenant et banal comme un jardin public.

TOBY-CHIEN : N'en crois rien, mal élevé. Tu te trompes, toi, l'infaillible, aux manifestations de ma politesse. Voyons, franchement, veux-tu que je gronde aux mollets de ses amis à Lui, de ses amis à Elle ?

Des gens bien vêtus que je ne connais pas qui savent mon nom et me tirent bonnement les oreilles ?

KIKI-LA-DOUCETTE : Je hais les nouveaux visages.

TOBY-CHIEN : Je ne les aime pas non plus, quoi que tu dises. J'aime… Elle et Lui.

KIKI-LA-DOUCETTE : Moi, j'aime Lui… et Elle.

TOBY-CHIEN : Oh ! il y a longtemps que j'ai deviné ta préférence. Il y a, entre toi et Lui, une espèce d'entente secrète.

KIKI-LA-DOUCETTE, *souriant, mystérieux et abandonné* : Une entente… Oui. Secrète et pudique, et profonde. Il parle rarement, gratte le papier avec un bruit de souris. C'est à Lui que j'ai donné mon cœur avare, mon précieux cœur de chat. Et Lui, sans paroles, m'a donné le sien. L'échange m'a fait heureux et réservé, et parfois, avec ce bel instinct capricieux et dominateur qui nous fait les rivaux des femmes, j'essaie sur Lui mon pouvoir. À Lui, quand nous sommes seuls, les oreilles diaboliques pointées en avant, qui présagent le bond sur son papier-à-gratter ! À Lui le tap-tap-tap des pattes tambourinantes à plat au travers des plumes et des lettres éparses ! À Lui aussi le miaulement insistant qui demande la liberté, – « l'Hymne au bouton de porte », dit-Il en riant ; ou encore « la Plainte du séquestré ». Mais à Lui seul aussi la contemplation tendre de mes yeux inspirateurs qui pèsent sur sa tête penchée, jusqu'à ce que son regard appelé cherche et rencontre le mien dans un choc d'âmes si prévu et si doux que je clos mes paupières sous une honte exquise… Elle… s'agite trop, me bouscule souvent, me vanne dans l'air pattes réunies deux par deux, s'énerve à me caresser, rit haut de moi, imite trop bien ma voix…

TOBY-CHIEN, *ému d'indignation*: Je te trouve difficile. Assurément, je l'aime, Lui, qui est bon, qui détourne les yeux de mes fautes pour n'avoir pas à me gronder. Mais Elle! C'est ce que je vois au monde de plus beau, de plus cher, et de plus incompréhensible. Son pas m'enchante, ses yeux variables me dispensent le bonheur et la tristesse. Elle est pareille au Destin et n'hésite jamais! Les tourments même, de sa main… Tu sais comme Elle me taquine?

KIKI-LA-DOUCETTE: Durement.

TOBY-CHIEN: Non pas durement, mais finement. Je ne puis rien prévoir. Ce matin, Elle s'est penchée comme pour me parler, a soulevé mon oreille de petit éléphant, et a jeté dedans un cri pointu qui est descendu au fond de ma cervelle…

KIKI-LA-DOUCETTE: Horreur!…

TOBY-CHIEN: Était-ce bon? Était-ce mauvais? Maintenant encore j'hésite. Cela a déchaîné en moi une folie circulaire de nervosité… Presque chaque jour, sa fantaisie exige que je fasse le « poisson »: soulevé dans ses bras, Elle étreint mes côtes jusqu'à la suffocation, jusqu'à ce que ma bouche muette s'ouvre comme celle des carpes qu'on noie dans l'air…

KIKI-LA-DOUCETTE : Je la reconnais bien là.

TOBY-CHIEN : Soudain je me sens libre et vivant, vivant par le miracle de sa seule volonté ! Que la vie alors me paraît belle ! Comme je mâchouille sa main pendante, l'ourlet de sa robe !

KIKI-LA-DOUCETTE, *méprisant* : Le joli jeu !

TOBY-CHIEN : Tout le bien et tout le mal me viennent d'Elle… Elle est le tourment aigu et le sûr refuge. Lorsque, épouvanté, je me jette en Elle, le cœur fou, que ses bras sont doux, et frais ses cheveux sur mon front ! Je suis son « enfant-noir », son « Toby-Chien », son « tout petit h'amour »… Pour me rassurer Elle s'assoit par terre, se fait petite comme moi, se couche tout à fait, pour m'enivrer de sa figure au-dessous de la mienne, renversée dans sa chevelure qui sent bon le foin et la bête ! Comment résister alors ? Ma passion déborde, je la fouis d'une truffe énervée, je cherche, trouve, mordille le bout croquant et rose d'une oreille – Son oreille ! – jusqu'à ce qu'Elle crie, chatouillée : « Toby ! c'est terrible ! Au secours, ce chien me mange ! »

KIKI-LA-DOUCETTE : Saines joies, brutales et simples… Et tu t'en vas, ensuite, faire la cour à la cuisinière.

TOBY-CHIEN : Et toi à la chatte de la ferme…

KIKI-LA-DOUCETTE, *sec*: Assez, je te prie, ceci ne regarde que moi… et la petite Chatte.

TOBY-CHIEN : Une jolie conquête ! Tu devrais rougir, une chatte de sept mois !

KIKI-LA-DOUCETTE, *excité*: Un fruit vert, une baie sauvage, te dis-je ! Et personne ne me la volera. Elle est svelte autant qu'une rame à pois…

TOBY-CHIEN, *à part*: Vieux polisson !

KIKI-LA-DOUCETTE : … Longue et balancée sur de longues pattes, elle va du pas incertain des vierges. Le dur travail des champs – elle y chasse le mulot, la musaraigne, voire la perdrix – a durci ses jeunes muscles, assombri un peu sa figure d'enfant…

TOBY-CHIEN : Elle est laide.

KIKI-LA-DOUCETTE : Non point laide ! Mais bizarre : un museau de chèvre aux narines roses, coiffé d'oreilles d'âne à la mode paysanne, des yeux latéraux, couleur d'or ancien, dont le regard vif trébuche souvent dans un piquant strabisme… De quel cœur elle me fuit, confondant sa pudeur avec l'effroi ! De mon côté, je passe lentement, on dirait indifférent, drapé dans ma robe splendide dont les rayures l'étonnent… Elle y viendra ! À mes pieds, la petite Chatte enamourée, qui aura jeté toute contrainte et se roulera sous moi comme une écharpe blanche !…

TOBY-CHIEN : Moi, je veux bien, tu sais. Ici, les choses de l'amour me laissent relativement froid.

L'exercice physique… mes soucis de gardien… je ne pense guère à la bagatelle.

KIKI-LA-DOUCETTE, *à part*: La bagatelle! commis voyageur, va!

TOBY-CHIEN, *sincère*: Et puis je peux bien t'avouer… Tu vois comme je suis petit… Eh bien! par une guigne invraisemblable et pourtant vraie, je ne rencontre aux alentours que de jeunes géantes. La chienne de la ferme, une grande diablesse bâtarde aux yeux jaunes, m'accueillerait comme elle accueille… n'importe qui. Dévergondée, oh! ça… mais bonne fille, odorante, et cette espèce de charme exténué et canaille, ces regards affamés de louve douce… Hélas!… je suis si petit… Chez les voisins, je connais encore une Danoise placide, vertigineuse comme une alpe; une bergère qui n'a jamais le temps à cause de son métier; une chienne d'arrêt nerveuse qui mord tout à coup, mais dont les yeux sauvages promettent l'ardeur… Hélas, hélas! J'aime mieux n'y plus penser. C'est trop fatigant. Revenir surmené et non satisfait, battre la fièvre toute la nuit… Assez.

J'aime… Elle et Lui, dévotement, d'une passion émue qui me grandit jusqu'à Eux; elle suffit d'ailleurs à occuper mon temps et mon cœur. L'heure de la sieste passe, Chat, mon méprisant ami, que j'aime pourtant, et qui m'aimes. Ne détourne pas la tête! Ta pudeur singulière s'emploie à cacher ce que tu nommes faiblesse, ce que je nomme amour. Crois-tu que je sois aveugle ? Lorsque je reviens avec Elle vers la Maison, j'ai vu vingt fois, derrière la vitre, ta figure triangulaire s'éclairer et sourire à mon approche. Le temps d'ouvrir la porte : tu avais déjà remis ton masque de chat, ton joli masque japonais aux yeux bridés... Peux-tu le nier ?

KIKI-LA-DOUCETTE, *résolu à ne pas entendre* : L'heure de la sieste passe. L'ombre conique des poiriers croît sur le gravier. Tout notre sommeil est parti en paroles. Tu as oublié les mouches, ton estomac inquiet, la chaleur qui danse en ondes sur les prés. Le beau jour lourd s'en va. Déjà l'air s'émeut, et courbe vers nous l'odeur des pins dont le tronc fond en larmes claires...

TOBY-CHIEN : La voici. Elle a quitté son fauteuil de paille, étiré ses bras gracieux, et je lis l'espoir d'une promenade dans le mouvement de sa robe. Tu la vois, derrière les rosiers ? Elle casse de l'ongle une feuille de citronnier, la froisse et la respire... Je lui appartiens. Les yeux fermés, je devine sa présence...

KIKI-LA-DOUCETTE : Je la vois. Elle est tranquille et douce... pour un instant. Je sais surtout qu'Il la suivra de près, en quittant son papier ; Il sortira en l'appelant : « Où es-tu ? » et s'assoira, fatigué, sur le banc. Pour Lui, je me lèverai avec politesse et j'irai carder de mes ongles la jambe de son pantalon. Silencieux, pareils, heureux, nous écouterons tomber le jour. L'odeur du tilleul deviendra sucrée jusqu'à l'écœurement, à l'heure même où mes yeux de voyant s'agrandiront, noirs, et liront dans l'air des Signes mystérieux… Là-bas, derrière la montagne pointue, un calme incendie, plus tard, s'allumera, une vapeur ronde, d'un rose glacé dans le bleu cendreux de la nuit, un cocon lumineux d'où éclora le tranchant éblouissant d'une lune coupante qui voguera, fendant les nuages… Et puis, ce sera le moment d'aller dormir. Il me prendra sur son épaule, et je dormirai (car ce n'est pas la saison de l'amour) sur son lit, contre ses pieds soigneux de mon repos. Mais le petit matin me verra frissonnant, rajeuni, assis face au soleil, dans le nimbe d'argent dont m'encense la rosée, et semblable, en vérité, au Dieu que je fus.

Le voyage

Dans un compartiment de Ire classe, Kiki-la-Doucette, Toby-Chien, Elle et Lui ont pris place. Le train roule vers les lointaines montagnes, vers l'été libre. Toby-Chien, en laisse, lève vers la vitre un nez affairé. Kiki-la-Doucette, invisible dans un panier clos, sous l'immédiate protection de Lui, se tait. Lui a déjà jonché le wagon de vingt journaux déployés. Elle rêve, tête appuyée au drap poussiéreux, et sa pensée s'élance au-devant de la montagne entre toutes aimée, celle qui porte une maison basse tapie sous la vigne et le jasmin de Virginie…

TOBY-CHIEN : Comme cette voiture va vite ! Ce n'est pas le même cocher que d'habitude. Je n'ai pas vu les chevaux, mais ils sentent bien mauvais et fument noir. Arrivera-t-on bientôt, ô Toi qui rêves silencieuse et ne me regardes pas ?

Point de réponse. Toby-Chien s'énerve et siffle par les narines.

ELLE : Chut !...

TOBY-CHIEN : Je n'ai presque rien dit. Arriverons-nous bientôt ?

Il se tourne vers Lui, qui lit, et pose une patte discrète au bord de son genou.

LUI : Chut !...

TOBY-CHIEN, *résigné* : Je n'ai pas de chance. Personne ne veut me parler. Je m'ennuie un peu, et puis je ne connais pas assez cette voiture. Je suis fatigué. On m'a éveillé de bonne heure, et je me suis diverti à courir par toute la maison. On avait caché les fauteuils sous des draps, emmailloté les lampes, roulé les tapis ; tout était blanc, changé, angoissant, avec une funèbre odeur de camphre. J'ai éternué sous chaque fauteuil, les yeux pleins d'eau, et glissé sur le parquet nu, dans ma hâte à suivre le tablier blanc des bonnes. Car elles s'agitaient autour des malles semées partout, et leur zèle inusité suffisait à m'avertir d'un événement exceptionnel... À la dernière minute, juste comme Elle criait, toute chaude de mouvement : « Le collier de Toby ! Et le panier du chat, vite le chat dans le panier !... », juste comme Elle disait cela... mon camarade disparut. Ce fut indescriptible. Lui, terrible à voir, jurait le tonnerre de Dieu et frappait de la canne sur le parquet, furieux parce qu'on avait laissé son Kiki s'évader. Elle appelait « Kiki ! » tantôt avec prière, tantôt avec menace, et les deux bonnes apportaient de trompeuses assiettes vides, des papiers jaunes de la boucherie... Je crus fermement que mon camarade le Chat avait quitté ce monde ! Soudain il apparut à tous les yeux, juché au plus haut de la bibliothèque, et nous méprisant de son regard vert. Elle leva les bras : « Kiki ! veux-tu descendre tout de suite ! Tu vas nous faire manquer le train ! » Il ne descendit point, et je pris le vertige, moi par terre, à le voir si haut se tenir debout, et piétiner, et tourner sur lui-même, en miaulant aigu pour exprimer l'impossibilité où il se trouvait d'obéir. Lui s'affolait, disant : « Mon Dieu, il va tomber ! » Mais Elle sourit, sceptique, sortit et revint armée du fouet... Le fouet dit : « Clac ! » deux fois seulement, et par miracle, je pense, le chat bondit sur le parquet, plus mol et plus élastique que la balle de laine qui nous sert de joujou. Moi je me serais cassé en tombant.

Depuis il est dans ce panier... *(Il va au panier.)* Il y a une petite lucarne... Je le vois... Des pointes de moustaches comme des aiguilles blanches... Oh ! quel œil ! Reculons... j'ai un peu peur. Un chat n'est jamais tout à fait enfermé... Il doit souffrir. Peut-être qu'en lui parlant doucement... *(Il l'appelle, très courtois.)* Chat !

KIKI-LA-DOUCETTE, *crachement de fauve*: Khhh…

TOBY-CHIEN, *un pas en arrière*: Oh! tu as dit un vilain mot. Ta figure est terrible. Tu as mal quelque part?

KIKI-LA-DOUCETTE: Va-t'en. Je suis le martyr… Va-t'en, te dis-je, ou je souffle du feu sur toi!

TOBY-CHIEN, *candide*: Pourquoi?

KIKI-LA-DOUCETTE: Parce que tu es libre, parce que je suis dans ce panier, parce que le panier est dans une voiture infecte et qui me secoue, et que leur sérénité, à Eux, m'exaspère.

TOBY-CHIEN: Veux-tu que j'aille regarder dehors et que je te raconte ce qu'on voit par la portière de la voiture?

KIKI-LA-DOUCETTE: Tout m'est également odieux.

TOBY-CHIEN, *après avoir regardé, revient*: Je n'ai rien vu…

KIKI-LA-DOUCETTE, *amer*: Merci tout de même.

TOBY-CHIEN: Je n'ai rien vu qui soit facile à décrire. Des choses vertes, qui passent tout contre nous si près et si vite qu'on en reçoit une claque dans les yeux. Un champ plat qui tourne et un petit clocher pointu, là-bas, qui court aussi vite que la voiture… Un autre champ, tout incarnat de trèfle en fleur, vient de me donner dans l'œil une autre gifle rouge… La terre s'enfonce, ou bien nous montons, je ne sais pas au juste. Je vois, tout en bas, très loin, des pelouses vertes, étoilées de marguerites blanches, qui sont peut-être des vaches…

KIKI-LA-DOUCETTE, *amer* : Ou des pains à cacheter, – ou autre chose.

TOBY-CHIEN : Cela ne t'amuse pas ?

KIKI-LA-DOUCETTE, *rire sinistre* : Ha ! demande au damné…

TOBY-CHIEN : À qui ?

KIKI-LA-DOUCETTE, *de plus en plus mélodramatique, sans aucune conviction* : … au damné, dans sa cuve d'huile bouillante, s'il éprouve quelque agrément ! Mes tortures à moi sont morales. Je connais à la fois la séquestration, l'humiliation, l'obscurité, l'oubli et le tangage.

Le train s'arrête. Un employé sur le quai : « Aoua, aouaoua, éouau… ouain ! »

TOBY-CHIEN, *éperdu* : On crie ! il y a un malheur ! Courons !

Il se jette, museau en avant, contre la portière fermée qu'il gratte désespérément.

ELLE, *ensommeillée* : Mon petit Toby, tu es bassin.

TOBY-CHIEN, *affolé* : Que fais-tu à rester tranquille et assise, ô Toi, l'inexplicable ? N'entends-tu pas ces cris? Ils s'affaiblissent... Le malheur est allé plus loin. J'aurais voulu savoir...

Le train repart.

LUI, *quittant son journal*: Cette bête a faim.

ELLE, *très éveillée à présent*: Tu crois? Moi aussi. Mais Toby, mangera très peu.

LUI, *inquiet*: Et Kiki-la-Doucette?

ELLE, *péremptoire*: Kiki-la-Doucette boude. Il s'est caché ce matin. Il mangera encore moins.

LUI: Il ne dit rien. Tu ne crains pas qu'il soit malade?

ELLE: Non, mais vexé.

KIKI-LA-DOUCETTE, *dès qu'il s'agit de lui*: Mouân!

LUI, *tendre et empressé*: Venez, mon beau Kiki, mon séquestré, venez, vous aurez du roastbeef froid et du blanc de poulet.

Il ouvre le panier-geôle. Kiki-la-Doucette avance une tête plate de serpent, un corps rayé, précautionneux et long, long à croire qu'il en sortira comme ça des mètres...

TOBY-CHIEN, *amène*: Ah! te voilà, Chat! Eh bien, salue la liberté!

Kiki-la-Doucette, sans répondre, lisse de la langue quelques soies rebroussées.

TOBY-CHIEN : Salue la liberté, je te dis. C'est l'usage. Chaque fois qu'on ouvre une porte, on doit courir, sauter, se tordre en demi-cercle et crier.

KIKI-LA-DOUCETTE : On ? qui, on ?

TOBY-CHIEN : Nous, les Chiens.

KIKI-LA-DOUCETTE, *assis et digne* : Faudra-t-il aussi que j'aboie ? Nous n'avons jamais eu le même code des convenances, que je sache.

TOBY-CHIEN, *vexé* : Je n'insiste pas. Comment trouves-tu cette voiture ?

KIKI-LA-DOUCETTE, *qui flaire minutieusement* : Affreuse. Cependant le drap est assez bon pour faire ses ongles.

Il joint le geste à la parole et carde le capitonnage.

TOBY-CHIEN, *à part* : Si je faisais ça, moi…

KIKI-LA-DOUCETTE, *continuant à carder* : Han ! Han ! que ce spongieux drap gris étanche ma rage !… Depuis ce matin l'univers se révolte monstrueusement, et Lui, Lui que j'aime, et qui me vénère, ne m'a pas défendu. J'ai subi des contacts humiliants, des cahots, et plus d'un coup de sifflet a traversé ma cervelle d'une oreille à l'autre… Han ! il est doux de détendre ses nerfs et d'imaginer qu'on effiloche d'une griffe allègre la chair ennemie, fibreuse et saignante… Han !

cardons et steppons ! Levons les pattes trop haut en signe suprême d'insolence !…

ELLE : Dis donc, Kiki, c'est fini ?

LUI, *indulgent et admiratif*: Laisse-le. Il fait z'ongles.

KIKI-LA-DOUCETTE : Il a parlé pour moi. Je lui pardonne. Mais puisqu'on me permet, je n'aime plus déchirer le coussin… Quand sortirai-je d'ici ? Ce n'est pas que j'aie peur. Ils sont là tous deux, et le Chien, avec des figures de tous les jours… J'ai des tiraillements d'estomac.

Il bâille. Le train s'arrête, un employé sur le quai : « Aaa, oua… aouaoua, oaa… »

TOBY-CHIEN, *éperdu* : On crie ! Il y a encore un malheur ! Courons !…

KIKI-LA-DOUCETTE : Mon Dieu, que ce chien est fatigant ! Qu'est-ce que ça peut lui faire, qu'il y ait un malheur ? D'ailleurs, je n'en crois rien. Ce sont des cris d'homme, et les hommes crient pour le seul plaisir d'entendre leur voix…

TOBY-CHIEN, *calmé* : J'ai faim. Va-t-on manger, ô Toi de qui j'espère tout ? Dans cet étrange pays, je ne sais plus l'heure, mais il me semble bien…

ELLE : Venez tous déjeuner.

Elle déballe des couverts, froisse des papiers, rompt un pain doré qui craque…

TOBY-CHIEN, *mâchant*: Ce qu'elle m'a donné là devait être bien bon pour sembler si petit. Cela a fondu dans ma gueule, il n'en reste pas un souvenir…

KIKI-LA-DOUCETTE, *mâchant*: C'est du blanc de poulet. Frrrr… Allons, bon! je fais ronron sans m'en apercevoir! Il ne faut pas. Ils croiraient que je me résigne à ce voyage… Mangeons lentement, farouche et désabusé, mangeons uniquement pour ne mourir point…

ELLE, *aux animaux*: Laissez-moi déjeuner! Moi aussi, j'aime le poulet froid, et les cœurs de laitue trempés dans le sel…

LUI, *inquiet*: Comment fera-t-on pour obliger ce Chat à réintégrer son panier?

ELLE: Je ne sais pas, nous verrons tout à l'heure…

TOBY-CHIEN: C'est déjà fini? J'en avalerais trois fois autant. Dis donc, Chat, tu ne manges pas mal pour un martyr.

KIKI-LA-DOUCETTE, *mentant*: Le chagrin me creuse. Écarte-toi un peu, je veux à présent dormir… essayer de dormir… Un rêve clément, peut-être, me ramènera à la maison que j'ai quittée, au coussin fleuri que Lui m'a donné… *Home! sweet home!* Tapis colorés à souhait pour le plaisir de mes yeux! Potiche vaste d'où jaillit un petit palmier dont je mange les pousses, fauteuils profonds sous lesquels je cache ma balle de laine pour me faire une surprise… Bouchon suspendu par une ficelle au loquet de la porte, et bibelots sur les tables pour que ma patte s'y distraie à briser quelque cristal… Salle à manger, temple ! Vestibule plein de mystère, d'où je guette, invisible, ceux qui entrent et ceux qui sortent… Escalier étroit où le pas du laitier sonne pour moi comme un angélus… Adieu, mon fatal destin m'emporte, et qui sait si jamais… Ah ! c'est trop triste, et toutes les jolies choses que je dis m'ont attendri pour de vrai !

Il commence une toilette minutieuse et funèbre. Le train s'arrête. Un employé sur le quai : « Aaa… ouain… aouaoua… »

TOBY-CHIEN : On crie ! Il y a un malh… Ah ! zut, j'en ai assez.

LUI, *soucieux* : Nous allons changer de train dans dix minutes. Comment faire pour le Chat ? Il ne voudra jamais se laisser enfermer.

ELLE : On verra. Si on mettait de la viande dans le panier ?

LUI : Ou bien en le caressant… *(Ils s'approchent de la bête redoutable et lui parlent ensemble.)* Kiki, mon beau Kiki, viens sur mes genoux ou sur mon épaule qui te plaît d'habitude. Tu t'y assoupiras et je te déposerai doucement dans ce panier, qui, en somme, est à claire-voie et dont un coussin rend confortable l'osier rude… Viens, mon charmant…

ELLE : Écoute, Kiki, il faut pourtant comprendre la vie. Tu ne peux pas rester comme ça. Nous allons changer de train, et un employé épouvantable surgira, qui dira des choses blessantes pour toi et toute ta race. D'ailleurs, tu feras bien d'obéir, parce que, sans ça, je te ficherai une fessée…

Mais avant qu'on ait porté la main sur sa fourrure sacrée, Kiki se lève, s'étire, bombe le dos en pont, bâille pour montrer sa doublure rose, puis se dirige vers le panier ouvert, où il se couche, admirable de quiétude insultante.
Lui et Elle se regardent et font une tête.

TOBY-CHIEN, *avec l'à-propos qui le caractérise* : J'ai envie de faire pipi.

Le dîner est en retard

Un salon à la campagne. La fin d'une journée d'été. Kiki-la-Doucette, Toby-Chien dorment d'un somme peu convaincu, oreilles nerveuses, paupières obstinément serrées. Kiki-la-Doucette ouvre ses yeux presque horizontaux, couleur de raisin, et bâille d'une gueule féroce de petit dragon.

KIKI-LA-DOUCETTE, *hautain* : Tu ronfles.

TOBY-CHIEN, *qui ne dormait pas pour de vrai* : Non, c'est toi.

KIKI-LA-DOUCETTE : Pas du tout. Moi, je fais ronron.

TOBY-CHIEN : C'est la même chose.

KIKI-LA-DOUCETTE, *dédaignant la discussion* : Dieu merci ! non. *(Un silence.)* J'ai faim. On n'entend pas remuer les assiettes à côté. Est-ce qu'il n'est pas l'heure de dîner ?

TOBY-CHIEN *se lève et étire longuement ses pattes de devant, les coudes en dehors; il bâille et darde une langue héraldique au bout frisé*: Je ne sais pas. J'ai faim.

KIKI-LA-DOUCETTE: Où est-Elle? Comment n'es-tu pas dans ses jupes?

TOBY-CHIEN, *embarrassé, mordillant ses ongles*: Elle est dans le jardin, je crois; Elle ramasse des mirabelles.

KIKI-LA-DOUCETTE: Des boules jaunes qui pleuvent sur les oreilles? Je sais. Tu l'as donc vue? Elle t'a grondé, je parie… Qu'est-ce que tu as fait encore?

TOBY-CHIEN, *gêné, détournant sa figure plissée de crapaud sympathique*: Elle m'a dit de retourner au salon, parce que… parce que je mangeais aussi des mirabelles.

KIKI-LA-DOUCETTE: C'est bien fait! Tu as des goûts ignobles, des goûts d'homme.

TOBY-CHIEN, *froissé*: Dis donc, je ne mange pas du poisson gâté, moi!

KIKI-LA-DOUCETTE: Tu lèches des choses plus dégoûtantes.

TOBY-CHIEN: Quoi, par exemple?

KIKI-LA-DOUCETTE: Des choses… sur la route… pouah!

TOBY-CHIEN: Je comprends. Ça s'appelle des « sales ».

KIKI-LA-DOUCETTE: Tu dois te tromper.

TOBY-CHIEN : Non. Quand j'en flaire *un,* un superbe et bien roulé, un sans défaut, Elle se précipite, l'ombrelle en l'air, et crie : « Sale ! »

KIKI-LA-DOUCETTE : Tu n'as pas honte ?

TOBY-CHIEN : Pourquoi ? Ces fleurs de la route plaisent à mon nez subtil, à ma langue gourmande. Ce que je ne comprendrai jamais, c'est ton épilepsie joyeuse sur les grenouilles mortes ou sur cette herbe, tu sais…

KIKI-LA-DOUCETTE : La valériane.

TOBY-CHIEN : Peut-être bien… Une herbe, c'est pour purger.

KIKI-LA-DOUCETTE : Je n'ai pas, comme toi, que des pensées excrémentielles. La valériane… tu ne peux pas comprendre… Je l'ai vue, Elle, pour avoir vidé une flûte de vin fétide qui saute dangereusement, rire et délirer comme je fais sur la valériane… La grenouille morte, si morte qu'elle semble un maroquin sec en forme de grenouille, c'est le sachet imprégné d'un musc rare, dont je voudrais embaumer ma fourrure…

TOBY-CHIEN : Tu parles bien… Mais Elle te gronde et dit qu'après tu sens mauvais, et Lui aussi.

KIKI-LA-DOUCETTE : Ce ne sont que des Deux-Pattes, l'un et l'autre. Tu les imites, pauvre être, et te diminues d'autant. Tu te tiens debout sur tes pieds de derrière, tu portes un manteau lorsqu'il pleut, tu manges – fi ! – des mirabelles et ces grosses boules vertes que laissent choir parfois les mains malveillantes des arbres, quand je passe dessous…

TOBY-CHIEN : Des pommes.

KIKI-LA-DOUCETTE : Probablement. Elle les cueille et te les lance dans l'allée, en criant : « Pomme, Toby, Pomme ! » Et tu te rues avec des manières indécentes de fou, la langue et les yeux en dehors, jusqu'à perdre haleine…

TOBY-CHIEN, *renfrogné, le museau sur ses pattes* : Chacun prend son plaisir où il le trouve.

KIKI-LA-DOUCETTE, *bâillant, montre ses dents en aiguilles, le velours rose et sec de son palais* : J'ai faim. Le dîner est sûrement en retard. Si tu allais la chercher ?

TOBY-CHIEN : Je n'ose pas. Elle m'a défendu de venir. Elle est là-bas au fond de la combe, avec un grand panier. La rosée tombe et mouille ses pieds, et le soleil s'en va. Mais tu sais comme Elle est : Elle s'assied dans le mouillé, regarde en avant d'Elle comme si Elle dormait ; ou bien se couche à plat ventre, siffle, et suit une fourmi dans l'herbe ; ou arrache une poignée de serpolet et la respire ; ou appelle les mésanges et les geais, qui ne viennent jamais, d'ailleurs. Elle porte un arrosoir lourd, qu'Elle verse, en mille fils d'argent glacé qui me donnent le frisson, sur les roses ou dans le creux de ces petites auges de pierre au fond du bois.

Tout de suite je m'y penche, pour voir la tête du bull bringé venir à ma rencontre, et pour y boire l'image des feuilles, mais Elle me tire en arrière par mon collier : « Toby, c'est l'eau des oiseaux ! » Elle ouvre son couteau et vide des noisettes, cinquante noisettes, cent noisettes, et oublie l'heure. Cela n'en finit pas.

KIKI-LA-DOUCETTE, *narquois* : Et toi, pendant ce temps-là ?

TOBY-CHIEN : Moi… Eh bien ! je l'attends.

KIKI-LA-DOUCETTE : Je t'admire !

TOBY-CHIEN : Quelquefois, accroupie, acharnée, Elle gratte la terre, peine, sue, et je m'anime tout autour, dans la joie d'une besogne utile qui m'est si familière. Mais son odorat faible la trompe ; Elle fouit de faux terriers où je ne sens ni la taupe ni la musaraigne aux pattes rosées. Qui m'expliquera le peu de fermeté de ses desseins ? Voilà qu'Elle tombe sur son derrière, brandissant une herbe à racine chevelue, et s'écrie : « Je la tiens, la rosse ! » Je me couche dans le mouillé, et je tremble. Ou je pousse mon nez – Elle dit mon groin – contre la terre, pour y reconnaître des odeurs compliquées… Sais-tu seulement, toi, démêler trois, quatre odeurs embrouillées, tressées, fondues : une de taupe, une autre de lièvre qui a passé vite, une autre d'oiseau qui s'est couché ?…

KIKI-LA-DOUCETTE : Oui, je le puis. Mon nez sait tout. Il est petit, régulier, large entre mes deux yeux, délicat au bout chamois de mes narines ; le frôler d'une herbe, l'ombre de la fumée le chatouillent jusqu'à l'éternuement. Il ne s'emploie pas à démêler l'odeur des taupes enchevêtrée à celle des… lièvres, dis-tu ? Mais je puis rester pendant des minutes à enivrer mon nez – Elle dit : « son si joli nez en velours de coton », – d'une trace de chatte contre les buis… Mon nez est charmant. Il n'y a point de jour, depuis que mes yeux sont ouverts, où l'on ne m'ait dit sur mon nez quelque vérité flatteuse. Le tien… C'est une truffe grenue. Et quelle mobilité ridicule l'agite ! Au moment même où je te parle…

TOBY-CHIEN : J'ai faim. On n'entend pas les assiettes.

KIKI-LA-DOUCETTE : — Ta truffe se promène sur ton visage et plisse d'un pli de plus ce museau mal équarri…

TOBY-CHIEN : Elle dit : « son museau carré, sa truffe plissée », si tendrement !

KIKI-LA-DOUCETTE : … et tu ne songes qu'à la nourriture.

TOBY-CHIEN : Et toi, c'est ton estomac vide qui grogne et se plaint et me querelle.

KIKI-LA-DOUCETTE : Mon estomac est charmant.

TOBY-CHIEN : Mais non, c'est ton nez, tu l'as déjà dit.

KIKI-LA-DOUCETTE : Mon estomac aussi. Il n'y en a pas de plus gourmet, de plus fantasque, de plus solide et délicat ensemble. Il digère des arêtes de sole, des esquilles d'os de poulet, mais la viande suspecte le retourne à la lettre.

TOBY-CHIEN : À la lettre, en effet. Tu as l'indigestion mouvementée.

KIKI-LA-DOUCETTE : Oui, toute la maison s'en émeut. C'est qu'aux premières affres de la nausée une grande détresse s'empare de moi, car la terre mollit sous mes pas. Les yeux dilatés, j'avale précipitamment une salive abondante et salée, tandis que m'échappent d'involontaires cris de ventriloque… Et puis voici que mes flancs houlent, autant et mieux que ceux de la chatte en gésine, et puis…

TOBY-CHIEN, *dégoûté*: Si ça t'est égal, tu me raconteras le reste après dîner.

KIKI-LA-DOUCETTE : J'ai faim. Où est-Il, Lui ?

TOBY-CHIEN : Là. Dans son cabinet. Il gratte le papier.

KIKI-LA-DOUCETTE : Oui, comme toujours. C'est un jeu. Les Deux-Pattes s'amusent aux mêmes choses, indéfiniment. J'ai souvent essayé, comme Lui, de gratter finement le papier. Mais c'est un plaisir qui dure peu, et je préfère le journal déchiqueté en lambeaux nombreux, qui bruissent et volent. D'ailleurs, il y a sur sa table, à Lui, un petit pot dont je ne flaire pas sans horreur l'eau violette et bourbeuse, depuis qu'une curiosité assez inconsidérée me conduisit à y tremper la patte. Cette patte que tu vois, – aristocratique et forte, barbue, entre les doigts, d'un poil inutile qui proclame la pureté de ma race, – cette patte garda huit jours une souillure bleuâtre, et ne perdit que lentement la dégradante odeur de lame d'acier rongé de jus acide…

TOBY-CHIEN : Cela sert à quoi, ce petit pot ?

KIKI-LA-DOUCETTE : Il y boit, sans doute.

Silence.

TOBY-CHIEN : Elle ne revient pas. Pourvu qu'Elle ne se soit pas perdue, comme moi un jour dans la rue, à Paris !

KIKI-LA-DOUCETTE : J'ai faim.

TOBY-CHIEN : J'ai faim. Qu'est-ce qu'on mange ce soir ?

KIKI-LA-DOUCETTE : J'ai vu un poulet. Il a crié stupidement et saigné rouge dans la cuisine. C'était plus sale par terre qu'un pipi de chat, et même qu'un pipi de chien ; pourtant on ne l'a pas fouetté. Mais Émilie l'a mis dans le feu, pour lui apprendre. J'ai un peu léché le sang…

TOBY-CHIEN *bâille* : Du poulet… Mes lèvres tremblent et se mouillent. Elle me dira : « À z'os, à z'os ! » et me jettera la carcasse…

KIKI-LA-DOUCETTE : Que tu parles mal ! Il dit : « À p'tit os, à tos ! »

TOBY-CHIEN, *surpris* : Mais… non, je t'assure, c'est bien : « À z'os » qu'Elle dit…

KIKI-LA-DOUCETTE : Lui parle mieux qu'Elle.

TOBY-CHIEN, *incompétent* : Ah ?… Dis-moi, les oiseaux, est-ce que ça a le goût du poulet ?

KIKI-LA-DOUCETTE, *dont les yeux brillent bleu soudain* : Non… C'est mieux… c'est vivant. On sent tout craquer sous les dents, et l'oiseau qui tressaille, et la plume chaude, et la petite cervelle exquise…

TOBY-CHIEN : Oh ! tu me dégoûtes ! Toutes les petites bêtes, quand elles remuent, m'inquiètent, et d'ailleurs les oiseaux sont doux…

KIKI-LA-DOUCETTE, *sec* : N'en crois rien, ils ne sont doux qu'à manger. Ce sont des êtres bruyants, infatués, stupides, uniquement comestibles… Tu connais les deux geais ?

TOBY-CHIEN : Pas très bien.

KIKI-LA-DOUCETTE : Les deux geais du petit bois. Ceux-là… ils rient, poussent des « tiac » sardoniques quand je me promène, parce que je porte une sonnette au cou… J'ai beau tenir raide ma tête et poser mes pattes doucement, ma sonnette sonne, et les deux créatures s'esclaffent en haut du sapin… Que je les tienne un jour !…

Il couche latéralement ses oreilles et lève le poil de son dos en arête de poisson.

TOBY-CHIEN, *pensif*: Positivement, il y a des moments où je ne te reconnais plus. On cause tranquillement, et soudain tu te hérisses en rince-bouteilles. On joue gentil, je te jappe au derrière des *ahouahoua* pour rire, et tout d'un coup, on ne sait pas pourquoi, peut-être parce que mon nez a frôlé cette toison qui bouffe en culotte de zouave, te voilà bête sauvage, crachant un souffle qui fume, et qui me charges comme un chien inconnu ! Est-ce que cela ne peut pas s'appeler un mauvais caractère ?

KIKI-LA-DOUCETTE, *mystérieux, les yeux presque fermés* : Non pas. Un caractère seulement. Un caractère de Chat. C'est en de tels moments irrités que je sens, à n'en pas douter, l'humiliante situation qui nous est faite, à moi et à tous ceux de ma race. Je me souviens d'un temps où des prêtres en longues tuniques de lin nous parlaient courbés et tentaient, timides, de comprendre notre parole chantée. Sache, Chien, que nous n'avons pas changé ! Peut-être y a-t-il des jours où je suis plus pareil à moi-même, où tout m'offense justement, un geste brusque, un rire grossier, le fracas d'une porte, ton odeur, l'inconcevable audace que tu as de me toucher, de me cerner de bonds circulaires…

TOBY-CHIEN, *patient, à part*: Il a sa crise.

KIKI-LA-DOUCETTE, *tressaillant*: Tu as entendu?

TOBY-CHIEN: Oui, la porte de la cuisine. Et celle de la salle à manger, à présent. Et le tiroir aux cuillers... Enfin, enfin, aaah!! *(Il bâille.)* Je n'en puis plus. Mais où est-Elle? Le gravier ne crie pas; la nuit va venir.

KIKI-LA-DOUCETTE, *ironique*: Va la chercher.

TOBY-CHIEN: Et Lui? D'ordinaire, Il s'inquiète, Il demande: « Où est-Elle? » Il gratte le papier. Il a dû boire toute l'eau violette du petit pot bourbeux. *(Il étire avec soin toutes ses pattes, en commençant par celles de devant.)* Ah! je me sens vif et creux! On va manger. Respire la fumée odorante qui glisse sous la porte! Jouons!

KIKI-LA-DOUCETTE: Non.

TOBY-CHIEN: Cours, je te poursuivrai sans te toucher.

KIKI-LA-DOUCETTE: Non.

TOBY-CHIEN: Pourquoi?

KIKI-LA-DOUCETTE: Je n'ai pas envie.

TOBY-CHIEN: Oh! que tu es ennuyeux! Regarde, je saute, je m'encapuchonne comme un petit cheval, je cherche à saisir ma queue coupée, je vire, vire... Dieux! la chambre tourne... Non, c'est fini.

KIKI-LA-DOUCETTE: Quel être insupportable!

TOBY-CHIEN : Insupportable toi-même ! Prends garde, je vais te charger comme Elle fait quand Elle est gaie, et qu'Elle crie : « hà chat ! »

KIKI-LA-DOUCETTE, *sans se lever encore, ouvre toute grande, devant Toby qui tournoie, une patte griffue, tachée en dessous de rose et de noir comme une fleur épineuse* : Si tu oses !…

TOBY-CHIEN, *délirant* : Oui, j'ose ! Houah ! Houah ! hà chat, hà chat !

Kiki-la-Doucette, exaspéré, bondit, crache et se suspend au tapis de la table. Chute lente du tapis, écroulement de la lampe et des bibelots. Silence épouvanté. Les deux bêtes, aplaties sous un fauteuil, attendent le châtiment.

LUI, *paraissant au seuil du cabinet de travail, son porte-plume dans la bouche, comme un mors* : Tonnerre de Dieu ! Qu'est-ce qu'il y a encore ? Cette ménagerie de malheur a tout chambardé ici. Où est Madame ? Quelle boîte ! on ne peut jamais dîner à l'heure… (etc., etc., etc.)

Les deux coupables, qui savent l'innocuité de telles foudres, demeurent plats comme deux pantoufles et se regardent en riant muettement à travers les franges du fauteuil. La porte du jardin s'ouvre.

Elle entre, son panier plein de mirabelles musquées, les mains poissées de leur sucre, les cheveux sur les yeux. Elle reste atterrée devant le désastre.

ELLE : Oh ! ils se sont encore battus ! Dieu, quelles sales bêtes ! *(Sans conviction.)* Je les donnerai, je les vendrai, je les tuerai…

Mais les deux bêtes, traînées sur le ventre en une humilité exagérée, rampent jusqu'à Elle et parlent à la fois.

KIKI-LA-DOUCETTE : Vrrr… Vrrrain… te voilà… il est bien tard… C'est Toby qui m'a chargé… C'est lui qui a tout cassé… Je crois que l'inanition lui donnait le délire. Tu sens bon l'herbe et le crépuscule. Tu t'es assise sur du serpolet. Viens… Dis à ton Maître, à Lui, qu'il m'emporte sur son épaule vers la viande qui sera trop cuite. Tu vas découper le poulet très vite, n'est-ce pas ? Tu me garderas les peaux grillées ? Si tu veux, je tendrai jusqu'au plat une patte en cuiller qui sait ramasser les menus débris et les porter à ma bouche, de ce geste humain qui vous fait tant rire, Lui et Toi. Viens…

TOBY-CHIEN : Uiii… uiii… Te voilà ! Enfin, enfin ! Je m'ennuie tant sans toi ! Tu m'as exilé, tu ne m'aimais plus… C'est la lampe qui est tombée toute seule. Viens… J'ai très faim. Mais je consentirai joyeusement à ne pas dîner, si tu veux m'emmener toujours, partout, même dans le crépuscule qui me rend triste, je te suivrai heureux, mon nez fervent au ras de ta jupe courte…

ELLE, *désarmée, et d'ailleurs indifférente au cataclysme*: Regarde, comme ils sont jolis!

Le premier feu

Parce qu'il pleut et que le vent d'octobre chasse dans l'air les feuilles trempées, Elle a allumé dans la cheminée le premier feu de la saison. En extase, Kiki-la-Doucette et Toby-Chien, couchés côte à côte au coin du marbre tiède, s'éblouissent à contempler la flamme et lui dédient des prières intérieures.

KIKI-LA-DOUCETTE, *pareil* à *un coussin, sans pattes apparentes*: Feu! te voici revenu, plus beau que mon souvenir, plus cuisant et plus proche que le soleil! Feu! que tu es splendide! Par pudeur, je cache ma joie de te revoir, je ferme à demi mes yeux où ta lumière amincit la prunelle, et rien ne paraît sur ma figure où est peinte l'image d'une pensée fauve et brune... Mon ronron discret se perd dans ton crépitement. Ne pétille pas trop, ne crache pas d'étincelles sur ma fourrure, sois clément, Feu varié, que je puisse t'adorer sans crainte...

TOBY-CHIEN, *à moitié cuit, les yeux injectés, la langue pendante*: Feu! feu divin! te revoici! Je suis bien jeune encore, mais je me souviens de ma terreur respectueuse, la première fois que sa main, à Elle, t'éveilla dans cette même cheminée. La vue d'un dieu aussi mystérieux que toi a de quoi frapper un chien-enfant, à peine sorti de l'écurie maternelle. Ô Feu! je n'ai pas perdu toute appréhension. Hiii! tu as craché sur ma peau une chose piquante et rouge… J'ai peur… Non, c'est fini.

Que tu es beau! Ton centre plus rose darde des lambeaux d'or, des jets vifs d'air bleu, une fumée qui monte tordue et dessine d'étranges apparences de bêtes… Oh! que j'ai chaud! Sois plus doux, Feu souverain, vois comme ma truffe séchée se fendille et craque… Mes oreilles ne flambent-elles point? Je t'adjure d'une patte suppliante, je gémis d'une volupté insupportable… je n'en puis plus!… *(Il se retourne.)* Ah! rien n'est jamais bon tout à fait. Sous la porte, la bise pince mes cuisses nues. Tant pis! que mon derrière gèle, pourvu que je t'adore en face!

KIKI-LA-DOUCETTE: Je sais – puisque je suis Chat – tout ce qui vient derrière toi, Feu. Je prévois l'hiver, que j'accueille d'une âme inquiète, mais non sans plaisir. En son honneur, ma robe déjà croît et s'embellit. Mes rayures brunes deviennent noires, ma palatine blanche s'enfle en jabot éclatant, et le poil de mon ventre passe en beauté tout ce qui s'est vu jamais. Que dire de ma queue, évasée en massue, alternativement annelée de fauve, noir, fauve, noir, fauve, noir ? Hors de mes oreilles s'érigent deux aigrettes inestimables, sensibles, et qu'Elle nomme mes boucles d'oreilles… Quelle chatte me résisterait ? Ah ! les nuits de janvier, les sérénades sous la lune glacée, l'attente digne au faîte d'un toit, la rencontre du rival sur l'étroite passerelle d'un mur… mais je me sens plus fort que tous ! J'agiterai ma queue, je renverserai mes oreilles sur ma nuque, je halèterai tragiquement par les narines, comme pour vomir ; puis ma voix s'élèvera, modulée infiniment, puissante jusqu'à réveiller les Deux-Pattes endormis. Je vociférerai, je larmoierai, j'arpenterai le jardin, gonflé, les coudes en dehors, et simulant la folie pour épouvanter les matous !

TOBY-CHIEN : Je n'ignore pas, Feu – puisque je suis Chien – les vicissitudes et les joies que tu présages. Déjà il pleut dans le jardin. Je crois qu'il pleut aussi sur la route et dans le bois. L'eau qui tombe n'a plus la tiédeur des orages de l'été, alors que ma truffe, grise de poussière, se délectait à l'odeur humide qui venait de l'ouest. Le ciel est inquiet, et le vent grandit assez pour soulever droits les pavillons de mes oreilles. Un chant pointu, pareil au mien quand j'implore, passe sous la porte. Tu luiras tous les jours, Feu ; mais de quelles souffrances faudra-t-il que j'achète le droit de t'adorer ? Car Elle continuera d'errer, la tête couverte d'un capuchon cornu qui la change et m'effraie ; Elle chaussera des pieds de bois et écrasera insoucieusement les petites flaques, les mottes bourbeuses, la mousse en pleurs. Je la suivrai, puisque j'ai promis de la suivre toute ma vie (et qu'aussi bien je ne pourrais faire autrement), je la suivrai, désolé, piteux, verni d'eau, le ventre en croûtes de sable, jusqu'à ce que l'excès même de ma misère me fasse oublier tout, et que je batte les taillis, occupé de chaque pli de l'herbe, âpre à éveiller les odeurs noyées... Elle deviendra communicative à me voir m'activer et nous parlerons : « Ha ! Toby-Chien, dira-t-Elle, ha ! ha ! l'oiseau, là ! Sur la branche, cruchon ! Il est parti à présent. » Elle s'apitoiera, pour m'amener à une émotion proche des larmes : « Ô mon tout petit noir, mon cylindre sympathique, mon amour batracien, comme tu as froid, comme tu es mouillé, comme tu es triste, comme tu souffres, ôôô ! » Avant que je puisse discerner si sa pitié est sincère, mes yeux se fondront en eau et ma gorge serrée n'émettra plus que des gémissements frères des siens...

Mais quelle ivresse, quand ses capricieux pieds de bois retourneront vers la Maison, pressés de retrouver Lui qui gratte le papier, trop lents à mon gré ! Je l'environnerai de bonds et de cris, vibrant de voir diminuer le coteau et raccourcir la pente, de sentir l'admirable odeur d'écurie et de bois brûlé qui rapproche de nous le gîte. À travers la vitre embuée, tu luiras enfin, Feu, et j'aurai franchi le seuil à peine qu'un foudroyant sommeil me terrassera devant toi, toi qui mueras en poudre fine les croûtes de mon ventre, en fumante vapeur l'eau des chemins, toi, Feu, toi, Soleil !

KIKI-LA-DOUCETTE : Une douceur brûlante pénètre ma robe jusqu'aux duvets fins et grêles, soies sous les soies, fils impalpables et sans couleur qui protègent ma peau délicate. J'enfle comme un nuage. Je dois remplir la chambre. Des tressaillements électriques, précurseurs du sommeil, agitent mes raldes moustaches. Pourtant je ne dors pas encore, car la saison qui vient et ta splendeur, Feu, me troublent ensemble. Il pleut. Je ne sortirai pas. Discrètement, j'irai me confier au plat de sciure, pourvu que personne ne me regarde. Certes, la terre friable inspire plus excellemment, odorante et qui cède aux griffes… Mais ma nature supérieure connaît les longues contentions, et méprise ce chien hydraulique qui lève la patte contre tout. Je ne sortirai pas. J'attendrai le soleil ou le vent sec, ou mieux la gelée. Ah ! l'excitation du froid piquant, qui cingle en poignées d'aiguilles mes poumons, fait de mon nez charmant un bonbon glacé !… Le spirituel démon du gel soufflera en moi sa démence. Elle rira, et Lui aussi, quittant son papier, de me voir rivaliser en bonds, en voltes, en tourbillonnements fols, avec les feuilles. Serai-je un Chat, ou le lambeau flottant d'une fumée ébouriffée ? En haut d'un arbre ! En bas ! Puis sept tours après ma queue ! Puis saut périlleux d'avant en arrière ! Saut vertical avec tortillement aérien du ventre ! Giration, éternuements, course à travers le réel et le rêve, jusqu'à l'épouvante de moi-même !... Arrêt brusque : et tout tourne à mes yeux, ronde d'un monde nouveau dont je suis le centre immobile... Dans mon égarement sans conviction, j'exhalerai un petit meuglement de vache et Ils accourront, Elle riant, et Lui croyant à une angoisse intestinale... Cela suffira à me dégriser, et c'est d'un front assuré, d'un pas noble que je regagnerai ce coussin près de ton autel, Feu !

TOBY-CHIEN : La pierre du foyer brûle les plantes cornées de mes pattes. Que faire ? M'éloigner ? jamais ! Plutôt périr par la cuisson que quitter ce bonheur redoutable !... Pourvu qu'Elle ne vienne pas tout de suite ! Je crains justement la lanière du fouet et les paroles magiques qui promettent l'exil : « Toby, c'est stupide ! Je te défends de te rôtir. Tu auras mal aux yeux et tu t'enrhumeras en sortant !... » C'est ainsi qu'Elle parle, tandis que je m'applique à la regarder d'un obtus air dévot dont Elle n'est point la dupe. J'écoute les bruits du premier étage, et son pas qui va et vient... Sa fantaisie vagabonde est-elle enfin lassée ? Ce matin, Elle m'a sifflé, et ma hâte à lui obéir fut telle que je roulai au bas des escaliers, car je suis court et carré, avec peu de pattes, point de nez et nulle queue pour faire balancier... Nous partîmes. Le bout flexible des branches berçait les dernières pommes... Ma voix heureuse, les cris de gaîté qu'Elle jetait parfois, le chant vain des coqs, le grincement des chars sur la route : tous les bruits flottaient portés sur l'ouate un peu suffocante et bleue du brouillard... Elle m'emmena loin, et notre chemin fut fertile en merveilleux incidents : rencontre de chiens géants et terribles que ma mine fière exaspéra, mais que je sus contenir d'un seul regard (une grille fermée les réduisait d'autre part à l'impuissance), poursuite fervente d'un lapin sous les taillis, encore qu'Elle criât très fort : « Je te défends ! Je te défends de toucher à cette petite bête !... » Ma mère m'a doué de pattes rapides, certes, mais courtes : la bête au derrière blanc me distança. Un buisson chargé de baies rouges nous retint bien longtemps ! Elle se repaît volontiers d'objets inconnus. Grande est ma foi en Elle, et je pourrais attester que j'ai goûté de tout ce qu'Elle m'a offert. Mais ce matin... « Mange, Toby, c'est des senelles. Mange, voilà des gratte-cul... Oh ! serin ! comment peux-tu ne pas raffoler de ce goût cuit et allègre ! Je t'assure, ce sont des confitures pas greffées !... » Je mâchai, par déférence, une boule rougeâtre où sa main, taquine à coup sûr, sema des poils rêches... Ce qui devait arriver arriva... Kha !

une nausée rejeta de mon gosier l'ordure nommée gratte-cul…

Feu, entends-moi ! Ce que je vis ensuite, sous un bois bruissant de feuilles empesées, passe mon intelligence. T'avait-Elle emporté sous sa mante ? Ou bien les dieux comme toi accourent-ils à son geste ? J'ai vu, Feu, j'ai vu ses mains édifier le bûcher, disposer mystérieusement les pierres plates, puis l'étincelle jaillir, et ton âme joyeuse palpiter, grandir, s'élancer rose et nue, se voiler de fumée, péter belliqueusement, agoniser et disparaître… Le monde est plein de choses incompréhensibles…

Enfin, au retour, près de la grille du parc, je découvris, moi le premier, moi avant Elle, un de ces animaux inexpugnables dont la vue seule met toute ma race aux abois, un hérisson. Ô fureur ! Sentir que sous cette pelote une bête se cache et rit de moi, que je ne puis rien, rien, rien ! Je l'implorai, Elle qui peut presque tout, de m'éplucher ce hérisson. Très attentive, Elle s'occupa d'abord de le retourner avec un petit bâton, comme une châtaigne : « C'est étonnant, dit-Elle, je ne peux pas trouver le dessous ! » Entre deux doigts, par un piquant, Elle l'emporta jusqu'ici – je dansais derrière Elle – et le déposa au fond de son panier à ouvrage… Bientôt, la bête abhorrée se déroula, pointa un museau porcin, ouvrit deux yeux luisants de rat, se hissa debout, cramponnée de deux pattes griffues de taupe : « Qu'il est joli ! s'écria-t-Elle, un vrai petit cochon noir ! » Je gémissais de convoitise au pied de la table, mais Elle ne m'éplucha point la bête, ni alors, ni jamais, et peut-être que la cuisinière l'a mangée. Peut-être que ce chat dissimulé, narquois... Assez de soucis. Mon cœur trop sensible s'exalte, et souvent m'étouffe un peu... Ne pensons pas. La vie est belle, Feu, puisque tu l'éclaires... Je m'endors... Garde bien, ô Feu, ma dépouille que la pensée va quitter... Je m'endors...

KIKI-LA-DOUCETTE : On dirait que je dors, parce que mes yeux s'effilent jusqu'à sembler le prolongement du trait velouté, coup de crayon hardi, maquillage oriental et bizarre, qui unit mes paupières à mes oreilles. Je veille pourtant. Mais c'est une veille de fakir, une ankylose bienheureuse d'où je perçois tout bruit et devine toute présence... Mes yeux privilégiés, Feu, te contemplent mieux lorsque je les clos, et je puis compter les essences diverses que tu mêles en bouquet étincelant. Voici, flamme mauve, bleue et brûlante, l'esprit d'un rameau de thuya. Hier encore, cette branche, qui tord son squelette délicat de ramilles, berçait sur l'allée son ombre plate en plumeau ; Elle l'a tranchée d'un coup de sécateur, pourquoi ? peut-être pour que s'exhalât son âme mauve et bleue et brûlante ? Car Elle se plaît comme moi à ta danse, Feu, et châtie ton repos d'une pincette sévère. Que lit-Elle, la tête penchée, et les bras glissés le long d'Elle, dans ton cœur compliqué comme une rose embrasée ? J'ignore. Elle sait beaucoup, assurément, mais moins qu'un Chat.

Ce pleur épais au long d'une bûche, c'est l'agonie d'un très ancien sapin, que le lierre patient a tué. J'ai vu l'arbre, la cognée, une rousse chevelure morte abattue dans l'herbe, il n'y a pas longtemps. Son tronc pleure une résine qui se traîne en bave, puis en flamme rampante et lourde, mais la rousse chevelure sèche casse en traits de feu vif, siffle et darde mille jets multicolores, au-dessous d'une vague ample et dorée, qui se roule voluptueuse comme la chatte que j'aimerai...

L'amour... la chasse... la guerre... c'est toi, Feu, qui les allumes au fond de moi. Les bêtes ailées déjà se rapprochent, inquiètes des baies flétries. Je les aurai ! Je guetterai, immobile sous le taillis, souhaitant frénétiquement que la terre elle-même me cache. Dans mon désir de l'élan, les muscles de mes cuisses tressailliront, mon menton tremblera, et pourvu que mon affût ne se trahisse pas par un appel chevroté, irrépressible, qui les effraierait tous en un grand bruit froissé d'ailes et de branches !... Non. Je suis maître de moi. Un bond à la seconde juste : et la proie faible halète sous moi... Toutes petites serres impuissantes, ailes pointues qui battent mon visage crispé, effort risible d'une bête sans force… Pour la seule joie de contenir un corps affolé et vivant, ma gueule se fendra jusqu'à froncer de trois plis féroces mon nez parfait… Et l'ivresse guerrière, le caracolement victorieux, la nuque secouée pour déchirer un peu, très peu, l'oiseau qui s'évanouirait trop vite entre mes dents… Formidable, je galoperai vers la Maison, chantant d'une voix étranglée sans desserrer les mâchoires, car il faut que Lui, quittant son papier, accoure et m'admire; qu'Elle, consternée, me poursuive vainement avec des cris: « Méchant! Sauvage! Laisse l'oiseau, oh! je t'en prie, tu me fais tant de peine… » Ha! il faut qu'Elle n'ait jamais chassé…

Je veux, Feu, pendant que régnera le froid, étonner l'univers. Le Chat qui habite la ferme (Elle dit « le Chat du fermier » comme nous disons « le fermier du Chat »), celui qui est mal vêtu, juché sur de longues pattes, enlaidi d'un museau de belette, celui-là aiguise ses griffes en me regardant. Patience. Il est fort, dénué d'élégance, brutal et indécis. Une porte qui claque l'épouvante et la panique l'emporte, oreilles au dos; mais je l'ai vu tuer silencieusement une poule de taille honnête. Pour les yeux faux de la chatte trop jeune, ou bien pour une question de préséance sur le mur du jardin, pour une parole à double entente, pour rien, pour le plaisir, nous nous mesurerons. Il saura que je puis démoraliser mon ennemi par un mutisme inexplicable, aussi bien que par des cris d'assassinat. Le mur du jardin me paraît un terrain commode. Qu'il essaie, la gorge enrouée, de gémir bas, puis aigu, que sa face disgraciée, son corps pelé, taché de travers, se disloquent en une ataxie mensongère (ils sont encore à ces vieux moyens !), moi, impénétrable, je darderai sur lui le magnétisme vert de mes yeux magnifiques. Sous l'insistant outrage, il baissera ses sourcils, frémira de l'échine, esquissera même notre vieille danse de guerre, en avant, puis à reculons, puis en avant encore... Je ne bougerai non plus qu'une statue de Chat. L'épouvante et la folie descendront sur mon rival, dans le vert maléfice de mon regard, et bientôt je le verrai se tordre, crier faux, hasarder enfin l'équilibre sur la nuque, en poirier fourchu, pour rouler honteusement dans le champ de pommes de terre flétries...

Tout cela, Feu, arrivera comme je te le dis. Aujourd'hui, l'avenir éclôt à ta flamme toute neuve. Je m'engourdis... Mon ronron s'éteint avec ton crépitement... Je te vois encore et je vois déjà mes rêves... Le bruit soyeux de la pluie caresse les vitres et la gorge de la gouttière sanglote comme un pigeon...

Ne t'éteins pas durant mon somme, Feu ; tu gardes, souviens-t'en, cet auguste repos, cette mort délicate qu'on appelle le Sommeil du Chat...

Elle est malade

Une chambre à coucher, à la campagne. Un soleil d'automne à travers les stores baissés. Elle est étendue en robe de laine blanche sur une chaise longue et paraît dormir. Kiki-la-Doucette fait sa toilette sur une étroite console; Toby-Chien veille, couché en sphinx sur le tapis, tout près d'Elle, attentif aux paroles de son maître qui quitte la chambre sur la pointe du pied.

LUI, *sortant, très bas aux deux bêtes*: Chut! ne la réveillez pas. Soyez sages. Je vais écrire en bas.

Il referme la porte sans bruit.

TOBY-CHIEN, *à Kiki-la-Doucette*: Qu'est-ce qu'il a dit?

KIKI-LA-DOUCETTE: Je ne sais pas. Des choses vagues. Des recommandations. Quelque chose comme: Restez là, au revoir.

TOBY-CHIEN : Il a dit : « Chut. » Je ne fais pas de bruit pourtant.

KIKI-LA-DOUCETTE, *ironique* : Ils sont étonnants ! « Pas de bruit », disent-ils, et là-dessus ils s'en vont d'un pas qu'un rat sourd entendrait de deux kilomètres.

TOBY-CHIEN : Il y a du vrai. *(Il contemple celle qui dort.)* Sa figure est encore bien petite. Elle dort. Si tu descends de cette console, ne fais pas trop « pouf » exprès, en tombant.

KIKI-LA-DOUCETTE, *pincé* : C'est toi qui vas m'apprendre à sauter, à présent ? Ô donneur de conseils ! *(Citant.)* « L'excrément monte à cheval, et encore il s'y tient ! »

TOBY-CHIEN : Quoi ?

KIKI-LA-DOUCETTE : Rien. C'est un proverbe oriental. Si je voulais, Chien, troubler le silence de cette chambre, je saurais habilement choisir, pour m'y laver, une chaise mal calée, dont les pieds martèleraient régulièrement : « Tic-toc, tic-toc, tic-toc » au rythme de ma langue. C'est un moyen que j'ai inventé pour me faire donner la liberté. « Tic-toc, tic-toc », dit la chaise. Elle, qui lit ou écrit, s'agace vite et crie : « Tais-toi, Kiki. » Fort de mon bon droit, je me lave innocemment. « Tic-toc, tic-toc. » Elle bondit affolée et m'ouvre grande la porte, que je tarde à franchir, d'un pas d'exilé… Dehors, je ris de me sentir supérieur à tous.

TOBY-CHIEN, *qui n'a pas écouté, bâillant*: Quelle triste semaine, hein? On ne sait plus ce que c'est qu'une promenade. Depuis qu'Elle est tombée de son cheval, d'ailleurs, je n'ai pas mangé avec plaisir.

KIKI-LA-DOUCETTE: Mon Dieu, on peut aimer les gens et soigner son estomac.

TOBY-CHIEN, *vivement*: Pas moi, pas moi! Quand Elle est tombée de son cheval et qu'Elle a crié, j'ai senti craquer mon cœur.

KIKI-LA-DOUCETTE: Aussi, cela ne pouvait pas finir autrement. On ne monte pas sur un cheval. Personne ne monte sur un cheval! Je ne vois autour de moi qu'extravagance. Le cheval par lui-même est déjà une effrayante monstruosité.

TOBY-CHIEN, *indigné*: Par exemple!

KIKI-LA-DOUCETTE, *péremptoire*: Si. J'en ai étudié un de très près…

TOBY-CHIEN, *à part*: Il me fait rire.

KIKI-LA-DOUCETTE: … Le cheval du fermier qui pâturait dans le pré. Cette mouvante montagne, un mois durant, a empoisonné mes jours. Caché sous la haie, j'ai vu ses pieds pesants qui déforment le sol, j'ai respiré son odeur vulgaire, écouté son cri grinçant qui secoue l'air… Une fois qu'il mangeait les brindilles basses de la haie, un de ses yeux m'a miré tout entier, et j'ai fui!… De ce jour, ma haine fut si forte que j'espérai follement anéantir le monstre.

« Je m'approcherai de lui, pensais-je, je me camperai fermement, et le désir de sa mort sera si fort dans mes yeux qu'il mourra peut-être, ayant rencontré mon regard… »

TOBY-CHIEN, *égayé*: Oui ?

KIKI-LA-DOUCETTE, *poursuivant*: Ainsi fis-je. Mais le cheval, que j'attendais frémissant, souffla seulement sur moi par les naseaux un long jet de vapeur bleuâtre, infecte, qui me renversa dans des convulsions atroces.

TOBY-CHIEN, *qui se tord à l'intérieur*: Tu n'exagères pas ?

KIKI-LA-DOUCETTE, *sérieux*: Jamais. Et c'est sur un cheval qu'Elle s'en va grimper, cramponnée à quatre ficelles, jambe de-ci, jambe de-là ?… Étrange aberration !

TOBY-CHIEN : Nous ne pensons pas de même, Chat. Pour moi, le cheval est, après l'homme, la beauté du monde.

KIKI-LA-DOUCETTE, *vexé*: Et moi, alors ?

TOBY-CHIEN, *évasif et courtois*: Toi, tu es un Chat. Mais le cheval ! Elle sur un cheval ! groupe admirable, si haut dans l'azur que je ne le contemple qu'en renversant mon cou d'apoplectique ! Le cheval lui prête sa vitesse. Elle peut enfin lutter avec moi à la course, lorsqu'un galop aveugle m'emporte. Parfois, je les précède, toutes oreilles flottantes, la langue en drapeau, et devant moi chemine l'ombre cornue du cheval. Si je la suis, une poussière odorante m'encense, cuir chaud, bête moite, un peu de son parfum à Elle... La route file sous moi comme un ruban qu'on tire, jalonnée d'œufs de crottin. Ô joie d'être si petit et si rapide dans une grande ombre galopante! À la halte, je souffle comme un moteur entre les quatre jambes de mon ami, qui penche sur moi sa bouche enchaînée et m'arrose d'un ébrouement amical.

KIKI-LA-DOUCETTE : Évidemment, évidemment. Coursiers généreux, franchissant le mont et le val, et sous leurs fers le silex étincelle... Tu es le dernier des romantiques.

TOBY-CHIEN : Je ne suis pas le dernier des romantiques, je suis un petit bull venu au monde un soir entre les quatre pieds d'une jument alezane, qui ne s'est pas couchée pendant toute la nuit, tant elle craignait d'écraser ma mère et ses nouveau-nés. Un petit bull, c'est presque un enfant de cheval, ça couche contre les flancs tièdes, dans la chaude litière mêlée de crottin, ça boit dans les seaux de l'écurie, ça se lève au bruit des sabots et ça s'intéresse au lavage des voitures... Jusqu'au jour où Elle est venue me chercher, me choisir – moi, le plus beau, le plus camard, le plus carré de la portée ! – pour m'attacher à sa personne... *(Soupirant.)* Et voilà qu'Elle est couchée sans bouger. Je suis triste, car Elle a encore un petit linge autour de la cheville. Tu te souviens, quand

Il l'a ramassée dans ses bras ? Il la tenait en l'air, Elle qui est si grande au-dessus de moi, comme un petit chien qu'on va noyer…

KIKI-LA-DOUCETTE, *amer*: Je me souviens. J'étais en haut de l'escalier, irrité et curieux du tapage. Il est arrivé sur moi et m'a écarté du pied, ni plus ni moins qu'Il eût fait d'un meuble gênant…

TOBY-CHIEN : … C'est pour ça que tu es resté trois jours sans entrer dans cette chambre, sa chambre à Elle ?

KIKI-LA-DOUCETTE, *hésitant*: Pour cela… et pour autre chose.

TOBY-CHIEN : Quelle chose ?

KIKI-LA-DOUCETTE : La fièvre.

TOBY-CHIEN, *fanatique*: Sa fièvre sent encore meilleur que la santé des autres.

KIKI-LA-DOUCETTE, *haussant les épaules*: Et on viendra parler du flair des chiens ! Les certitudes des Deux-Pattes reposent sur des fables enfantines. Tu sais bien que la fièvre…

TOBY-CHIEN, *bas*: Oui. Ça fait peur.

KIKI-LA-DOUCETTE : Ça fait peur, froid sur le dos, dégoût dans les narines, inquiétude partout. Au seuil d'une chambre où il y a la fièvre, on s'arrête, on cherche quelqu'un, on craint ce qui est caché… Elle était couchée, seule et brûlante, et je l'ai regardée longtemps, prêt à fuir, en me disant : « Qui donc est avec elle sous les rideaux ? Qui l'oppresse et la tourmente, et la fait gémir endormie ? »

TOBY-CHIEN, *effrayé rétrospectivement*: Mais il n'y avait personne, dis ?

KIKI-LA-DOUCETTE : Personne, sauf Lui, qui, penché, écoutait son sommeil. Lui, plus intelligent que tous les Deux-Pattes de la terre, obscurément averti d'une présence invisible, Lui, – et la Fièvre. Je l'ai contemplé, dominant ma répugnance. J'étais mélancolique et jaloux. Faut-il qu'Il l'aime, pensais-je, pour l'approcher et la défendre, pour l'embrasser, tout imprégnée du mauvais charme ! Me prendrait-il contre son cœur, moi, si…

TOBY-CHIEN, *impérieux*: Chut !

KIKI-LA-DOUCETTE : Quoi ?

TOBY-CHIEN : Elle a bougé.

KIKI-LA-DOUCETTE : Non.

TOBY-CHIEN, *attentif, la regardant*: Non… Elle n'a pas bougé, mais sa pensée a remué. Je l'ai sentie. Continue.

KIKI-LA-DOUCETTE, *qui s'est ressaisi*: Je ne sais plus de quoi nous parlions.

TOBY-CHIEN : De la…

KIKI-LA-DOUCETTE, *vivement*: Assez. Ne l'évoque plus. La fièvre, c'est le commencement de ce qu'on ne nomme pas.

TOBY-CHIEN, *frissonnant*: Oh! oui. Je n'aime aucune bête immobile, tu sais de quelle immobilité je veux parler…

KIKI-LA-DOUCETTE, *riant cruellement*: Moi non plus. Je ne puis manger que des oiseaux vivants, ou des souris très petites dont j'avale le cri…

TOBY-CHIEN : Pourquoi t'amuses-tu à me faire peur ? Je n'ai jamais bien compris chez toi cette vanité qui consiste à exagérer une cruauté très réelle… Tu me nommes le dernier des romantiques, ne serais-tu pas le premier des sadiques ?

KIKI-LA-DOUCETTE : Ô Chien empoisonné de littérature, un éternel malentendu nous sépare. « Je suis un petit bull », répondais-tu, avec la sincérité obtuse qui me désarme. À mon tour, laisse-moi te dire : « Je suis un Chat. » Ce nom seul me dispense… Une haine est en moi contre la souffrance, la laideur, une détestation impérieuse de ce qui choque ma vue ou simplement mon bon sens. Animé d'une juste colère, je me suis rué sur le chat du concierge qui traînait en criant une patte blessée… Jusqu'à ce qu'il se tût, j'ai…

TOBY-CHIEN, *suppliant*: Ne me le dis pas!

KIKI-LA-DOUCETTE, *s'échauffant*: Ah! comprends donc enfin! Si le récit affaibli de ce que j'ai fait te bouleverse, comprends donc que j'ai voulu supprimer du monde, anéantir, en cette bête ensanglantée, l'image même, l'image menaçante de mon inévitable mort…

Ils se taisent un long moment.

KIKI-LA-DOUCETTE, *frissonnant du dos* : La claustration ne nous vaut rien… J'irais volontiers, sous le doux soleil sans force, « faire la bayadère » parmi le gravier sec et les feuilles comme des pommes frites. Dehors tout est jaune ! Mes yeux verts deviendront jaunes à force de mirer le soleil roux et les futaies enflammées. Je ne veux plus penser qu'à tout ce qui est jaune et joyeux, au froid et bel automne, à l'aube rouge dont la couleur reste aux feuilles des cerisiers… Viens ! éprouvons la vigueur de nos pattes, sentons jusqu'au fond de nous-mêmes notre jeunesse encore neuve… Peut-être que la mort ne viendra jamais ?…

Il saute sans aucun bruit au bas de la console.

TOBY-CHIEN, *l'arrêtant* : Que vas-tu faire ?

KIKI-LA-DOUCETTE : Gratter à la porte et entonner « la Plainte du séquestré ».

TOBY-CHIEN, *désignant celle qui dort* : Et la réveiller sans doute ?

KIKI-LA-DOUCETTE, *embêté* : Je chanterai à demi-voix.

TOBY-CHIEN : Et tu gratteras à demi-ongles ? Reste tranquille, Il l'a ordonné en partant.

KIKI-LA-DOUCETTE, *hautain*: M'ordonne-t-il? Il me prie… C'est la seule raison que j'aie de lui obéir, d'ailleurs.

Il se rassoit, en apparence résigné, et bâille longuement.

TOBY-CHIEN, *bâillant*: Tu me fais bâiller.

KIKI-LA-DOUCETTE: Non, mais tu t'ennuies. *(Tentateur.)* Tu penses à la liberté… Une poule a pu s'échapper du poulailler, quelle chasse…

TOBY-CHIEN: Tu crois?

KIKI-LA-DOUCETTE: Je dis: peut-être. Le terrier du lapin, as-tu fini de l'explorer?

TOBY-CHIEN, *agité*: Non… il est si profond! Je l'ai creusé hier, à m'y ensevelir… La terre collait à mon museau avec des poils de la bête…

KIKI-LA-DOUCETTE, *de plus en plus méphistophélique*: Tu finiras cela demain… ou un autre jour.

TOBY-CHIEN, *triste*: Pourquoi pas l'an prochain?

KIKI-LA-DOUCETTE: Qu'est-ce que tu as? Ta lèvre noire et vernie pend d'une aune, et tes yeux de crapaud miroitent de larmes… Tu pleures?

TOBY-CHIEN, *reniflant*: Non…

KIKI-LA-DOUCETTE: Console-toi, sensible cœur. Tu retrouveras tes plaisirs et tes amis. En ce moment même la chienne du fermier croque des os dans la cuisine, pour tromper l'attente où tu la laisses, sans doute.

TOBY-CHIEN, *atterré*: La chienne… oh!

KIKI-LA-DOUCETTE: D'ailleurs, elle n'est *pas* seule, le danois du garde lui tient compagnie.

TOBY-CHIEN, *révolté*: Ça n'est pas vrai.

KIKI-LA-DOUCETTE: Vas-y voir.

TOBY-CHIEN, *après un bond vers la porte*: Non, ça ferait du bruit.

KIKI-LA-DOUCETTE: C'est juste.

Silence morne. Toby-Chien se couche en turban et ferme les yeux parce qu'il a envie de pleurer. Son souffle court sanglote tout bas.

KIKI-LA-DOUCETTE, *comme distrait, en mélopée presque insaisissable*: La chienne… la petite chienne… les os, la petite chienne… le lapin, le terrier… le danois, la petite chienne… les os du gigot, le poil du lapin…

TOBY-CHIEN *supporte d'abord héroïquement son supplice, puis ses nerfs le trahissent et il hurle, tête levée, la longue plainte du chien abandonné*: Hôôôôôôô!…

KIKI-LA-DOUCETTE, *du haut de sa console*: Tais-toi donc!

TOBY-CHIEN: Hôôôôôôô!! ôôôô… ôô!

KIKI-LA-DOUCETTE, *à part*: Ça y est.

Et pendant qu'Elle s'éveille égarée, encore prisonnière de ses rêves, le Chat écoute patiemment s'approcher, dans l'escalier, la liberté pour lui, le châtiment pour l'autre.

L'orage

Une suffocante journée d'été, à la campagne.

Derrière les persiennes mi-fermées, la maison se tait, comme le jardin angoissé, où rien ne bouge, pas même les feuilles pendantes et évanouies du mimosa à feuilles de sensitive.

Kiki-la-Doucette et Toby-Chien commencent à souffrir et à deviner l'orage, qui n'est encore qu'une plinthe bleu ardoise, peinte épaissement en bas de l'autre bleu terne du ciel.

TOBY-CHIEN, *couché, et qui change de flanc toutes les minutes*: Ça ne va pas, ça ne va pas. Qu'est-ce que c'est que cette chaleur-là ? Je dois être malade. Déjà, à déjeuner, la viande me dégoûtait et j'ai soufflé de mépris sur ma pâtée. Quelque chose de funeste attend quelque part. Je n'ai rien commis, que je sache, répréhensible, et ma conscience… Je souffre pourtant. Mon compagnon, couché, frémit longuement et ne dort point. Son souffle pressé dénonce un trouble pareil au mien… Chat ?

KIKI-LA-DOUCETTE, *crispé, très bas* : Tais-toi.

TOBY-CHIEN : Quoi donc ? Tu écoutes un bruit ?

KIKI-LA-DOUCETTE : Non. Oh ! dieux, non ! Ne me parle même pas de bruit, d'aucun bruit ; au son seul de ta voix, la peau de mon dos devient semblable aux vagues de la mer !

TOBY-CHIEN, *effrayé* : Vas-tu mourir ?

KIKI-LA-DOUCETTE : J'espère encore que non. J'ai la migraine. Ne perçois-tu pas, sous la peau presque nue de mes tempes, sous ma peau bleuâtre et transparente de bête racée, le battement de mes artères ? C'est atroce ! Autour de mon front, mes veines sont des vipères convulsées, et je ne sais quel gnome forge dans ma cervelle. Oh ! tais-toi ! ou du moins parle si bas que la course de mon sang agité puisse couvrir tes paroles…

TOBY-CHIEN : Mais c'est ce silence même qui m'accable ! Je tremble et j'ignore. Je souhaite le bruit connu du vent dans la cheminée, le battement des portes, le chuchotement du jardin, le sanglot de source qui est la voix continue du peuplier, ce mât feuillu de monnaies rondes…

KIKI-LA-DOUCETTE : Le vacarme viendra assez tôt.

TOBY-CHIEN : Le crois-tu ? Leur silence, à Eux, m'effraie davantage. Qu'Il gratte le papier, Lui, c'est l'usage. Un usage révéré et inutile. Mais Elle ! tu la vois, prostrée en son fauteuil de paille ? Elle a l'air de dormir, mais je vois remuer ses cils et le bout de ses doigts. Elle ne siffle pas, ne chante pas, oublie de jouer avec les pelotes de fil. Elle souffre comme nous. Est-ce que ce serait la fin du monde, Chat ?

KIKI-LA-DOUCETTE : Non. C'est l'orage, Dieux ! que je souffre ! Quitter ma peau et cette toison où j'étouffe, me jeter hors de moi-même, nu comme une souris écorchée, vers la fraîcheur ! Ô chien ! tu ne peux voir, mais je les sens, les étincelles dont chacun de mes poils crépite. Ne m'approche pas : un trait bleu de flamme va sortir de moi…

TOBY-CHIEN, *frissonnant* : Tout devient terrible. (*Il rampe péniblement jusqu'au perron.*) Qu'a-t-on changé dehors ? Voilà que les arbres sont devenus bleus, et que l'herbe étincelle comme une nappe d'eau. Le funèbre soleil ! Il luit blanc sur les ardoises, et les petites maisons de la côte ressemblent à des tombes neuves. Une odeur rampante sort des daturas fleuris. Ce lourd parfum d'amande amère, que laissent couler leurs cloches blanches, remue mon cœur jusque dans mon estomac. Une fumée lointaine, lasse comme l'odeur des daturas, monte avec peine, se tient droite un instant et retombe, aigrette vaporeuse rompue par le bout… Mais viens donc voir ! *(Kiki-la-Doucette marche jusqu'au perron d'un pas ataxique.)* Oh ! mais, toi aussi, on t'a changé, Chat ! Ta figure tirée est celle d'un affamé, et ton poil, plaqué ici, rebroussé là, te donne une piteuse apparence de belette tombée dans l'huile.

KIKI-LA-DOUCETTE : Laisse tout cela. Je redeviendrai digne de moi-même demain, si le jour brille encore pour nous. Aujourd'hui, je me traîne, ni peigné, ni lavé, tel qu'une femme que son amour a quittée…

TOBY-CHIEN : Tu dis des choses qui me désolent ! Je crois que je vais crier, appeler du secours. Il vaut mieux peut-être me réfugier en Elle, quêter sur sa figure le réconfort que tu me refuses. Mais Elle semble dormir dans son fauteuil de paille et voile ses yeux, dont la nuance est celle de mon destin. D'une langue respectueuse, promenée à peine sur ses doigts pendants, je l'éveille… Oh ! que sa première caresse dissipe le maléfice !

Il lèche la main retombante.

ELLE, *criant* : Ah !… Dieu, que tu m'as fait peur ! On n'est pas serin comme cette bête !… Tiens ! *(Petite tape sèche sur le museau du coupable, dont l'énervement éclate en hurlements aigus.)* Tais-toi ! tais-toi ! Disparais de ma présence ! Je ne sais pas ce que j'ai, mais je te déteste ! Et ce chat qui est là à me regarder comme une tourte !

KIKI-LA-DOUCETTE, *hérissé*: Si Elle me touche, je la dévore!

Ça va très mal finir... quand un roulement doux, lointain et proche, dont on ne sait s'il naît de l'horizon ou s'il sourd de la maison elle-même, les désintéresse tous trois de la querelle. Comme obéissant à un signe, Toby-Chien et Kiki-la-Doucette, le train de derrière bas, s'abritent, qui sous la bibliothèque, qui sous un fauteuil. Elle se détourne, inquiète, vers le jardin plombé, vers la muraille violacée des nuages qui, tout à coup, se lézarde de feu bleu aveuglant.

ELLE, TOBY-CHIEN, KIKI-LA-DOUCETTE, *ensemble*: Ha!

Au sec fracas qui éclate, les vitres tintent. Un souffle, soudain accouru, enveloppe la maison comme une étoffe claquante, et tout le jardin se prosterne.

ELLE, *angoissée*: Mon Dieu! et les pommes!

TOBY-CHIEN, *invisible*: On me découperait les deux oreilles en lanières plutôt que de me faire sortir de là-dessous.

KIKI-LA-DOUCETTE, *invisible*: Malgré moi, j'écoute, et c'est comme si je voyais. Elle se précipite et ferme les fenêtres. On court dans l'escalier... Aïe! encore une flamme terrible... Et tout s'écroule par-dessus ! Plus rien... Sont-ils tous morts ? Entre les franges du fauteuil, j'aperçois, en risquant de mourir, les premiers grêlons, graviers glacés qui trouent les feuilles de l'aristoloche. La pluie maintenant, en gouttes espacées, couleur d'argent, si lourdes que le sable se gaufre sous leur chute...

ELLE, *navrée* : J'entends tomber les pêches, et les noix vertes !

Ils se taisent tous trois. Pluie, éclairs palpitants, abois du vent, sifflement des pins. Accalmie.

TOBY-CHIEN : On dirait que j'ai un peu moins peur. Le bruit de la pluie détend mes nerfs malades. Il me semble en sentir sur ma nuque, sur mes oreilles, la ruisselante tiédeur. Le vacarme s'éloigne. Je m'entends respirer. Un jour plus blanc glisse jusqu'à moi sous cette bibliothèque. Que fait-Elle ? Je n'ose encore sortir. Si au moins le Chat bougeait ! *(Il avance une tête prudente de tortue ; un éclair le rejette sous la bibliothèque.)* Ha ! ça recommence. La pluie en paquets contre les vitres ! Le tablier de la cheminée imite le roulement d'en haut ; tout s'écroule... et Elle m'a donné une tape sur le nez !

KIKI-LA-DOUCETTE : Goutte à goutte, de la fenêtre mal jointe, filtre un petit ruisseau brunâtre qui s'allonge sur le parquet, s'allonge, s'allonge et serpente jusqu'à moi. J'y boirais, tant j'ai soif et chaud. J'ai les coudes fatigués. Fatiguées aussi sont mes oreilles, de s'agrandir en girouettes vers tous les cataclysmes. Une peur nerveuse serre encore mes mâchoires. Et puis le siège de ce fauteuil trop bas m'agace les poils du dos. Mais c'est un soulagement déjà de pouvoir penser à cela, grâce à la trêve de silence qui descend sur la maison. Le souvenir du fracas bourdonne dans mes oreilles, avec le murmure affaibli du vent et de la pluie. Que fait-il, Lui que l'orage tourmente comme nous et qui n'a point paru pour réduire les éléments déchaînés ? Voici qu'Elle ouvre la porte sur le perron. N'est-ce point trop tôt ?... Non, car les poules caquettent et prédisent le beau temps en enjambant les flaques avec des cris de vieilles filles. Oh ! l'odeur adorable qui vient jusqu'ici, si jeune, si verte de feuillages mouillés et de terre désaltérée, si neuve que je crois respirer pour la première fois !

Il sort en rampant et va jusqu'au perron.

TOBY-CHIEN, *tout à coup* : Hum ! que ça sent bon ! ça sent la promenade ! Tout change si vite qu'on n'a pas le temps de penser. Elle a ouvert la porte ? Courons. *(Il se précipite.)* Enfin ! enfin ! le jardin a repris sa couleur de jardin ! Une tiède vapeur mouille mon nez grenu, je sens dans tous mes membres le désir du bond et de la course. L'herbe luit et fume, les escargots cornus tâtent, du bout des yeux, le gravier rose, et les limaces, chinées de blanc et de noir, brodent le mur d'un ruban d'argent. Oh ! la belle bête, dorée et verte, qui court dans le mouillé ! La rattraperai-je ? Gratterai-je de mes pattes onglées sa carapace métallique jusqu'à ce qu'elle crève en faisant *croc* ? Non. J'aime mieux rester contre Elle, qui, appuyée à la porte, respire longuement et sourit sans parler. Je suis heureux. Quelque chose en moi remercie tout ce qui existe. La lumière est belle, et je suis tout à fait certain qu'il n'y aura plus jamais d'orage.

KIKI-LA-DOUCETTE : Je n'y tiens plus, je sors. Mes pattes délicates choisiront pour s'y poser, entre les flaques, de petits monticules déjà secs. Le jardin ruisselle, scintille et tremble d'un frisson à peine sensible, qui émeut les pierreries partout suspendues… Le soleil couchant, qui darde d'obliques pinceaux, rencontre dans mes yeux pailletés les mêmes rayons rompus, or et vert. Au fond du ciel encore bouleversé, une étincelante épée, jaillie d'entre deux nuages, pourchasse vers l'est les croupes fumeuses et bleuâtres, dont le galop roula sur nos têtes. L'odeur des daturas, qui rampait, s'envole, enlacée à celle d'un citronnier meurtri de grêle. Ô soudain Printemps ! Les rosiers se couronnent de moucherons. Un sourire involontaire étire les coins de ma bouche. Je vais jouer, le cou tendu pour éviter les gouttes d'eau, à me chatouiller l'intérieur des narines avec la pointe d'une herbe parfumée. Mais je voudrais qu'Il vînt enfin et me suivît, en admirant chacun de mes mouvements. Ne viendra-t-il pas se réjouir avec nous ?

Une porte s'ouvre et se referme. Sous la chevelure mouillée de vigne et de jasmin qui encadre la véranda, Il paraît, en même temps que l'Arc-en-ciel !

Une visite

Un après-midi à Paris, l'hiver. Un atelier tiède où crépite doucement un poêle en forme de tour. Kiki-la-Doucette et Toby-Chien, celui-ci par terre, celui-là sur un coussin sacré, procèdent à la minutieuse toilette qui suit les siestes longues. La paix règne.

TOBY-CHIEN : Mes ongles poussent plus vite ici qu'à la campagne.

KIKI-LA-DOUCETTE : Moi, c'est le contraire.

TOBY-CHIEN : Tiens !

KIKI-LA-DOUCETTE, *amer* : Ça n'a rien d'étonnant, d'ailleurs. Ici, Elle me les rogne, à cause des tentures… Enfin ! *(Emphatique.)* il faut subir ce qu'on ne peut empêcher.

TOBY-CHIEN : Qu'est-ce que tu fais aujourd'hui ?

KIKI-LA-DOUCETTE : Mais… rien.

TOBY-CHIEN, *ironique* : Pour changer.

KIKI-LA-DOUCETTE : Pardon, pour ne pas changer. Quelle est cette rage de changement qui vous possède tous ? Changer, c'est détruire. Il n'y a d'éternel que ce qui ne bouge pas.

TOBY-CHIEN : Voilà déjà bien trois heures que je suis éternel.

KIKI-LA-DOUCETTE : Tu es sorti avec Elle, pourtant ? Vous êtes rentrés tous deux en tumulte, avec des bruits de grelots secoués, de robe froissée, des éternuements de joie… Tu étais nimbé d'air glacé, et j'ai senti le bout de son nez froid comme un fruit, quand Elle m'a embrassé sur mon front plat, où des rayures presque noires écrivent l'M classique qui, assure-t-Elle, signifie Minet et Miaou.

TOBY-CHIEN : Oui… On a bien couru sur le talus des fortifications. Et puis nous sommes allés dans un magasin.

KIKI-LA-DOUCETTE : C'est gai, un magasin ?

TOBY-CHIEN : Pas souvent. Il y a beaucoup de gens pressés les uns contre les autres. Tout de suite je crains de la perdre et je colle, quoi qu'il arrive, mon museau à ses talons. Des pieds inconnus me poussent, me froissent, écrasent mes pattes. Je crie, d'une voix qu'étouffent les jupes… Quand nous sortons de là, nous avons l'air, Elle et moi, de deux naufragés…

KIKI-LA-DOUCETTE : Les dieux me sauvent d'un sort pareil ! Cependant, pour moi, les instants ont coulé paisibles. Lorsqu'Elle n'est pas dans cette maison, rien ne trouble l'emploi du temps que m'imposa une hygiène bien entendue. Après mon déjeuner de foie rose et de lait, une joie puérile et sans cause me restitue quotidiennement l'âme d'un chaton encore vêtu de duvet fou. Expansif et le ventre lourd, je m'en vais vers Lui qui froisse de grands papiers noircis et m'accueille d'un silencieux sourire. Sur le même divan nous vautrons, Lui et moi, notre sieste oisive. Le papier qu'il tient me semble toujours le plus enviable, le plus craquant, et souvent je crève d'une patte impérieuse le journal-paravent qu'Il tend entre nous. Il s'exclame, et la joie me tord, renversé sur le dos en une espèce de danse horizontale qu'Il nomme : faire la bayadère. Et puis, je ne sais comment, tout languit à mes yeux, se voile et s'éloigne... Je veux me relever, gagner mon coussin, mais déjà mes rêves me séparent du monde... C'est l'heure bienheureuse où tu disparais avec Elle, où la maison se repose et respire lentement. Je gis au fond d'un noir et doux sommeil. Mes oreilles veillent seules et s'orientent, antennes sensibles, vers les bruits vagues de portes et de sonnettes... (*Juste, on sonne. Toby-Chien et Kiki-la-Doucette tressaillent et rectifient leurs attitudes : le chat, assis, range autour de ses pattes de devant un panache de queue qui traînait ; le chien, couché en sphinx, lève un museau résolu.*) Qu'est-ce que c'est ?

TOBY-CHIEN : Un fournisseur ?…

KIKI-LA-DOUCETTE, *haussant les épaules* : Ce n'est pas la sonnette de l'escalier de service, voyons. Une visite ?

TOBY-CHIEN, *bondissant* : Veine ! on va prendre du thé et manger des gâteaux ! À su-sucre ! À pti-gâteaux !

KIKI-LA-DOUCETTE, *sombre* : Et voir des dames qui crient, et qui me passent sur le dos des mains gantées, des mains en peau morte… Pouah !

Des voix féminines – sa voix aussi, à Elle. – Un grelottement cristallin ; la porte s'ouvre : entre, seule, une terrière anglaise minuscule, noir et feu, ravie d'elle-même, qui s'avance en faisant du pas espagnol.

LA PETITE CHIENNE, *du haut de sa tête* : Je suis la toute petite Chienne si jolie !

Toby-Chien n'a rien dit, médusé d'admiration et d'étonnement. Kiki-la-Doucette, indigné, a bondi sur le piano et assiste, malveillant et invisible.

LA PETITE CHIENNE, *étonnée de n'entendre point l'explosion admirative qui l'accueille partout, répétant* : Je suis la toute petite Chienne si jolie ! Je ne pèse que neuf cents grammes, mon collier est en or, mes oreilles sont en satin noir, doublées de caoutchouc luisant, mes ongles brillent comme des becs d'oiseaux, et… *(Apercevant Toby-Chien.)* Oh ! quelqu'un. *(Silence.)* Il est bien.

Mines, courbettes, effleurements de museaux.

TOBY-CHIEN : Comme elle est petite !

LA PETITE CHIENNE : Monsieur… ne m'approchez pas.

TOBY-CHIEN : Pourquoi ?

LA PETITE CHIENNE : Je ne sais pas. Ma maîtresse sait pourquoi. Elle n'est pas là. Elle est restée dans l'autre chambre.

TOBY-CHIEN : Quel âge avez-vous ?

LA PETITE CHIENNE : J'ai onze mois. *(Récitant.)* J'ai onze mois, ma mère a été prix de beauté à l'exposition canine, je ne pèse que neuf cents grammes, et…

TOBY-CHIEN : Vous l'avez déjà dit. Comment faites-vous pour être si petite ?

KIKI-LA-DOUCETTE, *invisible sur le piano* : Elle est laide. Elle sent mauvais. Elle a des pattes difformes et remue tout le temps. Et ce Chien qui fait des frais !

LA PETITE CHIENNE, *très bavarde et coquette* : C'est de naissance. Je tiens dans un manchon. Vous avez vu mon nouveau collier ? Il est en or.

TOBY-CHIEN : Et ça qui pend après ?

LA PETITE CHIENNE : C'est la médaille de ma mère, Monsieur, je ne la quitte jamais. J'arrive du Palais de Glace, j'y ai eu un succès fou. Figurez-vous que j'ai voulu mordre un monsieur qui parlait à ma maîtresse. Ce qu'on a ri !

Elle se tortille et pousse des cris d'oiseau.

TOBY-CHIEN, *à part* : Quelle drôle de créature ! Est-ce une Chienne vraiment ? *(Il la flaire.)* Oui. Elle sent la poudre de riz, mais c'est une Chienne tout de même. *(Haut.)* Asseyez-vous un instant, vous me faites mal au cœur en remuant comme ça…

LA PETITE CHIENNE : Je veux bien. *(Elle se couche en lévrier miniature, les pattes de devant croisées pour montrer la finesse de ses doigts.)* Vous étiez tout seul ici ?

TOBY-CHIEN, *regard vers le piano* : Tout seul de Chien, oui. Pourquoi ?

LA PETITE CHIENNE : Ça sent drôle.

TOBY-CHIEN : Ça sent le Chat, sans doute.

LA PETITE CHIENNE : Un Chat ? Qu'est-ce qu'un Chat ? Je n'en ai jamais vu. On vous laisse tout seul dans une chambre ?

TOBY-CHIEN : Ça arrive.

LA PETITE CHIENNE : Et vous ne criez pas ? Moi, dès que je suis seule, je crie, je m'ennuie, j'ai peur, je me trouve mal et je mange les coussins.

TOBY-CHIEN : Et on vous fouette.

LA PETITE CHIENNE, *outrée*: On me… Qu'est-ce que vous dites ? Vous perdez la tête, j'imagine. *(Soudain aimable.)* Ce serait dommage. Vous avez de beaux yeux.

TOBY-CHIEN : N'est-ce pas ? on les voit beaucoup. Ils sont grands, et puis ils avancent. Elle dit que j'ai des yeux de langouste. Elle dit encore : « Ses beaux yeux de phoque, ses yeux dorés de crapaud… »

LA PETITE CHIENNE : Qui, Elle ?

TOBY-CHIEN, *simple*: Elle.

LA PETITE CHIENNE : Je ne comprends pas tout ce que vous dites, mais vous êtes si sympathique ! Qu'est-ce que vous faites ce soir ?

TOBY-CHIEN : Mais… je dîne.

LA PETITE CHIENNE : Mon Dieu, je pense bien. Je voulais savoir si on reçoit chez vous, si vous sortez.

TOBY-CHIEN : Non, je suis déjà sorti.

LA PETITE CHIENNE : En voiture ?

TOBY-CHIEN : À pied, naturellement.

LA PETITE CHIENNE : Comment, naturellement ? Moi, je ne sors guère qu'en voiture. Montrez le dessous de vos pattes ? Quelle horreur ! on dirait la pierre à repasser les couteaux. Regardez les miennes. Satin dessus, velours dessous.

TOBY-CHIEN : Je voudrais vous voir à la campagne, sur les cailloux.

LA PETITE CHIENNE : Mais j'y étais, Monsieur, à la campagne, l'été dernier, et il n'y avait pas de cailloux.

TOBY-CHIEN : Alors, ce n'était pas la campagne. Vous ne savez pas ce que c'est.

LA PETITE CHIENNE, *vexée* : Si, Monsieur ! C'est du sable fin, du gazon en brosse fine qu'on balaye tous les matins, une chaise longue sur l'herbe, de grands coussins frais en cretonne, du lait qui mousse, le sommeil à l'ombre, et de petites pommes roses charmantes pour jouer avec.

TOBY-CHIEN, *hochant la tête* : Non. C'est la route en farine blanche qui cuit les paupières et brûle les pattes, l'herbe grésillante et dure qui sent bon où je me gratte le museau et les gencives, la nuit inquiétante, – car je suis seul à les garder, Elle et Lui. Couché dans ma corbeille, les battements de mon cœur surmené m'ôtent le sommeil. Un Chien, là-bas, me crie que le Mauvais Homme a passé sur le chemin. Vient-il de mon côté ? Devrai-je, tout à l'heure, l'œil sanglant et la langue crayeuse, bondir contre lui et dévorer sa figure d'ombre ?...

LA PETITE CHIENNE, *frémissante et extasiée* : Encore, encore ! oh ! que j'ai peur !...

TOBY-CHIEN, *modeste* : Rassurez-vous, ça n'est jamais arrivé. Tout ça, oui, c'est la campagne, et aussi la côte interminable à l'ombre de la voiture, quand la soif, la faim, la chaleur et la fatigue rendent l'âme résignée et sans espoir...

LA PETITE CHIENNE, *fanatisée*: Et alors?

TOBY-CHIEN : Alors, rien. On arrive tout de même à la maison, au seau plein d'eau sombre où l'on boit sans respirer (sa langue, dit-Elle, sa grande langue, fendue au milieu comme un pétale d'iris), pendant que des gouttelettes fines éclaboussent délicieusement les paupières douloureuses, les sourcils poudreux… Tout ça et bien d'autres choses, c'est la campagne…

KIKI-LA-DOUCETTE, *sur le piano, rêveur*: Tout cela, oui, et les habitudes laissées l'an passé, qu'on retrouve moulées à sa taille comme un coussin marqué de l'empreinte d'un long sommeil… Tout cela, et les nuits libres, le petit rire triste de la chouette, qui seule chemine dans l'air aussi discrètement que moi sur la terre… Les rats d'argent pendus à la treille, qui mangent les raisins sans cesser de me regarder… La cure d'amaigrissement sur la pierre du mur, ardente d'une chaleur noire, et d'où je me relève cuit, diminué, pâle, mais svelte à faire envie aux matous de l'année… *(Revenant à lui avec un regard meurtrier pour la petite Chienne.)* Puisses-tu périr, bête puante, pour avoir évoqué ces joies révolues! Ne vas-tu pas disparaître, pour que je quitte ce froid piédestal où s'engourdissent mes pattes?

TOBY-CHIEN, *émoustillé, à la petite Chienne*: Laissons tout cela. Je ne saurais penser, quand vous êtes là, à autre chose qu'à vous. Je sens que je vous aime!

LA PETITE CHIENNE, *baissant les yeux*: D'amour?

TOBY-CHIEN: Naturellement.

LA PETITE CHIENNE: Si vite!

TOBY-CHIEN: Nous avons déjà perdu beaucoup de temps.

LA PETITE CHIENNE: Mais… nous avons causé. J'y ai pris grand plaisir. Je comprends de moins en moins pourquoi on m'interdit la société des jeunes gens…

TOBY-CHIEN: Laissez-moi vous faire la cour.

LA PETITE CHIENNE: Qu'est-ce que c'est?

TOBY-CHIEN: Voilà. Je commence. Dressé sur mes pattes raidies, je piétine, je vous cerne de petits cris mélodieux. Ma queue tortillée vibre, mes flancs, ravalés par une respiration inquiète, me font plus mince èt, par un art involontaire, mes oreilles crispées semblent plantées derrière ma nuque…

LA PETITE CHIENNE: Ne m'approchez pas! Je suis troublée…

TOBY-CHIEN: Déjà, pour l'emprise définitive et complète, ma patte puissante plie vos reins…

LA PETITE CHIENNE, *se dérobant*: Aïe! brutal!

TOBY-CHIEN, *pressant*: C'est qu'aussi on n'est pas petite comme vous! Vous ne pourriez pas monter sur un petit tabouret?

KIKI-LA-DOUCETTE, *irrité*: Je ne pardonne pas à mes yeux de se souiller à un tel spectacle! Ces préludes parodient tristement nos sauvages amours… Cris d'égorgé, danses lascives, parade silencieuse où ma queue traîne en robe royale, étreintes où la volupté gémit martyrisée, devrai-je rougir de tout cela, à cause de ce couple… cynique ?

TOBY-CHIEN, *plus résolu que courtois* : Dites donc, espèce de petite allumeuse, ça va finir ce jeu de cache-cache ?… Viens donc, tu ne le regretteras pas…

LA PETITE CHIENNE, *terrorisée et tentée* : Mon Dieu ! c'est terrible ! faites de moi ce que vous voudrez…

KIKI-LA-DOUCETTE, *debout sur le piano, formidable* : Vous n'allez pas faire ça ici, je pense ?

LA PETITE CHIENNE, *cherche d'où vient la voix effrayante, aperçoit la bête imprécatrice, le monstre inconnu et rayé, hérissé de moustaches et de sourcils, éclairé d'yeux qui lancent la mort… Elle s'enfuit en criant* : Au secours, au secours ! Il y a un tigre sur le piano !…

Elle s'évanouit dans les bras de sa maîtresse accourue, qui la console avec volubilité dans le langage coutumier : « Fifi ! Ma zézette ! ma gougounette blonde, la zigouillette et la troutrouille, ma gaguille, ma poule d'eau mauve, ma lolie et ma lélette », etc., etc., etc.

La séance continue.

Music-hall

À la campagne, l'été. Elle somnole, sur une chaise longue de rotin. Ses deux amis, Toby-Chien le bull, Kiki-la-Doucette l'angora, jonchent le sable.

TOBY-CHIEN, *bâillant*: Aaah!… ah!…

KIKI-LA-DOUCETTE, *réveillé*: Quoi?

TOBY-CHIEN: Rien. Je ne sais pas ce que j'ai. Je bâille.

KIKI-LA-DOUCETTE: Mal à l'estomac?

TOBY-CHIEN: Non. Depuis une semaine que nous sommes ici, il me manque quelque chose. Je crois que je n'aime plus la campagne.

KIKI-LA-DOUCETTE: Tu n'as jamais aimé réellement la campagne. Asnières et Bois-Colombes bornent tes désirs ruraux. Tu es né banlieusard…

TOBY-CHIEN, *qui n'écoute pas*: L'oisiveté me pèse. Je voudrais travailler.

KIKI-LA-DOUCETTE, *continuant*: ... Banlieusard dis-je, et mégalomane. Travailler! Ô Phtah, tu l'entends, ce chien inutile. Travailler!

TOBY-CHIEN, *noble*: Tu peux rire, Pendant six semaines, j'ai gagné ma vie, moi, aux Folies-Élyséennes, avec Elle.

KIKI-LA-DOUCETTE: Elle... c'est différent. Elle fait ce qui lui plaît. Elle est têtue, dispersée, extravagante... Mais toi! Toi, le brouillon, l'indécis, toi, le happeur de vide, le...

TOBY-CHIEN, *théâtral*: Vous n'avez pas autre chose à me dire?

KIKI-LA-DOUCETTE, *qui ignore Rostand*: Si, certainement!

TOBY-CHIEN, *rogue*: Eh bien, rentre-le. Et laisse-moi tout à mon cuisant regret, à mes aspirations vers une vie active, vers ma vie du mois passé. Ah! les belles soirées! ah! mes succès! ah! l'odeur du sous-sol aux Folies-Élyséennes! Cette longue cave divisée en cabines exiguës, comme un rayon de ruche laborieuse, et peuplée de mille petites ouvrières qui se hâtent, en travesti bleu brodé d'or, un dard inoffensif au flanc, coiffées de plumes écumeuses... Je revois encore, éblouissant, ce tableau de l'« Entente cordiale » où défilait une armée de généraux aux cuisses rondes... Hélas, hélas... C'est à cette heure émouvante du défilé que nous arrivions, Elle et moi. Elle s'enfermait, abeille pressée, dans sa cellule, et commençait à se peindre le visage afin de ressembler aux beaux petits généraux qui, au-dessus de nos têtes, martelaient la scène d'un talon indécis. J'attendais. J'attendais que, gainée d'un maillot couleur de hanneton doré, Elle rouvrît sa cellule sur le fiévreux corridor… Couché sur mon coussin, je haletais un peu, en écoutant le bruit de la ruche. J'entendais les pieds pesants des guerriers mérovingiens, ces êtres terribles, casqués de fer et d'ailes de hiboux qui surgissaient au dernier tableau, sous le chêne sacré… Ils étaient armés d'arbres déracinés, moustachus d'étoupe blonde, et ils chantaient, attends… cette jolie valse lente :

Dès que l'aurore au loin paraît,
Chacun s'empresse dans la forêt
Aux joies exquises de la chasse
Dont jamais on ne se lasse !…

Ils se rassemblaient pour y tuer

… au fond des bois
Des ribambelles
De gazelles
Et de dix-cors aux abois…

KIKI-LA-DOUCETTE, *à part* : Poésie, poésie !…

TOBY-CHIEN : Adieu, tout cela ! Adieu, ma scintillante amie, Madame Bariol-Taugé ! Vous m'apparûtes plus belle qu'une armée rangée en bataille, et mon cœur chauvin, mon cœur de bull bien français gonfle, au souvenir des strophes enflammées dont vous glorifiâtes l'« Entente cordiale » !… Crête rose, ceinture bleue, robe blanche, vous étiez telle qu'une belle poule gauloise, et pourtant vous demeuriez

La Parisienne, astre vermeil,
Apportant son rayon de soleil !
La Parisienne, la v'la
Pour cha-a-sser le spleen.
Aussitôt qu'elle est là
Tous les cœurs s'illuminent !

KIKI-LA-DOUCETTE, *intéressé* : De qui sont ces vers ?

TOBY-CHIEN : Je ne sais pas. Mais leur rythme impérieux rouvre en moi des sources d'amertume. J'attendais l'heure où les Élysée-Girls, maigres, affamées et joueuses, redescendraient de leur Olympe pour me serrer, l'une après l'autre, sur leurs gorges plates et dures, me laissant suffoqué, béat, le poil marbré de plaques roses et blanches… J'attendais, le cœur secoué, l'instant enfin où Elle monterait à son tour, indifférente, farouchement masquée d'une gaîté impénétrable, vers le plateau, vers la fournaise de lumière qui m'enivrait... Écoute, Chat, j'ai vu, dans ma vie, bien des choses...

KIKI-LA-DOUCETTE, *à part, apitoyé*: C'est qu'il le croit.

TOBY-CHIEN : ... Mais rien n'égale, dans l'album de mes souvenirs, cette salle des Folies-Élyséennes, où chacun espérait ma venue, où l'on m'accueillait par une rumeur de bravos et de rires!... Modeste – et d'ailleurs myope – j'allais droit à cet être étrange, tête sans corps, chuchoteur, qui vit dans un trou, tout au bord de la scène. Bien que j'en eusse fait mon ami, je m'étonnais tous les soirs de sa monstruosité, et je dardais sur lui mes yeux saillants de homard... Mon second salut était pour cette frétillante créature qu'on nommait Carnac et qui semblait la maîtresse du lieu, accueillant tous les arrivants du même sourire à dents blanches, du même « ah! » de bienvenue. Elle me plaisait entre toutes. Hors de la scène, sa jeune bouche fardée jetait, dans un rire éclatant, des mots qui me semblaient plus frais que des fleurs mouillées: « Bougre d'em... poté, sacré petit mac... Vieux chameau d'habilleuse, elle m'a foutu entre les jambes une tirette qui me coupe le... » j'ai oublié le reste. Après que j'avais, d'une langue courtoise, léché les doigts menus de cette enfant délicate, je courais de l'une à l'autre avant-scène, pressé de choisir les bonbons qu'on me tendait, minaudant pour celle-ci, aboyant pour celui-là...

KIKI-LA-DOUCETTE, *à part*: Cabotin, va!

TOBY-CHIEN: … Et puis-je oublier l'heure que je passai dans l'avant-scène de droite, au creux d'un giron de mousseline et de paillettes, bercé contre une gorge abondante où pendaient des colliers?… Mais Elle troubla trop tôt ma joie et vint, ayant dit et chanté, me pêcher par la peau de la nuque, me reprendre aux douces mains gantées qui voulaient me retenir… Cette heure merveilleuse finit dans le ridicule, car Elle me brandit aux yeux d'un public égayé, en criant: « Voilà, Mesdames et Messieurs, le sale cabot qui "fait" les avant-scènes! » Elle riait aussi, la bouche ironique et les yeux lointains, avec cet air agressif et gai qui sert de masque à sa vraie figure, tu sais?

KIKI-LA-DOUCETTE, *bref*: Je sais.

TOBY-CHIEN, *poursuivant*: Nous descendions, après, vers sa cellule lumineuse où Elle essuyait son visage de couleur, la gomme bleue de ses cils…

Elle… *(la regardant endormie.)* Elle est là, étendue. Elle sommeille. Elle semble ne rien regretter. Il y a sur son visage un air heureux de détente et d'arrivée. Pourtant quand Elle rêve de longues heures, la tête sur son bras plié, je me demande si Elle n'évoque pas, comme moi, ces soirs lumineux de printemps parisien, tout enguirlandés de perles électriques?… C'est peut-être cela qui brille au plus profond de ses yeux?…

KIKI-LA-DOUCETTE : Non. Je sais, moi. Elle m'a parlé !

TOBY-CHIEN, *jaloux* : À moi aussi. Elle me parle.

KIKI-LA-DOUCETTE : Pas de la même manière. Elle te parle de la température, de la tartine qu'Elle mange, de l'oiseau qui vient de s'envoler. Elle te dit : « Viens ici. Gare à ton derrière. Tu es beau. Tu es laid. Tu es mon crapaud bringé, ma sympathique grenouille. Je te défends de manger ce crottin sec… »

TOBY-CHIEN : C'est déjà très gentil, tu ne trouves pas ?

KIKI-LA-DOUCETTE : Très gentil. Mais nos confidences, d'Elle à moi, de moi à Elle, sont d'autre sorte. Depuis que nous sommes ici, Elle s'est confiée, presque sans paroles, à mon instinct divinateur. Elle se délecte d'une tristesse et d'une solitude plus savoureuses que le bonheur. Elle ne se lasse pas de regarder changer la couleur des heures. Elle erre beaucoup, mais pas loin, et son activité piétine sur ces dix hectares bornés de murs en ruine. Tu la vois parfois debout sur la cime de notre montagne, sculptée dans sa robe par le vent amoureux, les cheveux tour à tour droits et couchés comme les épis du seigle, et pareille à un petit génie de l'Aventure ?… Ne t'en émeus cas. Son regard ne défie pas l'espace ; il y cherche, il y menace seulement l'intrus en marche vers sa demeure, l'assaillant de sa retraite… dirai-je sentimentale ?

TOBY-CHIEN : Dis-le.

KIKI-LA-DOUCETTE : Elle n'aime point l'inconnu, et ne chérit sans trouble que ce lieu ancien, retiré, ce seuil usé par ses pas enfantins, ce parc triste dont son cœur connaît tous les aspects. Tu la crois assise là, près de nous ? Elle est assise en même temps sur la roche tiède, au revers de la combe, et aussi sur la branche odorante et basse du pin argenté… Tu crois qu'elle dort ? elle cueille en ce moment, au potager, la fraise blanche qui sent la fourmi écrasée. Elle respire, sous la tonnelle de roses, l'odeur orientale et comestible de mille roses vineuses, mûres en un seul jour de soleil. Ainsi immobile et les yeux clos, elle habite chaque pelouse, chaque arbre, chaque fleur, elle se penche à la fois, fantôme bleu comme l'air, à toutes les fenêtres de sa maison chevelue de vigne… Son esprit court, comme un sang subtil, le long des veines de toutes les feuilles, se caresse au velours des géraniums, à la cerise vernie, et s'enroule à la couleuvre poudrée de poussière, au creux du sentier jaune… C'est pourquoi tu la vois si sage et les yeux clos, car ses mains pendantes, qui semblent vides, possèdent et égrènent tous les instants d'or de ce beau jour lent et pur.

Toby-Chien parle

Un petit intérieur tranquille. À la cantonade, bruits de cataclysme. Kiki-la-Doucette se cramponne vainement à un somme illusoire. Une porte s'ouvre et claque sous une main invisible, après avoir livré passage à Toby-Chien, petit bull démoralisé.

KIKI-LA-DOUCETTE, *s'étirant*: Ah! ah! Qu'est-ce que tu as encore fait?

TOBY-CHIEN, *piteux*: Rien.

KIKI-LA-DOUCETTE : À d'autres! Avec cette tête-là? Et ces rumeurs de catastrophe?

TOBY-CHIEN : Rien, te dis-je! Plût au Ciel! Tu me croiras si tu veux, mais je préférerais avoir cassé un vase, ou mangé le petit tapis persan auquel Elle tient si fort. Je ne comprends pas. Je tâtonne dans les ténèbres. Je…

KIKI-LA-DOUCETTE, *royal*: Cœur faible! Regarde-moi. Comme du haut d'un astre, je considère ce bas monde. Imite ma sérénité divine…

TOBY-CHIEN, *interrompant, ironique*: … et enferme-toi dans le cercle magique de ta queue, n'est-ce pas? Je n'ai pas de queue, moi, ou si peu! Et jamais je ne me sentis le derrière si serré.

KIKI-LA-DOUCETTE, *intéressé, mais qui feint l'indifférence*: Raconte.

TOBY-CHIEN: Voilà. Nous étions bien tranquilles, Elle et moi, dans le cabinet de travail. Elle lisait des lettres, des journaux, et ces rognures collées qu'Elle nomme pompeusement l'« Argus de la Presse », quand tout à coup: « Zut! s'écria-t-elle. Et même, crotte de bique! » Et sous son poing assené, la table vibra, les papiers volèrent… Elle se leva, marcha de la fenêtre à la porte, se mordit un doigt, se gratta la tête, se frotta rudement le bout du nez.

J'avais soulevé du front le tapis de la table et mon regard cherchait le sien… « Ah! te voilà, ricana-t-Elle. Naturellement, te voilà. Tu as le sens des situations. C'est bien le moment de te coiffer à l'orientale avec une draperie turque sur le crâne et des franges-boule qui retombent, des franges-boule, – des franges-bull, parbleu! Ce Chien fait des calembours à présent! il ne me manquait que ça! » D'une chiquenaude, Elle rejeta le bord du tapis qui me coiffait, puis leva vers le plafond des bras pathétiques : « J'en ai assez ! s'écria-t-Elle. Je veux… je veux… je veux faire ce que je veux ! »

Un silence effrayant suivit son cri, mais je lui répondais du fond de mon âme : « Qui t'en empêche, ô Toi qui règnes sur ma vie, Toi qui peux presque tout, Toi qui, d'un plissement volontaire de tes sourcils, rapproches dans le ciel les nuages ? »

Elle sembla m'entendre et repartit un peu plus calme : « Je veux faire ce que je veux. Je veux jouer la pantomime, même la comédie. Je veux danser nue si le maillot me gêne et humilie ma plastique, je veux me retirer dans une île, s'il me plaît, ou fréquenter des dames qui vivent de leurs charmes, pourvu qu'elles soient gaies, fantasques, voire mélancoliques et sages, comme sont beaucoup de femmes de joie. Je veux écrire des livres tristes et chastes, où il n'y aura que des paysages, des fleurs, du chagrin, de la fierté, et la candeur des animaux charmants qui s'effraient de l'homme… Je veux sourire à tous les visages aimables et m'écarter des gens laids, sales et qui sentent mauvais. Je veux chérir qui m'aime et lui donner tout ce qui est à moi dans le monde : mon corps rebelle au partage, mon cœur si doux et ma liberté ! Je veux… je veux !… Je crois bien que si quelqu'un, ce soir, se risquait à me dire : “Mais enfin, ma chère…” eh bien, je le tue… Ou je lui ôte un œil. Ou je le mets dans la cave… »

KIKI-LA-DOUCETTE, *pour lui-même*: Dans la cave? Je considérerais cela comme une récompense, car la cave est un enviable séjour, d'une obscurité bleutée par le soupirail, embaumé de paille moisie et de l'odeur alliacée du rat…

TOBY-CHIEN, *sans entendre*: « … J'en ai assez, vous dis-je! » (Elle criait cela à des personnes invisibles, et moi, pauvre moi, je tremblais sous la table.) « Et je ne verrai plus ces tortues-là! »

KIKI-LA-DOUCETTE: Ces… quoi?

TOBY-CHIEN: Ces tortues-là; je suis sûr du mot. Quelles tortues? Elle nous cache tant de choses! « … Ces tortues-là! Elles sont deux, trois, quatre, – joli nid de fauvettes! – pendues à Lui, et qui Lui roucoulent et Lui écrivent: "Mon chéri, tu m'épouseras si Elle meurt, dis?" Je crois bien! Il les épouse déjà, l'une après l'autre. Il pourrait choisir. Il préfère collectionner. Il Lui faut – car elles en demandent! – la Femme-du-Monde couperosée qui s'occupe de musique et qui fait des fautes d'orthographe, la vierge mûre qui Lui écrit, d'une main paisible de comptable, les mille z'horreurs; l'Américaine brune aux cuisses plates; et toute la séquelle des sacrées petites toquées en cols plats et cheveux courts qui s'en viennent, cils baissés et reins frétillants: "Ô Monsieur, c'est moi qui suis la vraie Claudine…" La vraie Claudine! et la fausse mineure, tu parles!

« Toutes, elles souhaitent ma mort, m'inventent des amants ; elles l'entourent de leur ronde effrénée. Lui faible, Lui volage et amoureux de l'amour qu'Il inspire, Lui qui goûte si fort ce jeu de se sentir empêtré dans cent petits doigts crochus de femmes… Il a délivré en chacune la petite bête mauvaise et sans scrupules, matée – si peu ! – par l'éducation ; elles ont menti, forniqué, cocufié avec une joie et une fureur de harpies, autant par haine de moi que pour l'amour de Lui…

« Alors… adieu tout ! adieu… presque tout. Je Le leur laisse. Peut-être qu'un jour Il les verra comme je les vois, avec leurs visages de petites truies gloutonnes. Il s'enfuira, effrayé, frémissant, dégoûté d'un vice inutile… »

Je haletais autant qu'Elle, ému de sa violence. Elle entendit ma respiration et se jeta à quatre pattes, sa tête sous le tapis contre la mienne…

« Oui, inutile ! je maintiens le mot. Ce n'est pas un sale petit bull qui me fera changer d'avis, encore ! Inutile, s'Il n'aime pas assez ou s'Il méconnaît l'amour véritable ! Quoi ?… ma vie aussi est inutile ? Non, Toby-Chien. Moi, j'aime. J'aime tant tout ce que j'aime ! Si tu savais comme j'embellis tout ce que j'aime, et quel plaisir je me donne en aimant ! Si tu pouvais comprendre de quelle force et de quelle défaillance m'emplit ce que j'aime !… C'est cela que je nomme le frôlement du bonheur. Le frôlement du bonheur… caresse impalpable qui creuse le long de mon dos un sillon velouté, comme le bout d'une aile creuse l'onde… Frisson mystérieux prêt à se fondre en larmes, angoisse légère que je cherche et qui m'atteint devant un cher paysage argenté de brouillard, devant un ciel où fleurit l'aube, sous le bois où l'automne souffle une haleine mûre et musquée… Tristesse voluptueuse des fins de jour, bondissement sans cause d'un cœur plus mobile que celui du chevreuil, tu es le frôlement même du bonheur, toi qui gis au sein des heures les plus pleines… et jusqu'au fond du regard de ma sûre amie…

« Tu oserais dire ma vie *inutile*?… Tu n'auras pas de pâtée, ce soir ! »

Je voyais la brume de ses cheveux danser autour de sa tête qu'Elle hochait furieusement. Elle était comme moi, à quatre pattes, aplatie, comme un chien qui va s'élancer, et j'espérai un peu qu'Elle aboierait…

KIKI-LA-DOUCETTE, *révolté*: Aboyer, Elle! Elle a ses défauts, mais tout de même, aboyer!… Si Elle devait parler en quatre-pattes, elle miaulerait.

TOBY-CHIEN, *poursuivant*: Elle n'aboya point, en effet. Elle se redressa d'un bond, rejeta en arrière les cheveux qui lui balayaient le visage…

KIKI-LA-DOUCETTE : Oui. Elle a la tête angora. La tête seulement.

TOBY-CHIEN : … Et Elle se remit à parler, incohérente : « Alors, voilà ! je veux faire ce que je veux. Je ne porterai pas de manches courtes en hiver, ni de cols hauts en été. Je ne mettrai pas mes chapeaux sens devant derrière, et je n'irai plus prendre le thé chez Rimmel's, non… Redelsperger, non… Chose, enfin. Et je n'irai plus aux vernissages. Parce qu'on y marche dans un tas de gens, l'après-midi, et que les matins y sont sinistres, sous ces voûtes où frissonne un peuple nu et transi de statues, parmi l'odeur de cave et de plâtre frais… C'est l'heure où quelques femmes y toussent, vêtues de robes minces, et de rares hommes errent, avec la mine verte d'avoir passé la nuit là, sans gîte et sans lit…

« Et le monotone public des premières ne verra plus mon sourire abattu, mes yeux qui se creusent de la longueur des entractes et de l'effort qu'il faut pour empêcher mon visage de vieillir, effort reflété par cent visages féminins, raidis de fatigue et d'orgueil défensif… Tu m'entends, s'écria-t-Elle, tu m'entends, crapaud bringé, excessif petit bull cardiaque ! je n'irai plus aux premières, sinon de l'autre côté de la rampe. Car je danserai encore sur la scène, je danserai nue ou habillée, pour le seul plaisir de danser, d'accorder mes gestes au rythme de la musique, de virer, brûlée de lumière, aveuglée comme une mouche dans un rayon… Je danserai, j'inventerai de belles danses lentes où le voile parfois me couvrira, parfois m'environnera comme une spirale de fumée, parfois se tendra derrière ma course comme la toile d'une barque… Je serai la statue, le vase animé, la bête bondissante, l'arbre balancé, l'esclave ivre…

« Toby-Chien, chien de bon sens, écoute bien : je ne me suis jamais sentie plus digne de moi-même ! Du fond de la sévère retraite que je me suis faite au fond de moi, il m'arrive de rire tout haut, réveillée par la voix cordiale d'un maître de ballet italien : "Hé, ma minionne, qu'est-ce que tu penses ? je te dis : sauts de basque, deux ! et un petit pour finir !…"

« La familiarité professionnelle de ce luisant méridional ne me blesse point, ni l'amicale veulerie d'une pauvre petite marcheuse à cinquante francs par mois, qui se lamente, résignée : "Nous autres artistes, n'est-ce pas, on ne fait pas toujours comme on veut…" Et si le régisseur tourne vers moi, au cours d'une répétition, son mufle de dogue bonasse, en graillonnant : "C'est malheureux que vous ne pouvez pas taire vos gueules, tous…" je ne songe pas à me fâcher, pourvu qu'au retour, lorsque je jette à la volée mon chapeau sur le lit, une voix chère, un peu voilée, murmure : "Vous n'êtes pas trop fatiguée, mon amour ?…" »

Sa voix à Elle avait molli sur ces mots. Elle répéta comme pour Elle-même, avec un sourire contenu :

« Vous n'êtes pas trop fatiguée, mon amour ? » puis soudain éclata en larmes nerveuses, des larmes vives, rondes, pressées, en gouttes étincelantes qui sautaient sur ses joues, joyeusement… Mais moi, tu sais, quand Elle pleure, je sens la vie me quitter…

KIKI-LA-DOUCETTE : Je sais, tu t'es mis à hurler ?

TOBY-CHIEN, *évasif*: À hurler, non… Je mêlai mes larmes aux siennes, voilà tout. Mal m'en prit ! Elle me saisit par la peau du dos, comme une petite valise carrée, et de froides injures tombèrent sur ma tête innocente : « Mal élevé. Chien hystérique. Saucisson larmoyeur. Crapaud à cœur de veau. Phoque obtus… » Tu sais le reste. Tu as entendu la porte, le tisonnier qu'elle a jeté dans la corbeille à papier, et le seau à charbon qui a roulé béant, et tout…

KIKI-LA-DOUCETTE : J'ai entendu. J'ai même entendu, ô Chien, ce qui n'est pas parvenu à ton entendement de bull simplet. Ne cherche pas. Elle et moi, nous dédaignons le plus souvent de nous expliquer. Il m'arrive, lorsqu'une main inexperte me caresse à rebours, d'interrompre un paisible et sincère ronron par un khh ! féroce, suivi d'un coup de griffe foudroyant comme une étincelle… « Que ce chat est traître ! » s'écrie l'imbécile… Il n'a vu que la griffe, il n'a pas deviné l'exaspération nerveuse, ni la souffrance aiguë qui lancine la peau de mon dos… Quand Elle agit follement, Elle, ne dis pas, en haussant tes épaules carrées : « Elle est folle ! » Plutôt, cherche la main maladroite, la piqûre insupportable et cachée qui se manifeste en cris, en rires, en course aveugle vers tous les risques…

La chienne

Le sergent permissionnaire ne trouva pas, en arrivant à Paris, sa maîtresse chez elle. Mais il fut quand même accueilli par des cris chevrotants de surprise et de joie, étreint, mouillé de baisers : Vorace, sa chienne de berger, la chienne qu'il avait confiée à sa jeune amie, l'enveloppa comme une flamme, et le lécha d'une langue pâlie par l'émotion. Cependant, la femme de chambre menait autant de bruit que la chienne et s'écriait :

— Ce que c'est que la malchance ! Madame qui est juste à Marlotte pour deux jours, pour fermer la propriété de Madame. Les locataires de Madame viennent de s'en aller, Madame fait l'inventaire des meubles… Heureusement que ce n'est pas au bout du monde !… Monsieur me fait une dépêche pour Madame ? En la mettant tout de suite, Madame sera là demain matin avant le déjeuner. Monsieur devrait coucher ici… Monsieur veut-il que j'allume le chauffe-bain ?

— Mais je me suis baigné chez moi, Lucie… Ça se lave, un permissionnaire !

Il toisa dans la glace son image bleuâtre et roussie, couleur des granits bretons. La chienne briarde, debout auprès de lui dans un silence dévot, tremblait de tout son poil. Il rit de la voir si ressemblante à lui-même, grise, bleue et bourrue :

— Vorace !

Elle leva sur son maître un regard d'amour, et le sergent s'émut en songeant soudain à sa maîtresse, une Jeannine très jeune et très gaie, – un peu trop jeune, souvent trop gaie…

Ils dînèrent tous deux, l'homme et la chienne, celle-ci fidèle aux rites de leur existence ancienne, happant le pain, aboyant aux mots prescrits, figée dans un culte si brûlant que l'heure du retour abolissait pour elle les mois d'absence.

— Tu m'as bien manqué, lui avoua-t-il tout bas. Oui, toi aussi !…

Il fumait maintenant, à demi étendu sur le divan. La chienne couchée comme les lévriers des tombeaux, feignait de dormir et ne remuait pas les oreilles. Ses sourcils seuls, bougeant au moindre bruit, trahissaient sa vigilance.

Le silence hébétait l'homme surmené, et sa main qui tenait la cigarette glissait le long du coussin, écorchant la soie. Il secoua son sommeil, ouvrit un livre, mania quelques bibelots nouveaux, une photographie qu'il ne connaissait pas encore : Jeanine en jupe courte, les bras nus, à la campagne.

— Instantané d'amateur… Elle est charmante…

Au verso de l'épreuve non collée, il lut :

« *5 juin 1916*… J'étais… où donc, le 5 juin ?… Par là-bas, du côté d'Arras… 5 juin… Je ne connais pas l'écriture. »

Il se rassit et fut repris d'un sommeil qui chassait toute pensée. Dix heures sonnèrent ; il eut encore le temps de sourire au son grave et étoffé de la petite pendule qui avait, disait Jeanine, la voix plus grande que le ventre… Dix heures sonnèrent et la chienne se leva.

— Chut ! fit le sergent assoupi. Couchez !

Mais Vorace ne se recoucha pas, s'ébroua, étira ses pattes, ce qui équivaut, pour un chien, à mettre son chapeau pour sortir. Elle s'approcha de son maître et ses yeux jaunes questionnèrent clairement :

— Eh bien ?

— Eh bien, répondit-il, qu'est-ce que tu as ?

Elle baissa les oreilles pendant qu'il parlait, par déférence, et les releva aussitôt.

— Oh ! soupira le sergent, que tu es ennuyeuse ! Tu as soif ! Tu veux sortir ?

Au mot « sortir », Vorace rit et se mit à haleter doucement, montrant ses belles dents et le pétale charnu de sa langue.

— Allons, viens, on va sortir. Mais pas longtemps. Je meurs de sommeil, moi, tu sais !

Dans la rue, Vorace enivrée aboya d'une voix de loup, sauta jusqu'à la nuque de son maître, chargea un chat, joua en rond « au chemin de fer de ceinture ». Son maître la grondait tendrement, et elle paradait pour lui. Enfin, elle reprit son sérieux et marcha posément. Le sergent goûtait la nuit tiède et allait au gré de la chienne, en chantonnant deux ou trois pensées paresseuses :

— Je verrai Jeannine demain matin… Je vais me coucher dans un bon lit… J'ai encore sept jours à passer ici…

Il s'aperçut que sa chienne, en avant, l'attendait, sous un bec de gaz, avec le même air d'impatience. Ses yeux, sa queue battante et tout son corps questionnaient :

— Eh bien ! Tu viens ?

Il la rejoignit, elle tourna la rue d'un petit trot résolu. Alors il comprit qu'elle allait quelque part.

« Peut-être, se dit-il, que la femme de chambre a l'habitude… Ou Jeannine… »

Il s'arrêta un moment, puis repartit, suivant la chienne, sans même s'apercevoir qu'il venait de cesser, à la fois, d'être fatigué, d'avoir sommeil et de se sentir heureux. Il pressa le pas, et la chienne joyeuse le précéda, en bon guide.

— Va, va…, commandait de temps en temps le sergent.

Il regardait le nom d'une rue, puis repartait. Point de passants, peu de lumière ; des pavillons, des jardins. La chienne, excitée, vint mordiller sa main pendante, et il faillit la battre, retenant une brutalité qu'il ne s'expliquait pas.

Enfin elle s'arrêta : « Voilà, on est arrivés ! » devant une grille ancienne et disloquée, qui protégeait le jardin d'une maisonnette basse, chargée de vigne et de bignonier, une petite maison peureuse et voilée…

— Eh bien, ouvre donc ! disait la chienne campée devant le portillon de bois.

Le sergent leva la main vers le loquet, et la laissa retomber. Il se pencha vers la chienne, lui montra du doigt un fil de lumière au long des volets clos, et lui demanda tout bas :

— Qui est là ?… Jeannine ?…

La chienne poussa un : « Hi ! » aigu et aboya.

— Chut ! souffla le sergent en fermant de ses mains la gueule humide et fraîche…

Il étendit encore un bras hésitant vers la porte et la chienne bondit. Mais il la retint par son collier et l'emmena sur l'autre trottoir, d'où il contempla la maison inconnue, le fil de lumière rosée… Il s'assit sur le trottoir, à côté de la chienne. Il n'avait pas encore rassemblé les images ni les pensées qui se lèvent autour d'une trahison possible, mais il se sentait singulièrement seul, et faible.

— Tu m'aimes ? murmura-t-il à l'oreille de la chienne.

Elle lui lécha la joue.

— Viens, on s'en va.

Ils repartirent, lui en avant cette fois. Et quand ils furent de nouveau dans le petit salon, elle vit qu'il remettait du linge et des pantoufles dans un sac qu'elle connaissait bien. Respectueuse et désespérée, elle suivait tous ses mouvements, et des larmes tremblaient, couleur d'or, sur ses yeux jaunes. Il la prit par le cou pour la rassurer :

— Tu pars aussi. Tu ne me quitteras plus. Tu ne pourras pas, la prochaine fois, me raconter « le reste ». Peut-être que je me trompe… Peut-être t'ai-je mal comprise… Mais tu ne dois pas rester ici. Ton âme n'est pas faite pour d'autres secrets que les miens…

Et tandis que la chienne frémissait, encore incertaine, il lui tenait la tête entre ses mains, en lui parlant tout bas :

— Ton âme… Ton âme de chienne… Ta belle âme…

Celle qui en revient

Un salon paisible. Crépuscule d'hiver. Feu de bois dans la cheminée. La vieille chatte persane fait sa toilette, minutieuse en tout comme sont les personnes âgées. Elle y met le temps, elle n'a pas autre chose à faire. La chienne Bull se rôtit le côté droit quand le gauche est cuit à point, puis le côté gauche quand le côté droit n'en peut plus. À l'écart dans l'ombre, gît une chienne de berger, briarde, osseuse, aux yeux couleur de feu, qui porte un collier neuf.

LA VIEILLE CHATTE, *à elle-même en se lavant. Elle radote, mais avec une extrême distinction*: Ciel, un poil rebroussé… Dieux, un œuf de puce… Eh quoi, un brin d'herbe sèche… Fi, une crotte de puce… Ciel, un poil rebroussé… Dieux, etc., etc., etc.

Elle continue.

LA CHIENNE BULL, *haussant les épaules*: Si on vous disait que vous mourrez d'une méningite, Persane, vous ne le croiriez sans doute pas ?

LA VIEILLE CHATTE : Mon Dieu, le vétérinaire a bien prétendu l'autre jour que vous aviez une maladie de cœur ; après cela, ne peut-on tout croire ? (*Se lavant.*) Cieux, une trace de lait de ce matin…

Elle continue.

LA BERGÈRE, *en sursaut*: Est-ce qu'il est tard ?

LA CHIENNE BULL : Je ne sais pas. Pourquoi ? Vous avez faim ?

LA BERGÈRE : Non.

LA VIEILLE CHATTE : Qui a parlé du dîner ? *(Elle bâille.)* Dès que l'on parle de manger, j'ai faim : c'est nerveux. *(Se lavant.)* Pouah, une écaille de sardine…

Elle continue. Silence.

LA BERGÈRE, *brusque*: C'est la porte d'entrée qui se referme.

LA CHIENNE BULL : Mais non, voyons ! C'est à l'étage au-dessus. Qu'est-ce que vous avez à trembler comme ça ?

LA BERGÈRE : Est-ce que je tremble ? je n'en savais rien…

LA CHIENNE BULL : Vous avez froid ? Approchez-vous du feu.

LA BERGÈRE : Je n'ai pas froid.

LA CHIENNE BULL : Alors vous avez peur ?

LA BERGÈRE, *tressaillant* : Peur ? je ne sais pas… Quelle heure peut-il être ?

LA CHIENNE BULL, *les yeux au ciel* : Ah ! la la… J'en ai une patience !… Vous tenez beaucoup à savoir l'heure ? Quand on se met à table, c'est qu'il est l'heure de manger, il est l'heure de se coucher quand on va au panier, et c'est l'heure de sortir quand on décroche du clou les colliers… Soit dit sans reproches, le vôtre est magnifique.

LA BERGÈRE : Vous trouvez ? Il y a trois jours, j'avais pour collier un bout de corde qu'Il avait trouvée là-bas.

LA CHIENNE BULL : Où là-bas ?

LA BERGÈRE, *laconique* : Là-bas, d'où je reviens avec Lui… Où est-il ?

LA CHIENNE BULL : Qui ?

LA BERGÈRE, *simple* : Lui.

LA CHIENNE BULL : Ah ! oui… Pardonnez-moi, mais je l'ai si peu vu depuis quelques années, que j'oublie encore son retour. Et pourtant je l'aime bien, vous savez ?

LA VIEILLE CHATTE, *qui est bleue* : Oui, moi aussi. Il est d'une jolie couleur. Une sorte de gris bleu, bleu gris… Une très jolie couleur. Quand s'en va-t-Il ?

LA BERGÈRE, *palpitante*: Il va partir? Pourquoi dites-vous qu'Il va partir?

LA VIEILLE CHATTE, *surprise*: Dame, c'est dans l'ordre des choses. Il vient ici, me prend dans ses bras, fait sauter la Bull par-dessus la cravache, embrasse Celle qui nous garde ici et qui lui appartient, à Lui, puis au bout de quelques jours, Il s'en va. C'est ainsi. Ce fut toujours ainsi depuis… *(Elle cherche.)* très longtemps. Alors je pense qu'Il va partir.

LA BERGÈRE, *agitée*: Pas sans moi, pas sans moi!

Elle se lève et va flairer la porte.

LA BULL, *à la vieille Chatte*: Ça la reprend.

LA VIEILLE CHATTE: Quelle agitation! Que de bruit! *(Se lavant.)* Tiens, une miette de pain… Cette Bergère va tourner ainsi sans repos, et sans repos aller de la fenêtre à la porte, de la porte à la fenêtre… C'est nerveux.

LA BULL: C'est peut-être nerveux, mais c'est gênant pour les autres. Ah! la maison ne vaut pas ce qu'elle valait la semaine dernière. Lui se couche tôt. Elle se lève tard. Elle sort avec Lui et néglige de m'emmener. Elle ne m'appelle plus le matin sur son lit, et puis Il nous a amené cette Bergère qui gronde à tout venant, serre la queue entre les jambes comme un chien trouvé et se cogne dans les meubles…

LA VIEILLE CHATTE : Oui… Il y a du vrai. J'ai surtout constaté qu'Il boit beaucoup de lait le matin. Tout juste s'Il m'en laisse un fond de tasse… *(Elle bâille.)* Aâh !… Je vous demande pardon, c'est parce que j'ai parlé du lait… C'est nerveux.

LA BERGÈRE, *en arrêt contre la fente de la porte* : Où est-il ? Il ne revient pas.

LA BULL, *excédée* : Oh ! Vous !… Il est allé dans des magasins avec Elle. Il est sorti avec Elle en taxi, en train de ceinture… Il est sorti, quoi ! On vous croirait née d'hier.

LA BERGÈRE : Je ne comprends pas ce que vous dites. Votre tranquillité me confond. Il est sorti, dites-vous, et vous riez !

LA VIEILLE CHATTE : Ma chère, ce n'est point une tragédie, que je sache.

LA BERGÈRE : Qu'en savez-vous ? Ignorez-vous donc ce qu'il y a de l'autre côté de la porte, hors de l'endroit où nous sommes, pour un moment, à l'abri ?

LA BULL : Nous n'y pensons pas. Pourquoi songer à l'escalier froid, à l'oiseuse concierge, aux enfants criards qui lancent des toupies sur le trottoir, aux voitures qui surgissent et, surtout, aux flaques d'eau ?

LA BERGÈRE, *qui tend l'oreille à tous les bruits* : Les flaques d'eau, ce n'est rien…

LA VIEILLE CHATTE, *frémissant d'horreur*: Rien ? Ah ! je pâme…

LA BERGÈRE : Mais le reste…

LA BULL : Quel reste ?

LA BERGÈRE : L'ennemi… L'embûche… La balle et l'éclat de fer, et ce bruit terrible qui remue l'air et les entrailles de la terre…

Elle se tait et tremble.

LA BULL : Pourquoi tremblez-vous toujours ?

LA BERGÈRE : Je tremble ? Je ne savais pas. *(Silence.)* Où est-Il ? Comme Il tarde… L'heure est dangereuse. Ses amis qui étaient les miens, où sont-ils ? Tous, à la fois, sont-ils tombés comme les autres ? Ont-ils succombé si loin, que je ne flaire pas même, dans l'air, l'odeur de leurs plaies et de la sueur qui les mouille ? Ne peut-on m'ouvrir cette porte pour que j'aille à sa recherche, à Lui ?

Elle gratte le bas de la porte.

LA BULL : Hé là, vous, on ne gratte pas le bas des portes. Tout le monde sait ça.

LA VIEILLE CHATTE, *bas, à la Chienne Bull*: Laissez-la, c'est nerveux.

LA BERGÈRE, *cessant de gratter*: Oui, Il m'a dit: « Attends. Reste là. » Par obéissance, j'y mourrais, plutôt que d'enfreindre son ordre. Mais je sens mon cœur vieillir et s'user d'attente, et j'ai peur.

Elle se couche et tombe dans une sombre rêverie, puis dans un sommeil fiévreux.

LA BERGÈRE, *en songe*: Qui frappe?... N'entrez pas, je veille! Cette boue est mon lit, cette planche celui de mon maître. Il se repose: on ne passe pas. Quoi? C'est pour marcher encore? Nous voici. J'ai mal dans les reins et le ventre transi; en quelques bonds cela passera... Mais Lui, voyez comme Il est pâle, et las... Cela passera. Le jour est loin, n'est-ce pas? Je n'ai pas besoin de vos petites lanternes pour éviter ce ravin d'où monte une fétidité à laquelle, depuis tant de jours, je n'ai pu m'accoutumer encore... Ne me dis pas « chut! » ô mon Maître, je suis muette. Tu m'as appris à vivre sans plus de bruit qu'une ombre. Où allons-nous? Cela n'importe guère, puisque tu me guides et que je te protège...

Ha!... Ce coup de fouet dans l'air, je l'attendais, et les mouches de fer dans la boue... Jamais nuit ne fut plus froide ni plus zébrée de brefs éclairs, crachés par des bouches invisibles... Quelque chose de mauvais s'avance sur nous, mon Maître, quelque chose que je perçois par mon ouïe, ma langue qui goûte l'air, mon poil en éveil ; quelque chose que je devine et dont je voudrais t'avertir. C'est une mauvaise nuit, crois-moi. La vase, sous l'eau du chemin, suce mes pattes et me retarde. Je ne veux pas te le dire, mais j'ai peur… Ah ! j'en étais sûre ! Les voilà, mon Maître, les voilà ! Tu ne les sentais donc pas accourir ? C'est une bataille de plus pour nous, ce n'est que cela : je respire et tu souris.

Eh bien, qu'attends-tu ? Où, ton arme, le feu, le bruit que ton poing darde, où, ta magie familière ? Tes mains sont vides et retombent ?… À mon tour de t'apprendre la bataille, la mienne ! À la gorge, mon Maître ! Là, sous l'oreille, vois, comme je fais ! Juste dans la fontaine du sang… Que tu es beau, bondissant ! J'en tiens un, tu tiens l'autre… Celui que je lâche, il glisse mollement, la tête inclinée sur la fraise rouge qui bouillonne à son col… Ne laisse le tien qu'assoupli dans tes mains et comme enchanté par la mort. Besogne, mon Maître, et ne te retourne pas pour apercevoir, sur la plaine noire, qu'ils sont mille, et mille et mille autres renaissants. À l'aide, nos amis ! Ils sont trop ! Je n'en puis saigner qu'un à la fois, abandonnerez-vous mon Maître aux prises avec tous ces démons ?…

Seuls… seuls… seuls. Mon Maître, nous sommes seuls, toi et moi, contre tous. Han ! la main de celui-ci ne te frappera pas ; et que du moins la face de cet autre, monstre au poil blanchâtre, se masque – han ! – d'une pourpre qui la fera moins hideuse… Quoi ? Que cries-tu ? Ils t'emportent ? Ah ! pas sans moi, pas sans moi !… Qui me lie ? Maître, on m'étrangle ! Maître, attends-moi ! Maître, que ma vie s'éteigne sur ta poitrine ! Délivre-moi ! Tes mains que tu dresses et qui dégouttent dans l'air, je les laverai d'une salive qui guérit, si je t'atteins… Maître, ils me torturent, et ne savent pas que je hurle seulement de te voir diminuer et disparaître… Je puis laisser à leur piège tout ce qu'ils ont déchiré de moi, pour te suivre, te suivre, te suivre…

Elle s'éveille avec un long hurlement, et continue éveillée la lamentation de son rêve. La Chienne Bull et la vieille Chatte tremblent, sans comprendre…
La porte s'ouvre, un soldat bleu se penche sur la Bergère et lui parle.

LE SOLDAT, *tenant dans ses mains la tête de la Chienne* : Là, là, Bergère… Là, mon amie… Qu'as-tu rêvé, Bergère ? Tu sais bien que c'est fini, Bergère…

LA BERGÈRE, *égarée, en pleurs* : Ah ! te voici, ah ! Je te retrouve… Il y a un instant j'étais avec toi et je recommençais une de nos pires nuits… Combien de fois vais-je te perdre ? Donne tes mains, que je m'assure… Non, elles ne dégouttent point… Tes pieds que je flaire n'ont pas marché près du ravin… Te voilà riant, et tout parfumé de vie ! Et tu dis : « C'est fini… » Ô mon Maître, pas encore. Je t'ai trop souvent perdu. Nous avons trop longtemps habité un pays où l'âme n'a pas de repos, et où le corps désespéré veille malgré lui quand défaut l'âme. Aussi, pardonne-moi si pendant bien des jours je te donne à chacun de tes retours, au lieu des cris et des saluts d'allégresse qui te sont dus, ce qui m'emplit toute et déborde au moindre choc : la folle alarme, les bonds d'un cœur qui m'étouffe et tonne dans ma poitrine, la plainte contenue pendant tant d'heures écrasantes… Pardonne-moi, l'amour que je t'ai voué, ô mon Maître, n'a pas fini d'être triste…

Elle lui lèche les mains, se prosterne et continue de gémir tout bas.

Les bêtes et la tortue

Un jardin à Auteuil. Piste de gravier autour d'un gazon ovale. Marge de géraniums à gauche, phlox et sauges à droite ; au fond, jungle – cinq mètres sur sept – de frênes panachés, de noisetiers rouges et de syringas. Le matin, en août. Les Bêtes somnolent au jardin, ou font leur toilette. Il y a la Bergère noir et feu, la Chienne Bull-dont-le-frère-a-été-acheté-par-un-Américain, la Chatte persane âgée, un peu snob, et la jeune Chatte noire qui est une sorte d'énergumène. La porte de la maison s'ouvre. Un quelconque Deux-Pattes descend du perron et dépose sur le gravier, au soleil, une Tortue grosse comme un cantaloup, une touffe de scarole, puis s'en va.

VOIX DE DEUX PATTES, *dans la maison* : Elle va s'acclimater très vite, n'est-ce pas ?

— Les Bêtes ne lui feront pas de mal ?

— D'ailleurs, nous les surveillerons d'ici... etc., etc.

La Tortue, pattes et tête invisibles, ressemble autant qu'elle peut à un gros caillou veiné.

LA CHIENNE BULL : Qu'est-ce qu'on a mis par terre ?

LA BERGÈRE : Rien. Une boîte ronde, ou une pierre.

LA PERSANE, *ensommeillée* : Qu'est-ce que c'est ?

LA CHATTE NOIRE, *tout de suite dans le dernier désordre et les yeux hors la tête* : Qu'est-ce qu'il y a ? Qu'est-ce qu'il y a ? Au nom du Ciel, qu'y a-t-il ? Que me cache-t-on ?

LA CHIENNE BULL, *à la Chatte noire* : Vous, la folle, faites-nous le plaisir de rester tranquille, ou bien retournez chez les voisins. Vous savez bien y aller, chez les voisins, à l'heure du déjeuner, pour imiter la chatte affamée. Allez-y donc tout de suite.

LA BERGÈRE, *bas, impérieusement* : Chut. Écoutez !

Les Bêtes se tournent vers la Bergère qui, couchée raide en lévrier, braque ses oreilles et ses yeux sur la Tortue.

LES BÊTES, *ensemble* : Eh bien ?

LA BERGÈRE, *d'un ton bref et passionné* : Ça bouge !

LA CHATTE NOIRE, *éperdue* : Quoi ? Quoi ? Grands dieux, qu'est-ce qui bouge ?

LA BERGÈRE, *sans remuer un cil* : Ça.

LA CHIENNE BULL, *haussant les épaules*: Pensez-vous ! Avec votre manie de vigilance, vous voyez des suspects partout. Les pierres bougent, le garçon boucher mérite la mort, la laitière ne vaut pas la corde pour la pendre… N'est-ce pas, Persane ?

LA PERSANE, *élégante et détachée*: … M'en moque !

LA CHIENNE BULL, *continuant*: C'est comme pour les militaires. Moi, je dis bonjour à tous les militaires habillés de bleu, tandis que… *(Elle se tait, les yeux ronds: un bout de patte écailleuse vient de sortir de dessous le caillou veiné…)* Ça, par exemple… Persane, vous avez vu ? Qu'est-ce que vous en dites ?

LA PERSANE, *fronçant le nez*: Je ne comprends rien à cela. Mais ça doit sentir mauvais, comme tout ce que je ne connais pas.

LA CHIENNE BULL : Bergère, qu'est-ce que ça signifie ?

LA BERGÈRE, *bas, en arrêt*: J'attends.

LA CHIENNE BULL : Qu'est-ce que vous attendez ?

LA BERGÈRE, *nerveuse*: Fichez-moi donc la paix !

LA CHATTE NOIRE, *qui n'a encore rien vu*: Qu'est-ce que vous dites ? Il y a un mystère ? Quelque chose d'effrayant, n'est-ce pas ? Mais parlez donc !

LA CHIENNE BULL, *soucieuse de son prestige, avec une fausse assurance*: Eh ! laissez-nous tranquilles, vous voyez bien que nous sommes occupées ! Certes, j'ai vu bien des choses dans ma vie, surtout dans le temps que j'avais une automobile, chez mes anciens Deux-Pattes, mais je ne me souviens pas d'avoir rencontré une… une curiosité comme…

L'apparition de trois autres pattes lui coupe la parole. La Tortue, sans montrer sa tête, risque deux pas sur le gravier chaud.

LA CHATTE NOIRE, *bondissant en arrière*: Haah! que vois-je? Horreur! Magie! Ma tête se perd! Mes yeux se voilent! Tout est piège autour de moi, tout est menace et funeste présage!…

LA BERGÈRE, *frémissante, sans quitter l'arrêt, bas*: Que j'aie seulement deux minutes à moi, je la ferai crier pour quelque chose, cette chatte noire…

LA PERSANE: J'aime mieux m'en aller. Ce bruit me fatigue, et je vous assure que cette chose sent mauvais.

Elle s'écarte en secouant ses pattes l'une après l'autre comme si elle avait marché dans l'eau sale.

LA CHIENNE BULL, *dilatant son nez sans flair*: Cette vieille dame radote, ça ne sent rien du tout. (*Elle colle son nez sur la Tortue, les quatre pattes disparaissent soudain. La Chienne Bull, saisie, sautant en l'air*:) Hi!…

LA BERGÈRE, *à bout de nerfs et d'attente*: Ah! ne m'agacez pas, vous! C'est votre faute, si ce caillou n'a plus de pattes maintenant!

LA CHIENNE BULL: Ma faute! Vous allez m'apprendre ce que j'ai à faire, sans doute? Chez mes Deux-Pattes à l'automobile, il y avait un écureuil du Brésil, ma bonne dame, et un perroquet avec des plumes en céleri sur la tête, et tout ça filait doux avec moi, je vous prie de le…

La Tortue, égayée par le soleil, darde une tête plate aux petits yeux voltairiens, et bâille d'appétit, montrant sa langue rose. Le cou plissé s'allonge, et la Tortue marche gaillardement vers la scarole.

LA CHATTE NOIRE, *en pleine épilepsie*: Beuh! Maman! Un serpent! Un serpent! Houin! Mouan! Au secours!

Elle disparaît comme emportée par les démons.

LA CHIENNE BULL, *claquant des dents, à la Bergère*: Vou… Vouvous, croy-croyez que c'est un seseserpent?

LA BERGÈRE, *qui a les poils du dos comme une arête de sole, bas*: Attendez seulement… Laissez-moi faire. Un coup de dents au bon moment, et il n'est plus question de cette vermine… Ça me connaît!

LA CHIENNE BULL, *flageolante*: C'est ça… Je vous laisse ensemble… Je reviens dans un ninninstant…

Elle s'enfuit.

Trois heures plus tard. Près de la Tortue qui a fait le tour du jardin et broute à présent les pois de senteur, la Bergère se tient toujours à l'arrêt.

LA CHIENNE BULL, sur *le perron, sans approcher*: Eh bien? Vous l'avez tuée?

LA BERGÈRE, *exténuée, mais héroïque, le nez à deux doigts de l'écaille ambulante*: Pas encore.

LA CHIENNE BULL, *ironique*: Qu'est-ce que vous faites, alors?

LA BERGÈRE: J'attends.

LA CHIENNE BULL: Vous attendez quoi?

LA BERGÈRE: Qu'elle sorte de sa niche!…

La Paix chez les bêtes

AVERTISSEMENT

À l'heure où l'homme déchire l'homme, il semble qu'une pitié singulière l'incline vers les bêtes, pour leur rouvrir un paradis terrestre que la civilisation avait fermé. La bête innocente a le droit – elle seule – d'ignorer la guerre.

Dès le printemps de 1914, des passereaux nichèrent, respectés, dans la gueule ébréchée d'un canon. Entre deux combats, nos poilus ont élevé des merles, et plus d'un sansonnet, retourné aux bois, y siffle Rosalie. *Des zouaves ont donné leur part de lait à un renard nouveau-né, qui se mourait dans le taillis; et les ramiers, gorgés de riz, les faisans rassurés s'abattent sur les poings tendus qui, l'heure d'avant, jetaient la mort.*

N'avez-vous pas ri comme moi de voir, au cinématographe, le petit chat noir qui joue à cache-cache de créneau en créneau, pendant le tir? L'écureuil, le lapin, le rat même viennent s'asseoir dans la tranchée, s'y nourrir, écouter sans crainte la voix humaine, mendier un peu de chaleur…

J'ai rassemblé des bêtes dans ce livre, comme dans un enclos où je veux qu'« il n'y ait pas la guerre ». Quatre d'entre elles – Lola, Manette et Cora, et la chatte Nonoche – ont parlé déjà, qui dans Les Vrilles de la vigne, *qui dans* L'Envers du music-hall. *Qu'elles entrent quand même, celles-là résignées à leur besogne d'artistes foraines, celle-ci béate et traînant son nourrisson gavé. Je dédie ce livre à n'importe quel soldat inconnu que le printemps pourra revoir, sanguinaire, doux et rêveur comme le Premier Homme de la planète, étendu au long de sa bonne arme, une verte brindille aux dents, avec une couleuvre enroulée au poignet et un louveteau docile contre ses talons.*

COLETTE.

« Poum »

« Je suis le diable. Le diable. Personne n'en doit douter. Il n'y a qu'à me voir, d'ailleurs. Regardez-moi, si vous l'osez ! Noir, – d'un noir roussi par les feux de la géhenne. Les yeux vert poison, veinés de brun, comme la fleur de la jusquiame. J'ai des cornes de poils blancs, raides, qui fusent hors de mes oreilles, et des griffes, des griffes, des griffes. Combien de griffes ? Je ne sais pas. Cent mille, peut-être. J'ai une queue plantée de travers, maigre, mobile, impérieuse, expressive, – pour tout dire, diabolique.

« Je suis le diable, et non un simple chat. Je ne grandis pas. L'écureuil, dans sa cage ronde, est plus gros que moi. Je mange comme quatre, comme six, – je n'engraisse pas.

« J'ai surgi, en mai, de la lande fleurie d'œillets sauvages et d'orchis mordorés. J'ai paru au jour, sous l'apparence bénigne d'un chaton de deux mois. Bonnes gens ! vous m'avez recueilli, sans savoir que vous hébergiez le dernier démon de cette Bretagne ensorcelée. « Gnome », « Poulpiquet », « Kornigaret », « Korrigan », c'est ainsi qu'il fallait me nommer, et non « Poum »! Cependant, j'accepte pour mien ce nom parmi les hommes, parce qu'il me sied.

« Poum ! » le temps d'une explosion, et je suis là, jailli vous ne savez d'où. « Poum ! » j'ai cassé, d'un bond exprès maladroit, le vase de Chine, et « poum ! » me voilà collé, comme une pieuvre noire, au museau blanc du lévrier, qui crie avec une voix de femme battue... « Poum ! » parmi les tendres bégonias prêts à fleurir, et qui ne fleuriront plus... « Poum ! » au beau milieu du nid de pinsons, qui pépiaient, confiants, à la fourche du sureau... « Poum ! » dans la jatte de lait, dans l'aquarium de la grenouille, et « poum ! » enfin, sur l'un de vous.

« En trois secondes, j'ai tiré une mèche de cheveux, mordu un doigt, marqué quatre fleurs de boue sur la robe blanche et je m'enfuis... N'essayez pas de me retenir par la queue, ou je jure un mot abominable, et je vous laisse dans la main une pincée de poils rêches, qui sentent le brûlé et donnent la fièvre !

« Les premiers jours, je vous faisais rire. Vous riez encore, mais déjà je vous inquiète. Vous riez, quand j'apporte auprès de vous, à l'heure du repas, un gros hanneton des dunes, jaspé comme un œuf de vanneau. Mais je le mange – croc, croc, – avec une telle férocité, je vide son ventre gras avec tant d'immonde gourmandise que vous éloignez l'assiette où refroidit votre potage... Je déroule pour vous, en serpentins gracieux, les entrailles du poulet que vous mangerez ce soir, et je joue au salon, dédaignant le ruban qui pend au loquet, avec un beau lombric vivant, élastique et souple !...

« Je mange tout : la mouche verte et le crabe, la sole morte sur le sable, l'orvet vivant qui brille dans l'herbe comme une gourmette d'acier. Je tue la salamandre au bord de la fontaine, pour entendre, quand elle meurt, sa suffocation émouvante. Je carde, du bout des griffes, la peau suintante du crapaud. J'ai sucé le lait de la chatte grise, en la mordant exprès, et celui de la chienne colley, pêle-mêle avec ses petits, ses énormes petits tout laineux.

« Depuis ce jour-là, les tétines de la chienne sont devenues noires. Je suis malingre, malveillant, fétide. Quand je crache de colère : « Khh !... », ma gueule fume, et vous reculez !

« Vous reculez, mais j'avance, dévastateur et sociable. Pourquoi me cacherais-je ? Je ne suis pas de ces démons pusillanimes, terrés dans la cave, embusqués sous l'auvent du toit, ou grelottants dans le puits. Trois paroles pieuses, une goutte d'eau bénite, et les voilà en déroute. Mais moi ! je vis au grand jour, actif, dormant peu, voleur, macabre et gai.

« L'heure de midi, qui pâlit les yeux des chats, dessine à mon côté, sur la terrasse chaude, une ombre cornue, courte, presque sans pattes. J'ouvre les bras, je me dresse debout et je danse avec elle. Infatigables tous deux, nous joutons de légèreté. Quand je saute, elle s'éloigne, et nous retombons embrassés, pour recommencer plus fort, comme deux noirs papillons qui s'accolent, puis se disjoignent, puis s'accolent…

« Vous riez, sans comprendre. Les arabesques de ma danse, les signes maléfiques que j'écris dans l'air, les hiéroglyphes de ma queue qui se tord en serpent coupé, qu'y pouvez-vous lire ? Vous riez, au lieu de trembler, quand j'écrase sous moi, d'un bon définitif, l'ombre cornue, la démone jumelle que je sens palpiter et se débattre, l'ombre qui grandirait comme un nuage et couvrirait, d'une aile effrayante, cette terrasse, et le pré, et la plaine, et votre maison fragile…

« Ce soir, tandis que le jardin arrosé sent la vanille et la salade fraîche, vous errez, épaule contre épaule, heureux de vous taire, d'être seuls, de n'entendre sur le sable, quand vous passez tous deux, que le bruit d'un seul pas…

« L'un de vous étend le bras vers l'ouest et désigne, au-dessus de la mer, une trace longue, d'un rose obscur, un peu de cendre du soleil éteint…

« L'autre lève la main et montre les étoiles, les arbres, la faible lueur des fleurs pâles qui bordent l'allée… Pauvres gestes humains de possession et d'embrassement!… Immobiles, vous joignez vos doigts pour goûter mieux le délice d'être seuls.

« Seuls? de quel droit? Cette heure m'appartient. Rentrez! La lampe vous attend. Rendez-moi mon domaine, car rien n'est vôtre, ici, dès la nuit close. Rentrez! Ou bien « poum! » je jaillis du fourré, comme une longue étincelle, comme une flèche invisible et sifflante.

« Faut-il que je frôle et que j'entrave vos pieds, mou, velu, humide, rampant, méconnaissable?… Rentrez! le double feu vert de mes prunelles vous escorte, suspendu entre ciel et terre, éteint ici, rallumé là. Rentrez en murmurant: « Il fait frais » pour excuser le frisson qui désunit vos lèvres et desserre vos mains enlacées. Fermez les persiennes, en froissant le lierre du mur et l'aristoloche.

« Je suis le diable, et je vais commencer mes diableries sous la lune montante, parmi l'herbe bleue et les roses violacées. Je conspire contre vous, avec l'escargot, le hérisson, la hulotte, le sphinx lourd qui blesse la joue comme un caillou.

« Et gardez-vous, si je chante trop haut, cette nuit, de mettre le nez à la fenêtre: vous pourriez mourir soudain de me voir, sur le faîte du toit, assis tout noir au centre de la lune!… »

La chienne jalouse

« Cette allée-là ? Si tu veux… L'autre est plus belle, verte, humide, déserte – mais c'est toi qui choisis. Moi, je te suis.

« Je te suis, mais je ne t'aime pas.

« Je te suis, parce qu'Il me l'a ordonné. Je te garde, parce que tu Lui es chère. Je Lui obéis avec un désespoir scrupuleux. Marche ; goûte le matin de septembre, rouge et doré comme une pêche de vigne, va sans crainte jusqu'au fond du bois : ta gardienne est là, noire dans l'ombre de ta robe, prête à donner, pour obéir à son maître, tout le sang de son cœur fanatique.

« Quoi ? Que veux-tu ? C'est pour traverser l'allée que tu m'appelles ? Tu crains que je ne me fasse écraser ? Tu as l'air de croire, vraiment, que c'est toi qui me promènes ! Tu ne sais même pas te servir de moi : tu te retournes, tu me siffles, tu m'appelles, – tu ignores donc que je suis là, que je suis toujours là ? Si tu cesses de me voir, c'est que je suis trop près. Je tourne autour de toi, comme ton ombre, comme Sa pensée à Lui, hélas!...

« (Prends garde!... cette voiture a failli t'atteindre. Ne peux-tu courir plus vite?)

« ... Comme la pensée de mon Maître, hélas! Ah! je ne puis t'aimer, ni oublier le soir où tu vins dans Sa maison. Quand tu songes à ce soir-là, toi, tu souris, et tes paupières descendent lentement.

« Le premier soir, je n'ai presque pas souffert. J'étais couchée contre ses pieds, et j'écoutais sa voix. Il s'est penché vers moi en te parlant et m'a meurtri l'oreille d'une caresse un peu nerveuse. Il a joué avec moi pour te plaire. Il s'est vanté de ma beauté, de mon intelligence. Il a voulu te montrer le sursaut qui m'agite dès qu'il prononce mon nom; il a violenté mon regard qui, sous le sien, se dore et s'élargit... Je t'ai donné – sur Son ordre, sur Son ordre seulement! – ma patte dans ta main, et tu feignais de m'admirer, tu disais: « Elle est belle », en Le regardant.

« Mais il y eut un second soir, un troisième... Le troisième soir, tu t'en souviens? J'avais compris, et je luttais contre toi comme une rivale. Tu t'en souviens? Je te barrais la porte, et je hurlais, raidie, hérissée, avec de tels accents, avec des bonds d'une si féminine fureur que tu devins pâle.

« Et pourtant, ce n'est pas ce soir-là que tu faillis perdre la vie. Ce n'est pas non plus le jour où Il t'appelait dans le jardin, pour le seul plaisir de crier ton nom, et où chacun de ses appels m'arrachait un gémissement. Gémir, moi, gémir, quand je me tais sous le fouet!… Ce n'est pas le jour qu'Il revint, après une semaine d'absence, et que je léchais, désespérée, ses mains couvertes de ton parfum… Non, tu ne sauras jamais à quelle heure j'ai voulu m'élancer, refermer mes dents sur ta gorge et ne plus bouger, et entendre ton sang murmurer comme un ruisseau.

« (Je n'aime pas la figure de cet homme qui marche derrière nous. Va devant. Je vais le regarder un instant, et il comprendra… Tu vois? c'est fait.)

« Et te voilà dans Sa maison, à présent. Et je vis encore. Il a continué de me demander, avec le despotisme de ceux qui se savent aimés uniquement, ma gaieté, ma force, ma vigilance de bergère. Il m'a demandé de t'aimer… Ah! qu'Il me pardonne! je ne puis…

« Tu m'es sacrée, – mais je ne t'aime pas. Je te juge trop bien. Qu'as-tu de plus que moi? Je suis la plus belle, noire, haut chaussée de rouge brun, et coiffée de parlantes oreilles. J'ai des yeux à te faire envie, sommés de mouvants sourcils orange, des yeux qui voient la nuit et le jour, des yeux à faire crier: « Au loup! », des yeux, si je voulais, à brûler tes pensées derrière ton front… Tu sais que je te renverse sans effort, n'est-ce pas? et que ces dents-ci, ces dents incorruptibles, rafraîchies d'une claire salive et d'une haleine pure, ont tordu les barreaux d'une grille…

« Je suis la plus belle, et tu triomphes. Ce n'est pas assez : tu voudrais que je t'aime ? Ne demande pas l'impossible…

« (Pourquoi marches-tu si près de l'eau ? La rive est friable, et tu ne sais pas choisir, pour poser ton pied, une place sûre. Recule un peu. Laisse-moi passer entre toi et l'eau. Là. C'est bien ainsi. Il serait content de moi…)

« Ne demande pas l'impossible. Promène-toi, sous ma garde. Tu remplaces mon troupeau d'autrefois, mes moutons odorants dont les petits pieds grêlaient la route… Je vais, je viens, je te dépasse, je reviens, je t'environne, en cercles, en ellipses, en huit… Tu es la prisonnière de l'entrelacs magique que je dessine sans fin. Tu crois que je joue, et je travaille. Je passe si près de toi que tu veux, chaque fois, me caresser ; mais je t'évite, chaque fois, d'un mouvement si juste que tu le penses involontaire.

« Rentrons à présent, le soir tombe. Reviens vers la maison vide, où l'heure de minuit ramènera celui qui t'a confié à moi. Ma tâche est finie pour aujourd'hui. Je vais me coucher et L'attendre. Je ne bougerai pas, je ne respirerai pas. Tu ne sauras plus qu'il y a, à tes pieds, une chienne jalouse qui ne veut pas t'aimer.

« S'il tarde à revenir, tu vas t'alarmer encore, et soupirer, et m'appeler, comme si je pouvais te porter secours… Ah ! comment te cacher que c'est le moyen de me fléchir ? La nuit nous rapproche, anxieuses, le cœur agité, – la même couche nous reçoit côte à côte, accoudées, tendues vers la porte, – tu grondes de déception, et ma profonde voix menace le passant, – le même cri nous échappe quand Sa main, à Lui, frôle enfin la serrure, et son entrée dénoue, bras et pattes mêlés, une brève, une furtive et fraternelle étreinte…

« Prrou »

« Quand je l'ai connue, elle gîtait dans un vieux jardin noir, oublié entre deux bâtisses neuves, étroit et long comme un tiroir. Elle ne sortait que la nuit, par peur des chiens et des hommes, et elle fouillait les poubelles. Quand il pleuvait, elle se glissait derrière la grille d'une cave, contre les vitres poudreuses du soupirail, mais la pluie gagnait tout de suite son refuge et elle serrait patiemment sous elle ses maigres pattes de chatte errante, fines et dures comme celles d'un lièvre.

Elle restait là de longues heures, levant de temps en temps les yeux vers le ciel, ou vers mon rideau soulevé. Elle n'avait pas l'air lamentable, ni effaré, car sa misère n'était pas un accident. Elle connaissait ma figure, mais elle ne mendiait pas, et je ne pouvais lire dans son regard que l'ennui d'avoir faim, d'avoir froid, d'être mouillée, l'attente résignée du soleil qui endort et guérit passagèrement les bêtes abandonnées.

Trois ou quatre fois, je pénétrai dans le vieux jardin, en râpant ma jupe entre les planches de la palissade. La chatte ne fuyait pas à mon approche, mais elle se dérobait comme une anguille, à la seconde juste où j'allais la toucher. Après mon départ, elle attendait héroïquement que la brise du vieux jardin eût emporté mon odeur et l'écho de mes pas ; puis elle mangeait la viande laissée près du soupirail, en ne trahissant sa hâte que par un mouvement avide du cou et le tremblement de son échine.

Elle ne cédait pas tout de suite au sommeil des bêtes repues ; elle essayait, avant, un bout de toilette, un lissage de sa robe grise à raies noires – une pauvre robe terne et bourrue, car les chats qui ne mangent pas ne se lavent pas, faute de salive…

Février vint, et le vieux jardin ressembla, derrière sa grille, à une cage pleine de petits fauves. Matous des caves et des combles, des fortifs et des terrains vagues, le dos en chapelet, avec des cous pelés d'échappés à la corde, – matous chasseurs, sans oreilles et sans queue, rivaux terribles des rats, – matous de l'épicier et de la crémière, allumés et gras, lourds, vite essoufflés, matous noirs à collier de ruban cerise, et matous blancs à collier de perles bleues.

J'écoutais, la nuit, leurs chants d'amour et de combat… Une plainte musicale et faible, d'abord, longue, douce, lointaine. Puis un appel ironique, une provocation au rival, – et la réponse immédiate sur le même ton. Ceci pour amorcer un interminable dialogue, sans autre mimique que le jeu des oreilles couchées et ramenées, les yeux clos et rouverts, l'expressif sourire menaçant sur les dents visibles, et la soufflerie bruyante par les narines, entre deux répliques… Un crescendo brusque, imprévu, effroyable, des râles, la mêlée aérienne de deux voix furibondes, les voix de deux démons qu'apporte et roule un nuage affreux… Puis le silence, – le vent nocturne dans le petit jardin, – les griffes qui peignent l'écorce d'un arbre, – et la douce chanson de la chatte, la chatte indifférente pour qui les mâles viennent de se déchirer, la voix de ma pauvre chatte maigrie tout épuisée d'amour et d'inanition…

La bourrasque tragique et voluptueuse se calma enfin. Je revis la chatte grise, étique, décolorée, plus farouche que jamais et tressaillant à tous les bruits. Dans le rayon de soleil qui plongeait à midi au fond du jardin noir, elle traîna ses flancs enflés, de jour en jour plus lourds, – jusqu'au matin humide où je la découvris, vaincue, fiévreuse, en train d'allaiter cinq chatons vivaces, nés comme elle sur la terre nue.

J'attendais cette heure-là, – elle aussi, car je n'eus qu'à prendre les petits dans ma robe, et la mère me suivit.

Elle s'appelle « Prrou », – en roulant les *r,* s'il vous plaît. C'est elle qui nous a dit son nom. Elle le roucoule toute la journée, autour du chaton noir qu'on lui a laissé : « Prrou, prrou… »

Elle vit en Bretagne, sur la terrasse chaude, au bord du pré qui descend à la plage. Son domaine, qu'elle a borné elle-même, va du perron à la haie de troènes en fleurs qui masque le mur de briques. Elle ne dépasse pas les grands tilleuls qui versent l'ombre sur ma maison de pierre rousse. Sait-elle qu'au bas de la terrasse, une mer changeante, bleue et verte au soleil, violacée sous l'orage, mauve au lever du jour, s'agite sans repos ? J'en doute.

La Prrou en robe modeste, à qui on ne demande rien, s'entête à nous donner l'exemple des plus grises vertus : elle est propre, douce, humble, elle élève dignement son fils unique. Elle fait mieux : elle nous *roule.* Elle demeure, avec un tact exquis et une roublardise jamais en défaut, « celle qui a été si malheureuse ». Grasse et ronde, elle a gardé son regard de chat maigre, et la cuisinière l'appelle « pauvre créature ».

Elle dort sur un coussin douillet, mais dans la pose frileuse des couche-dehors. Elle s'efface pour nous laisser passer ; aussi reculons-nous, le cœur fendu de pitié, en la suppliant de ne se déranger point ! Il arrive qu'on lui marche un peu sur la patte, sur le bout de la queue, – elle pousse un cri rauque, bref, et ronronne stoïquement, avec des yeux de martyre, pendant que nous nous lamentons :

« Pauvre bête ! il lui fallait encore ça, *à elle qui a été si malheureuse !* »

Un bouchon, pendu au bout d'une ficelle, se balance au gré du vent, sous la basse branche d'un tilleul. La Prrou le guette et, parfois, se précipite, folle et joyeuse ; mais qu'elle nous aperçoive, et sa figure triangulaire se masque aussitôt de renoncement et d'amertume : « Que fais-je ? À quels égarements frivoles allais-je céder, moi *qui ai été si malheureuse !* Ces jeux ne sont point de ma condition, – hélas, j'allais l'oublier… »

Son fils noir, mal peigné et diabolique, elle le couve passionnément, le caresse du geste et du seul mot qu'elle sache : « Prrou, prrou… » mais à notre vue elle s'élance, le terrorise d'une douzaine de taloches sévères, la patte sèche et le sourcil intransigeant : « Voilà comment on élève les enfants trouvés, chez nous ! »

Admirez, comme je fais, la roublarde Prrou. Regardez combien sa robe, ajustée et rase, imite les couleurs de la limace grise, la rayure du papillon crépusculaire. Un triple collier de jais barre son jabot, sobre parure de dame patronnesse. Noirs aussi, les bracelets aux pattes fines et le double rang de taches régulières qui semblent boutonner sur le ventre la robe stricte. La Prrou est mieux que vêtue, elle est déguisée.

Le maintien est si modeste, la toison si sobrement nuancée, que vous n'avez peut-être pas remarqué la dureté cruelle du crâne large, la patte redoutable et nerveuse où s'enchâssent des griffes courbes, soignées, prêtes à combattre, la poitrine épanouie, les reins mouvants, – enfin toute la beauté dissimulée de cette bête solide, faite pour l'amour et le carnage…

Poucette

« Ça ?... C'est un vase cassé. Ma foi, oui, c'est un vase cassé. Qui l'a cassé ? Vous me demandez qui l'a cassé ? Je n'en sais rien.

« Mais non, je n'en sais rien ! Quand vous me regarderez avec un air fin !... Suis-je le chat, pour vagabonder parmi les potiches ? Ai-je l'habitude de casser des vases ? Ai-je l'habitude de sauter sur les tables ? Vous savez bien que je n'ai aucune habitude – hors celle de mentir.

« Vous pouvez lever un doigt, et hocher la tête, et dire : « Poucette, Poucette ! est-ce qu'il faut que je prenne la cravache ? » Franchement, ce n'est pas à moi de vous donner un conseil. Prenez la cravache, à tout hasard, et fouettez l'air, pour commencer... mais n'espérez pas que mon visage me trahisse, mon expressif et compliqué visage de chienne menteuse !

« J'offre à vos perquisitions, candide et plissé, le plus honnête museau de bouledogue. De la nuque à bourrelet jusqu'à mes fanons de petite vache, il n'y a pas une fronce, pas un caniveau, pas une gaufrure de ma peau qui n'inspire confiance. Et les yeux exorbités, jaunes comme l'or, francs comme lui ! Et la bonne lèvre pendante, laquée et noire ! Et les fières oreilles qui disent la droiture, la vigilance, la domestique honnêteté ! À l'abri d'un si beau masque, je mens.

« Je mens le jour et la nuit, quand je respire et quand je mange, quand je ris et quand je me fâche. Je mens depuis que mes yeux sont ouverts, depuis que mes courtes pattes peuvent courir sous mon ventre en tonnelet.

« Toutes les bêtes vous mentent, ô Deux-Pattes pesants ! Croyez-vous que la lévrière blanche, quand elle passe comme un jet de flamme au-dessus de la canne levée, donne toute la force de ses cuisses puissantes ? Vous jetez la balle au chat, qui calcule mal son élan, exprès, et la laisse rouler sous le fauteuil. Et moi, je gémis contre la porte fermée, comme si je ne pouvais, d'un saut, atteindre et baisser le loquet...

« Toutes les bêtes vous mentent, par prudence, par sagesse, par crainte quelquefois. Mais moi, j'y mets plus de plaisir, plus d'intelligence et de perfection que mes pareils. On ne reconnaît plus, depuis que j'y habite, votre tranquille maison. Une inquiétude charmante l'anime, elle vit, elle murmure du grenier à la cave. Grâce à moi la journée s'écoule comme un long jeu : un vaudeville joyeux s'ébauche à la cuisine, se mue, dans la salle à manger, en pantomime sacrée, se corse d'un peu de drame au jardin, et se mouille de larmes, le soir, au coin du feu. Des cris variés, agréables comme des chants, s'envolent par les fenêtres, tourbillonnent dans la spirale de l'escalier comme des fleurs éclatantes.

« — Où est le petit balai du foyer ? Il était là à l'instant ! — Le voici, mais sans crins, et tout rongé. Qui l'a rongé ? — C'est le chien de berger. — Non, c'est la sournoise Lola. — Non, c'est Poucette ! — Poucette ! Poucette ! Où est Poucette ? — Le tapis… oh ! le tapis est mouillé ! Qui a sali le tapis ? encore le chat ? — Non, le chat est en haut… C'est Poucette ! — Pourtant, je viens de la voir dans la cuisine… — Et le vase chinois ? Comment ? on a cassé le vase chinois ? — Que me parlez-vous de vase chinois ? le poulet froid vient de disparaître !… Mais où est Poucette ? Poucette ? Poucette ? »

« Ô divin vacarme de cris, d'aboiements, de miaulements offensés, de talons légers qui galopent d'un étage à l'autre ! Au plus fort de la fête, je parais, lente, les sourcils hauts, lourde d'un innocent sommeil, et caparaçonnée encore d'un bout de couverture traînante. Imprudente, étonnée, je flaire la tache ronde du tapis, les débris du vase chinois ; et quelles suspicions tiendraient contre ma danse soudaine, mon allégresse de chienne-enfant qui foule les décombres sans les voir ?

« Parfois, dans le doute où je vous jette, vous inclinez à me punir, et vous partez sans moi pour la promenade… Partez, partez !… Je vous regarde partir. Je ne me lamente point. Mon regard, qui vous suit, est celui d'un martyr, mais d'un martyr modeste, et non d'un ostentatoire crucifié… Tout au plus, au retour, me trouvez-vous dolente, désenchantée, et sans appétit… Ne faites pas attention à moi, je vous en conjure ! Si j'ai refusé ma pâtée, ce soir, c'est pure coïncidence…

« Le lendemain, à l'heure de sortir, vous m'appelez comme si j'habitais à trois lieues de là : on n'entend que vous ! – « Poucette ! Poucette ! Promener ! Pro-me-ner ! » Promener ? vraiment ? vous y tenez tant que ça ? Allons, j'y consens. Mais pas trop loin. Jusqu'au coin de l'avenue, tenez, jusqu'au coin où… « Poucette ! Eh bien ! traverse, voyons ! qu'est-ce que tu attends ? »

« Ce que j'attends ? j'attends la mort. Aplatie sur le trottoir, ni plus ni moins qu'une grenouille sur laquelle a passé la roue d'un tombereau, je gis, grelottante, à vos pieds. Un seul mouvement de votre bras m'arrache des cris étranglés. Si vous me tirez par mon collier, c'est une loque que vous traînez, une dépouille que la vie a quittée presque, la peau d'une chienne bull évanouie d'épouvante !

« — Poucette ! Mais qu'est-ce qu'elle a, cette bête ? Qu'est-ce qu'elle a ?...

« Et la voix d'une foule indignée – le cocher en maraude, le mitron flâneur, le plombier vêtu de bleu, l'écolier en capuchon pointu, la vieille dame aux gants de fils reprisés et la petite-femme-qui-aime-bien-les-bêtes, arrêtés, penchés sur moi – vous répond, sévère :

« — Ce qu'elle a ? Ce n'est pas malin à deviner, ce qu'elle a... Pauvre bête ! Si ce n'est pas malheureux d'avoir des chiens pour les tuer de coups ! En voilà une qui a la vie dure ! Il y a des gens qui n'ont pas de cœur !...

« Je suis vilaine, hein ? Vous m'en voulez ? Allons ! ne faites pas des yeux tristes, ne hochez pas la tête : « Poucette, Poucette... » Acceptez-moi telle que je suis, toute bouillonnante de ténébreuse malice, et menteuse, menteuse !...

« Aimez-moi telle que je suis – je vous aime tels que vous êtes, vous... Non ? vous ne me croyez pas ? et ma chaude caresse vous paraît, elle aussi, suspecte ?... Mais si je vous accueille, quand vous rentrerez, ce soir, par des aboiements hargneux, et si je boude longuement, si je vous donne, enfin, toutes les marques de la plus théâtrale aversion – croirez-vous au moins qu'elle vous aime, la chienne menteuse ?...

« La Shâh »

Ce chat-là ? Mais bien entendu que c'est un mâle ! Ce n'est pas le premier que je vends, n'est-ce pas ? Vous avez vu cette tête ronde ? et ces oreilles écartées ? et ce petit mufle de lion, déjà ! Vous avez vu ces grosses pattes fortes ?…

Nous avons vu. Nous avons vu tout – sauf ce qu'il fallait voir. Si bien qu'au bout de quinze jours, le petit chat de Perse, le Seigneur-Chat, le « Shâh » enfin, s'était métamorphosé en chatte bleue délicate, pareille en couleur à la fumée des cigarettes et à la fleur argentée du chardon des sables.

— Une chatte ! Qu'est-ce que nous allons en faire ?

— Que comptiez-vous donc faire d'un chat ?

— Je ne sais pas… Rien… Nous voulions lui mettre un collier vert… et le gâter beaucoup… Et puis, il s'appelait « le Shâh… »

— Rien n'est perdu. Vous l'appellerez « la Shâh », vous lui mettrez un collier vert, et vous lui donnerez du lait sucré jusqu'à ce qu'elle s'en aille toute raide, gonflée comme une outre pleine, tomber endormie sur un coussin de soie jaune.

On se résigne à tout. « Le Shâh » est devenu « la Shâh ». Nous l'appelons tendrement : « Ma Shâh, ma petite Shâh » ; nous constatons à grands cris qu'« elle est si belle, cette Shâh ! », et les gens raisonnables – j'entends ceux qui ne possèdent ni chiens bulls, ni colleys, ni Shâh persane – nous considèrent avec une pitié méprisante.

C'est une Shâh persane, en vérité, et il est facile de voir qu'elle n'est pas d'ici. Elle grossit très vite, en largeur plus qu'en hauteur, courte sur pattes, agile et molle, avec un panache de queue aussi long qu'elle, des oreilles basses, un nez bref velouté.

Elle joue un peu féroce, s'exaspère vite et semble savourer sa colère comme un plaisir, les yeux clos, les dents serrées, les pattes refermées violemment sur sa proie. Elle vise volontiers le visage et nous regarde aux prunelles sans faiblir, avec de doux yeux menaçants, verts comme la feuille cendrée du jeune saule…

Elle foule gaiement, comme on brasse la pâte à pain, la profonde toison de la grande chienne colley ; elle sympathise avec des danois, des bouledogues, même avec des enfants bruyants. Mais certains sons musicaux, certains bruits sournois, à peine perceptibles, l'affolent, et tout son pelage s'effare, se moire d'épis nerveux… Elle bâille longuement, si l'on ouvre et ferme devant elle une paire de ciseaux. Elle est toute pénétrée de superstitions orientales : deux doigts, tendus en cornes, suffisent à la mettre en déroute – mais j'ai pendu à son collier, pour la rassurer, une petite fourche en corail rose…

Une Shâh très maniérée, en somme. Une princesse de harem, qui ne rêve pas d'évasion. Une Shâh très femelle, coquette, pudibonde, occupée de sa beauté qui croît chaque jour. Fut-il jamais une plus magnifique Shâh ? Ardoisée le matin, elle devient pervenche à midi, et s'irise de mauve, de gris perle, d'argent et d'acier, comme un pigeon au soleil… Le soir, elle se fait ombre, fumée, nuage ; elle flotte impalpable et se jette, comme une écharpe transparente, au dossier d'un fauteuil. Elle glisse le long du mur comme le reflet d'un poisson nacré…

C'est l'heure où nous l'espérons fée, lutin d'Orient, gennia ou efrit… Nous lui dédions des supplications enfantines et tout empoisonnées de littérature : nous allons jusqu'à la nommer Shéhérazade ! Mais les temps ne sont point accomplis, et la Shâh merveilleuse ne rejette pas encore sa robe électrique et soyeuse, ses moustaches en brins d'aigrette, sa queue d'écureuil bleu, ni ses griffes de jade poli.

— Faites bien attention ! n'ouvrez pas son panier dans le train !

— Si, si ! ouvrez le panier dès que le train sera en marche. Autrement, la Shâh aura une crise d'épilepsie !

— Donnez-lui du lait dans le wagon !

— Non, non ! ne lui donnez pas de lait en route ! Elle aura le mal de mer !

— Et ne la lâchez, là-bas, qu'au bout de deux jours ! Sans quoi, elle filera à travers champs, et vous ne la reverrez plus.

— Quelle plaisanterie ! N'en croyez rien, et lâchez-la dès votre arrivée à la campagne : un chat – à plus forte raison une Shâh – reconnaît toujours sa maison...

Lourds de responsabilités, accablés sous les recommandations contradictoires, nous emmenons le démon familier et tyrannique, le joyau fragile, la précieuse Shâh, vers la mer grise et verte, vers le printemps de Bretagne, si pressé de fleurir qu'il devance parfois le printemps du Midi.

Mars commence à peine et déjà le chèvrefeuille accroché aux rochers, suspendu au-dessus de la vague blanchissante, ouvre ses feuilles brunes et vertes, comme autant de rondes oreilles guetteuses... Il y a des primevères pâles, comme dédorées, et des fragons piquants à fruits rouges ; il y a des violettes et du gazon d'Espagne, sec et rose, qui sent la fleur d'abricotier... Il y a...

Mais il y a aussi, sur le toit de notre maison, une équipe de couvreurs, et dans la chambre à coucher, des parqueteurs à demi nus ; et dans le cabinet de toilette, deux plâtriers goguenards font un *puzzle* avec des carreaux de faïence blanche et bleue. Il y a aussi, dans la cour, de diaboliques jeunes garçons qui remuent un lait épais de chaux vive, une crème pralinée en ciment, qui activent la flamme d'une forge…

— Mon Dieu ! et la Shâh ! La Shâh avec tous ces gens ! Elle ne va plus manger, ni boire, ni dormir… Elle va mourir de peur, elle est si délicate ! Et d'ailleurs, où est-elle ? Où est la Shâh ? Où est la Shâh ?

La Shâh est perdue – naturellement ! Lamentons-nous, avant toute chose. Puis courons, volons, précipitons-nous. Interrogeons le puits, le bois profond, le grenier ténébreux, la cave moisie, l'écurie, le garage, les rochers du Grand-Nez, ceux du Petit-Nez ! Promettons des récompenses aux mitrons plâtreux qui gâchent le mortier ! Accusons le chien de garde, et lançons la bull sans flair sur une piste imaginaire ! Écoutons le vent, qui sèche nos larmes muettes ! Exhalons notre tourment en reproches amers :

— Je vous l'avais bien dit ! il ne fallait pas laisser sortir si tôt la Shâh !

— Pourquoi crier ? La Shâh est perdue. D'ailleurs, en venant ici, j'avais un pressentiment… Elle n'aurait pas dû quitter Paris, cette Shâh d'une essence supérieure, cette Shâh que tout blesse, une lumière trop vive, un coup de vent, un éclat de voix… cette

Shâh qui mangeait dans un bol de Chine et qui buvait dans un verre de Venise…

— Assez ! rentrons, et laissez-moi pleurer tranquillement ma Shâh, ma belle Shâh !

Revenons, en effet, vers la maison. Et taisons-nous soudain, au tournant de l'allée, taisons-nous, pour regarder « de tous nos yeux » !

Au milieu d'un cercle d'ouvriers qui déjeunent, assis par terre, – parmi les godillots empâtés de boue, les « grimpants » raidis de plâtre, les cottes bleues, les bourgerons déteints, – entre les litres de cidre et de vinasse, les papiers gras et les couteaux à manche de buis, – très à l'aise, souriante, la queue en cierge et les moustaches en croissant, dans un vacarme de jurements et de gros rires, – la Shâh, la divine Shâh, lestée de croûtes de fromage, de lard rance et de peaux de cervelas, ronronne, vire après son panache et joue à épater les maçons.

Le matou

« J'avais un nom, un nom bref et fourré, un nom d'angora précieux, je l'ai laissé sur les toits, au creux glougloutant des gouttières, sur la mousse écorchée des vieux murs : je suis le matou.

« Qu'ai-je à faire d'un autre nom ? Celui-là suffit à mon orgueil. Ceux pour qui je fus autrefois « Sidi », le seigneur Chat, ne m'appellent pas : ils savent que je n'obéis à personne. Ils parlent de moi et disent : « le matou ». Je viens quand je veux, et les maîtres de ce logis ne sont pas les miens.

« Je suis si beau que je ne souris presque jamais. L'argent, le mauve un peu gris des glycines pâlies au soleil, le violet orageux de l'ardoise neuve jouent dans ma toison persane. Un crâne large et bas, des joues de lion, et quels sourcils pesants au-dessus de quels yeux roux, mornes et magnifiques !... Un seul détail frivole dans toute cette sévère beauté : mon nez délicat, mon nez trop court d'angora, humide et bleu comme une petite prune…

« Je ne souris presque jamais, même quand je joue. Je condescends à briser, d'une patte royale, quelque bibelot que j'ai l'air de châtier, et si j'étends cette lourde patte sur mon fils, infant irrévérencieux, il semble que ce soit pour le rejeter au néant… Attendiez-vous de moi que je minaude sur les tapis, comme la Shâh, ma petite sultane que je délaisse ?

« Je suis le matou. Je mène la vie inquiète de ceux que l'amour créa pour son dur service. Je suis solitaire et condamné à conquérir sans cesse, et sanguinaire par nécessité. Je me bats comme je mange, avec un appétit méthodique, et tel qu'un athlète entraîné, qui vainc sans hâte et sans fureur.

« C'est le matin que je rentre chez vous. Je tombe avec l'aube, et bleu comme elle, du haut de ces arbres nus, où tout à l'heure je ressemblais à un nid dans le brouillard. Ou bien je glisse sur le toit incliné, jusqu'au balcon de bois ; je me pose au bord de votre fenêtre entr'ouverte, comme un bouquet d'hiver ; respirez sur moi toute la nuit de décembre et son parfum de cimetière frais ! Tout à l'heure quand je dormirai, ma chaleur et la fièvre exhaleront l'odeur des buis amers, du sang séché, le musc fauve…

« Car je saigne, sous la charpie soyeuse de ma toison. Il y a une plaie cuisante à ma gorge, et je ne lèche même pas la peau fendue de ma patte. Je ne veux que dormir, dormir, dormir, serrer mes paupières sur mes beaux yeux d'oiseau nocturne, dormir n'importe où, tombé sur le flanc comme un chemineau, dormir inerte, grumeleux de terre, hérissé de brindilles et de feuilles sèches, comme un faune repu…

« Je dors, je dors… Une secousse électrique me dresse parfois, – je gronde sourdement comme un tonnerre lointain, – puis je retombe… Même à l'heure où je m'éveille tout à fait, vers la fin du jour, je semble absent et traversé de rêves ; j'ai l'œil vers la fenêtre, l'oreille vers la porte…

« Hâtivement lavé, raidi de courbatures, je franchis le seuil, tous les soirs à la même heure, et je m'éloigne, tête basse, moins en élu qu'en banni… Je m'éloigne, balancé comme une pesante chenille, entre les flaques frissonnantes, en couchant mes oreilles sous le vent. Je m'en vais, insensible à la neige. Je m'arrête un instant, non que j'hésite, mais j'écoute les rumeurs secrètes de mon empire, je consulte l'air obscur, j'y lance, solennels, espacés, lamentables, les miaulements du matou qui erre et qui défie. Puis, comme si le son de ma voix m'eût soudain rendu frénétique, je bondis… On m'aperçoit un instant sur le faîte d'un mur, on me devine là-haut, rebroussé, indistinct et flottant comme un lambeau de nuée – et puis on ne me voit plus…

« C'est la sauvage saison de l'amour qui nous sèvre de toute autre joie et multiplie diaboliquement dans les jardins nos femelles maigries. Ce n'est pas celle-ci que je convoite, blanche et mince, plutôt que celle-là, flambée d'orange et de brun comme une tulipe, plutôt que cette autre, noire et brillante comme une anguille mouillée… Hélas ! c'est celle-ci, et celle-là, et cette autre… Si je ne les terrasse, mes rivaux les prendront. Je les veux toutes, sans les préférer ni les reconnaître. Le sanglot de celle qui subit ma cruelle étreinte, je ne l'entends déjà plus… J'écoute, par-delà les toits, à travers le vent, la voix de la chatte qui m'appelle et que je ne connais pas.

« Qu'elle est belle, la bien-aimée lointaine, invisible et gémissante ! Entourez-la de murs, dérobez-la-moi longtemps, que son parfum et sa voix seuls me possèdent !… Hélas ! il n'y a point pour moi d'amoureuse inaccessible, et celle-ci encore sautera les murailles pour me rejoindre. Peut-être que mes dents retrouveront, dans sa nuque touffue, les marques qu'elles y laissèrent l'an passé…

« Les nuits d'amour sont longues… Je demeure à mon poste, dispos, ponctuel et morose. Ma petite épouse délaissée dort dans sa maison. Elle est douce et bleue, et me ressemble trop. Écoute-t-elle, du fond de son lit parfumé, les cris qui montent vers moi ? Entend-elle, rugi au plus fort d'un combat par un mâle blessé, mon nom de bête, mon nom ignoré des hommes ?

« Oui, cette nuit d'amour se fait longue. Je me sens triste et plus seul qu'un dieu… Un souhait innocent de lumière, de chaleur, de repos, traverse ma veille laborieuse… Qu'elle est lente à pâlir, l'aube qui rassure les oiseaux et disperse le sabbat des chattes en délire ! Il y a beaucoup d'années déjà que je règne, que j'aime et que je tue… Il y a très longtemps que je suis beau… Je rêve, en boule, sur le mur glacé de rosée… J'ai peur de paraître vieux.

La petite chienne à vendre

Chez moi. Le marchand de chiens entre, tenant à la main une boîte noire, percée d'un étroit judas grillé. Il est gros, moustachu ; il sent le vin, le chenil et le phénol.

LE MARCHAND DE CHIENS. — Bonjour, madame, et la santé ? J'apporte la petite bête que je vous ai parlé dernièrement. Une vraie miniature, vous allez m'en dire des nouvelles !... J'ai bien cru que je ne l'aurais pas, vous savez ! Nous étions à trois dessus. Mais l'éleveur est un cousin de ma femme, et j'en ai fait pour ainsi dire une affaire de famille. Tel que vous me voyez, j'ai voyagé toute la nuit depuis Bruxelles avec ce petit bétail-là. Et quel vilain temps !...

LA PETITE CHIENNE, *dans la boîte, pendant que le marchand parle.* — Ouvrez-moi ! oh ! ouvrez-moi !... je n'en puis plus... ouvrez-moi !... Depuis des heures et des heures mortelles, je suis dans cette boîte, et il me semble que je suis tout près de mourir… Ouvrez-moi ! le fracas des roues roule encore dans ma tête, les secousses du voyage sans fin m'ont jetée contre les murs de ma cage ; j'ai mal à mes oreilles, à mon museau fiévreux, à mes pattes grelottantes… Si vous vouliez m'ouvrir !…

LE MARCHAND. — C'est une chienne, comme je vous l'avais dit. Treize mois, la maladie faite, les oreilles coupées, propre à l'appartement… Voilà l'objet. (*Il rabat un des côtés de la boîte et appelle :*) Kiss ! Kiss ! venez vite voir la dame, venez vite !

LA PETITE CHIENNE, *blottie au fond de la boîte, épouvantée.* — J'ai peur, j'ai peur ! C'est encore l'homme…

LE MARCHAND. — Elle est un peu déconcertée, mais ça va se passer… Kiss ! Kiss !…

LA PETITE CHIENNE. — C'est l'homme de cette nuit ! Dieu ! ces mains !…

LE MARCHAND, *saisissant la petite chienne.* — Prenez-la en main. Est-ce qu'elle les pèse, ses neuf cents grammes ?

LA PETITE CHIENNE. — La lumière m'aveugle. Où suis-je ?

LE MARCHAND. — Et nette ! et gentille ! et gaie surtout ! un vrai petit singe pour la gaieté ! Vous allez voir : Kiss ! Kiss ! (*Il fait des agaceries à la petite chienne, la pince un peu, la secoue par l'oreille.*)

La petite chienne, *palpitante.* — Encore !... Qu'ai-je commis ? Je n'ai pas mordu, je n'ai pas crié : pourquoi me tourmente-t-il ? Je me fais plus petite, et j'essaie, de mes yeux suppliants, d'attendrir l'homme...

Le marchand. — ... Que non, qu'elle n'a pas peur de moi, allez ! C'est une vraie petite commère. Elle sait faire la belle et donner la patte : vous allez voir, je vais la mettre sur la table...

La petite chienne. — Pitié, pitié ! que vais-je subir encore ? Il y a là une personne inconnue, dont la voix est plus douce que celle de l'homme... Est-ce pour elle que je suis ici ? ou bien dois-je repartir dans la boîte noire, secouée au bras de l'homme affreux ?... Je vais implorer l'inconnue, en tremblant, presque sans espoir...

« Toi qui es là, et que je ne connais pas, toi qui as passé sur ma tête chaude une main légère, tu vois, je suis là, toute petite, au milieu d'une table. Il n'y a rien de plus faible et de plus misérable que moi. Je n'ai pas de maître, je n'ai que des tourmenteurs. Je n'ai pas de maison, je n'ai que cette prison noire, après la case puante, mais parée de rubans bleus, dans la vitrine contre laquelle les passants riaient de moi... Mon seul ami fut pendant quelques jours un chaton angora, malade et frileux, qui a fini par mourir. J'ai faim. Je ne me souviens pas d'avoir mangé aujourd'hui. Mais ils m'ont donné une pilule, parce que mon ventre me faisait mal et que je souillais mon coussin sans pouvoir m'en empêcher. J'ai soif aussi : ils ont oublié de me donner à boire. Mais surtout j'ai froid, et je frissonne sans remède, tant il me semble que jamais plus je ne dormirai enfermée dans la chaleur de deux bras aimants… Je n'ai pas même de nom… Là-bas, d'où je viens, on me disait : « Mirette… », mais l'homme, ici, appelle : « Kiss ! Kiss !… » Je suis ce qu'il y a de plus abandonné, de plus triste au monde : une bête à vendre… Ma gorge se serre. Trouveras-tu ma robe assez belle, couleur de froment mûr, et mon masque de velours noir ?… Ne fais pas attention à mes oreilles, qu'un méchant a taillées. Oublie-les. Ou bien crois que ce sont de petites cornes, une coiffure bizarre qui fait rire. Le méchant m'a coupé aussi la queue, et depuis ce temps-là je ne m'assois plus de la même façon. Mais ces tortures-là sont anciennes et guéries : oublie-les…

« Regarde mes yeux. Ne regarde que mes yeux ! Ils sont si grands, tantôt bruns et dorés comme la noisette, tantôt noirs comme l'eau dans l'ombre. Regarde-les ! Puisses-tu comprendre ce qu'ils promettent ! Si tu m'aimais un jour, ils te verseraient la chaleur fidèle d'un cœur qui bat d'anxiété… Si tu voulais, je resterais là, dans cette chambre où le feu brille. Je me cacherais sous un meuble, et on laisserait mourir en repos la petite chienne à vendre... Comment te séduire ? Tu ne me trouves pas assez belle ?... Une dernière fois, je lève sur toi mes yeux humides, et je te tends, comme on m'a appris, une petite patte mendiante...

LE MARCHAND, *achevant un panégyrique.* — ... C'est vous dire qu'à ce prix-là elle n'est pas chère. C'est le prix que Mme Verdal m'a payé la sienne, qui pèse une bonne demi-livre de plus. Savez-vous ce que je l'ai payée, moi ? le savez-vous ?... Non, je ne vous le dirai pas, parce que vous auriez le droit de me traiter de vieille bête ! On aime les chiens, ou on ne les aime pas, et moi, c'est ma passion. Je les garderais tous, si j'avais les moyens, mais je n'ai pas les moyens. Vous connaissez les chiens, vous savez aussi bien que moi ce qu'elle vaut, cette brabançonne-là. Vous le savez même mieux que moi... Combien que vous dites ?... Oh ! très bien. Très bien, très bien. Je vois que madame est de bonne humeur ce matin, mais j'ai autre chose à faire que de prendre du bon temps ! Ah ! si j'avais su... Je ne me serais pas dérangé si loin de mon quartier pour m'entendre traiter comme un petit commis. J'avais dans l'idée, en venant, de me laisser rabattre cinquante francs, mais il y a des bornes... Allons, Kiss, revenez vite dans sa petite maison avec son père ! (*Il prend la petite chienne.*)

LA PETITE CHIENNE, *raidie, les yeux fermés.* — Ah ! je suis perdue !...

La petite chienne, *revenant à elle.* — Où est-il ? où est-il ? où va-t-on m'emporter ? Ne me touchez pas ! ne me touchez pas ! Je puis encore mordre avant de succomber… Où est-il ? Je n'entends plus sa voix terrifiante. Voici la chambre où il m'amena tout à l'heure. Qui me tient ? Deux bras précautionneux me bercent, et une douce main palpe ma fièvre… Je n'ose pas regarder… Une cuiller tinte contre une tasse… À boire ! à boire !… Ah ! ce lait tiède !… Encore, encore !… Qui remplit une seconde fois cette soucoupe ? C'est donc toi, toi que j'ai suppliée tout à l'heure ? As-tu donc deviné ce que disent les yeux d'une bête à vendre ? Les tiens sont tristes, et comme tu secoues la tête ! Permets que je caresse ta main qui m'a soignée… Chut ! n'est-ce pas lui qui revient ? S'il allait revenir et me prendre ?… Non, cela n'est pas possible… Laisse que je consulte tes yeux ?… Tu ne ris pas, tu ne pousses pas de petits cris autour de moi, avec des battements de mains et des baisers maladroits, comme celles qui se sont amusées de moi un instant, pour me rendre après à l'homme… Tu es triste, et tu me serres contre toi, c'est pour me défendre ?… Garde-moi ! je me donne. Nous sommes seules. Veille sur ma confiance, sur mon sommeil qui en est le gage. Ne me quitte pas ! Car je suis faible et malade, et je ne pourrais dormir aujourd'hui hors de ton sein, où j'ai retrouvé un peu de la chaleur maternelle…

La chienne trop petite

La chienne, *avec éclat.* — Oui, c'est moi qui ai fait pipi sur le tapis ! Et après ?…

« C'est moi, et point une autre. Ce n'est pas la bull, ce n'est pas la colley jaune, ni la shipperke aux yeux sournois, ni la terrière farceuse, – c'est moi. Qu'est-ce que vous y pouvez ? Vous êtes là, tous, à dire : « Oh ! » autour de moi, et à joindre les mains d'indignation. Et puis ?…

« J'ai fait pipi sur le tapis ! Je l'ai même fait exprès, par désœuvrement, par bravade. Il n'y a pas une heure que je me promenais dans la rue, occupant tout le trottoir de mes jeux arrogants, et consternant, par mon effrayante petitesse, trois danois gris à colliers turquoise, veules au bout de leurs chaînes.

« Vous m'avez vue, tous ! J'ai mordu le concierge, j'ai traversé la rue malgré vos cris, poursuivi un chat énorme, déchiqueté un vieux journal délicieux qui sentait le lard rance et le poisson, et pieusement rapporté à la maison un petit os verdâtre, odorant, rare… Où l'ai-je mis ? Je ne sais plus. Me voici. Je viens de faire pipi sur le tapis !

« Vous ne me trouverez pas l'ombre d'une excuse ! Non, je n'ai pas mal au ventre. Non, je n'ai pas lapé trop d'eau dans la tasse bleue. Non, je n'ai pas froid, ni chaud, ni la fièvre, et mon nez est plus frais qu'un grain de raisin sous la rosée d'octobre…

« Qu'allez-vous m'infliger ? J'attends !

« Fourrez-moi le nez dedans, si vous pouvez. Je n'ai pas de nez… Ou battez-moi, si vous osez. Il n'y a pas de place pour la moitié d'une claque sur tout mon corps.

« Je suis trop petite, voilà, je suis trop petite. Je suis plus petite que tous les chiens, plus petite que le chat, que le perroquet dans la cage, que la tortue bombée qui raye en grinçant la mosaïque de la terrasse. N'espérez pas que je grossirai ! Deux étés ont passé déjà sur ma tête sans ajouter une once à mon poids risible. Je suis légère dans la main comme un oiseau, mais dure et toute cordée de muscles. Une outrecuidance d'insecte est en moi. J'ai la bravoure d'une fourmi batailleuse, sur qui le danger passe énorme et négligeable. Je ne le vois pas, je suis trop petite. Myope, je brave un petit morceau de tous les risques, j'aboie autour d'une patte de gros chien, je me fâche contre un fragment de jambe. Une roue de voiture m'a frôlée, mais je n'ai pas vu la voiture – je suis trop petite.

« Que vous êtes grands autour de moi, penchés comme des arbres, et lourds, et lentement agités d'un scandale à demi feint ! Déjà, la mare minuscule sèche sur le tapis, et vous n'avez pas encore pris un parti ? Ce n'est plus ma faute que vous voyez, mais moi seule. Une responsabilité écrasante pèse sur vous tous, – celle de protéger, de prolonger, d'embellir ma scintillante, ma précieuse petite vie d'elfe.

« Comme vous craignez de me perdre ! Une superstition amoureuse vous incline vers moi. Ah ! ah ! quand je suis entrée ici, vous ne saviez pas qui j'étais ? Une chienne à reflet, de poil de taupe, et minuscule, voilà tout ce que vous aviez vu d'abord ?

« Le temps de guérir mon abattement d'arrivée, le temps de dépouiller cette enveloppe anonyme de tristesse, de défiance, de fièvre nerveuse, que toute bête à vendre porte comme une lugubre chemise – et je me suis révélée à vous !

« Avouez-le : vous avez pu croire, les premières semaines, que le démon était entré chez vous ? Point de repos, point de repos pour personne ! Une humeur fureteuse et grognon de marcassin me menait de chambre en chambre, le moindre frôlement contre la porte m'arrachait des cris râpeux de chauve-souris… Tentiez-vous de me laisser seule ? vous me retrouviez à demi étouffée de rage, – mais deux d'entre vous portent les cicatrices dont je récompensai leur zèle à me secourir avec sollicitude…

« Point de repos !… C'est le temps où je m'évadais, comme par magie, chaque fois que s'ouvrait la porte de la rue. Je me glissais, d'une course aplatie de rat, dans l'entrebâillement, ou je rampais, grise, dans l'ombre d'une jambe, sous l'ourlet d'une jupe.

« M'avez-vous cherchée ! Je vous ai vus haletants, oubliant de dîner, et criant les yeux pleins de larmes : « Mirette ! » Vous m'avez repêchée dans un ruisseau plein, dénichée sous l'établi du menuisier d'en face, et chez le tapissier, et dans la maison du terre-neuve, et dans le giron de la crémière qui m'abreuvait de lait chaud.

« Point de repos !… Je me suis noyée, presque, dans un tub, j'ai brûlé mon nez à la bouilloire ; un morceau d'éponge, avalé en secret, m'a mise à deux doigts de ma fin… Souvenez-vous, en soupirant de fatigue, de ces jours empoisonnés !

« Ce n'était point assez : je voulus vos nuits sans sommeil. Vers deux heures du matin, je m'éveillais – vous vous rappelez ? – pour exiger ma balle en caoutchouc, la patte de lapin, le vieux gant de peau déchiré… Jamais douce, jamais câline, je jouais comme on se bat, à en mourir, et mon sommeil fourbu n'assurait pas votre quiétude, car je tombais de rêve en cauchemar, de cauchemar en convulsions nerveuses…

« Vous n'avez pas oublié ce temps d'épreuve, ni la veilleuse allumée sous le lait parfumé de fleur d'orange, ni la potion au bromure que je recrachais en râlant, ni le sirop Rami que j'acceptais dans une cuillère, mais que je refusais dans une soucoupe ?

« Toute autre que moi vous eût lassés. Vous me berciez avec angoisse dans vos bras : « Mon Dieu ! elle est si petite ! »

« Si petite ?... j'emplissais déjà votre univers...

« Ô vous, mes maîtres souples et bien dressés, je vous rends ici justice, devant ce pipi qui sèche sur le tapis : vous avez longuement mérité votre récompense ! Je vous l'ai donnée, et telle qu'elle combla, en une heure, des semaines de patience. Souvenez-vous, quand je ne serai plus avec vous, du jour où mon regard, appuyé sur l'un de vous, ne fut plus celui d'une chienne trop petite, enragée d'un orgueil de naine et d'une allégresse de farfadet, mais celui d'une amie qui se donne ! Je me souviens, moi, de ma soudaine gravité, et de cette suavité accablante qui me couchait toute sur une de vos mains tendues !... C'en était fait : je vous aimais. Je savourais l'irrémédiable mélancolie de chérir qui vous aime, et, par avance, l'amertume des séparations nécessaires, la crainte affreuse de perdre ce que l'on a douté de posséder jamais...

« Usez de moi, à présent, comme j'use de vous. Vous ne pouvez me demander trop. Mon cœur, gros comme un cœur de rossignol, bat et se consume d'aimer. J'ai gardé, pour vous plaire, ma gaieté d'insecte puissant et le goût d'une tyrannie bénévole. Je fais parfois pipi sur le tapis, par désœuvrement. Je cours encore sur le bord des tables, pour vous entendre crier : « Ah ! » tandis que vous tendez tous les mains vers moi ; – je feins de m'élancer dans la pièce d'eau, pour vous voir pâlir un peu ; – mais c'est pour vous reconquérir, après, d'un regard où rayonne mon âme de lutin tendre, léger comme une flamme, trop petit pour tomber, trop petit pour mourir… »

« Lola »

Dans ma loge, tous les soirs, j'entendais, sur les marches de fer qui conduisent au plateau, un tic-tac de grosses béquilles. Pourtant, le programme ne comportait aucun « numéro d'amputé… ». J'ouvrais ma porte, pour voir le petit cheval nain grimper l'escalier, de ses pieds adroits, non ferrés. L'âne blanc le suivait, sabotant sec, et puis le danois bringé, aux grosses pattes molles, et puis le caniche beige, et les fox-terriers.

La Viennoise rondelette, qui régissait le « cirque miniature », veillait, ensuite, à l'ascension du petit ours, toujours récalcitrant et comme désespéré, qui étreignait les montants de l'échelle et gémissait sourdement, en enfant qu'on mène au cachot. Deux singes suivaient, en falbalas de soie et de paillettes, fleurant le poulailler mal tenu. Tous montaient avec des soupirs étouffés, des grognements contenus, des jurons à voix basse ; ils s'en allaient attendre l'heure du travail quotidien.

Je ne voulais plus les voir là-haut, captifs et sages ; le spectacle de leur résignation m'était devenu intolérable. Je savais que le petit cheval, martingalé, essayait en vain d'encenser et détendait sans cesse une jambe de devant, avec un geste ataxique. Je savais qu'un des singes, mélancolique et faible, appuyait enfantinement sa tête à l'épaule de son compagnon, en fermant les yeux ; que le danois stupide regardait devant lui, sombre et fixe ; que le vieux caniche battait de la queue avec une bienveillance sénile ; que l'ours, surtout, le petit ours, prenait sa tête à deux mains en geignant et pleurait tout bas, parce qu'une courroie très fine, bouclée autour de son museau, lui coupait presque la lèvre.

J'aurais voulu oublier ce groupe misérable harnaché de cuir blanc et de grelots, paré de rubans, ces gueules haletantes, ces haleines âpres de bête à jeun, je ne voulais plus voir, ni plaindre, cette douleur animale que je ne pouvais secourir. Je restais en bas, – avec Lola.

Lola ne venait pas me rejoindre tout de suite. Elle attendait que le sourd travail d'ascension se fût tu, que le dernier fox-terrier eût caché, au tournant de l'échelle, son derrière blanc de lapin. Puis elle poussait ma porte entrebâillée, du bout de son museau insinuant.

Elle était si blanche que ma loge sordide s'éclairait. Un long, long corps de lévrier, blanc de neige, – la nuque, les coudes, les cuisses et la queue hérissés d'un argent fin, d'un flottant poil brillant comme du fil de verre. Elle entrait et levait vers moi ses prunelles mêlées de brun et d'orange, dont la rare couleur eût suffi à émouvoir. Sa langue rose et sèche pendait un peu, et elle haletait doucement, de soif…

« Donne-moi à boire… Donne-moi à boire, quoiqu'on l'ait défendu… Mes compagnons ont soif aussi, là-haut, on ne doit pas boire avant le travail… Mais, toi, donne-moi à boire… »

Elle lapait l'eau tiédie, dans la cuvette de zinc que je rinçais pour elle. Elle lapait avec une distinction qui semblait, comme tous ses gestes, affectée, et j'avais honte, devant elle, du bord écaillé de la cuvette, du broc cabossé, du mur gras qu'elle évitait de frôler…

Pendant qu'elle buvait, je regardais ses petites oreilles en forme d'ailes, ses pattes dures comme celles d'un cerf, ses reins sans chair, et ses beaux ongles, blancs comme son poil…

Désaltérée, elle détournait de la cuvette son pudique museau effilé, et me livrait un peu plus longtemps son regard où je ne pouvais rien lire, sinon une vague inquiétude, une sorte de prière farouche… Puis elle montait toute seule vers le plateau, où son rôle se bornait, d'ailleurs, à une figuration honorable, à quelques sauts de barrière qu'elle accomplissait élégamment, avec une puissance dissimulée et paresseuse. La rampe avivait l'or de ses yeux, et elle répondait à chaque claquement de la chambrière par une grimace nerveuse, un menaçant sourire qui découvrait des gencives roses et des dents parfaites.

Pendant presque un mois, elle ne me demanda rien, que l'eau fade et tiède dans la cuvette d'émail. Chaque soir, je lui disais, sans paroles : « Prends. Je voudrais te donner tout ce qui t'est dû. Car tu m'as reconnue, et tu m'as demandé à boire, toi qui ne parles à personne, pas même à la dame viennoise qui noue, d'une main potelée et autoritaire, un collier bleu à ton cou de serpent… »

Le vingt-neuvième jour, j'embrassai, chagrine, la chienne sur son front satiné et plat, et, le trentième jour… je l'achetai.

« Belle, mais pas savante », me confia la dame viennoise. Elle gazouilla pour Lola, en manière d'adieu, des gentillesses austro-hongroises ; la chienne se tenait debout auprès de moi, sérieuse, et regardait droit devant elle, avec un air dur, en louchant un peu. Et puis, je pris la laisse pendante, et je marchai, et les longs fuseaux secs, armés de griffes blanches, mesurèrent leurs pas sur les miens…

Elle me suivit moins qu'elle ne m'accompagna, et je soulevais, pour qu'elle ne lui pesât point, la chaîne de cette princesse prisonnière. Sa rançon, que j'avais payée, suffirait-elle à la faire mienne?

Ce jour-là, Lola ne mangea pas et refusa de boire l'eau fraîche que je lui offris dans un bol blanc acheté tout exprès. Mais elle tourna languissamment son cou onduleux, son museau fiévreux et fin, vers la vieille cuvette écaillée. Elle y but, et releva vers moi son généreux regard, pailleté comme une liqueur étincelante:

« Je ne suis pas une princesse enchaînée, mais une chienne, une vraie chienne, au cœur de chienne. Je suis innocente de toute cette beauté que l'on voit trop, et qui t'a fait envie. Est-ce pour elle seule que tu m'as achetée? Est-ce pour ma robe d'argent, mon ventre en arceau qui avale l'air, ma poitrine en carène, mes os secs et sonores, nus sous ma chair avare et légère? Ma démarche t'enchante, et aussi le bond harmonieux dont je semble franchir à la fois et couronner un portique invisible, et tu me nommes princesse enchaînée, chimère, beau serpent, cheval-fée... et te voilà interdite devant moi!... Je ne suis qu'une chienne au cœur de chienne, orgueilleuse, malade de tendresse, et tremblant de se donner trop vite. C'est moi qui tremble, parce que tu m'as échangée, à jamais, contre ce peu d'eau tiédie que ta main versa, tous les soirs, au fond d'une cuvette écaillée... »

Chiens savants

— Tiens-la ! Tiens-la !… Ah ! la rosse, elle l'a encore mouchée !

Manette vient d'échapper au machiniste et de sauter sur Cora, qui s'y attendait. Mais la petite fox est douée d'une rapidité de projectile, et ses dents ont percé, à travers le poil épais de la colley, un peu de la peau du cou. Cora ne riposte pas tout de suite ; l'oreille tendue vers la sonnette de scène, les babines retroussées jusqu'aux yeux, elle menace seulement sa camarade d'une grimace de renard féroce et d'un petit râle étranglé, doux comme un ronron de gros chat.

Dans les bras de son maître, Manette hérisse les poils de son échine comme des soies de porc et s'étrangle à dire des choses abominables.

— A'vont se bouffer ! dit le machiniste.

— Penses-tu ? réplique Harry's. Elles sont plus sérieuses que ça. Les colliers, vite !

Il noue au cou de Cora le ruban bleu pâle qui fait valoir sa robe couleur de froment mûr, et le machiniste boucle sur le dos de Manette un harnais de carlin, en velours vert clouté d'or, alourdi de médailles et de grelots.

— Tiens-la serré, le temps que j'enfile mon dolman…

Le gilet de tricot cachou, bruni par la sueur, disparaît sous un dolman saphir, matelassé aux épaules, qui étrangle la taille. Cora, retenue par le machiniste, râle plus haut et vise, au-dessus d'elle, le train postérieur de Manette, de Manette convulsée, effrayante, les yeux injectés et les oreilles coquillées en arrière.

— Une bonne tripotée, ça les calmerait pas? hasarde le garçon en cotte bleue.

— Jamais avant le travail! tranche Harry's, catégorique.

Derrière le rideau baissé, il vérifie l'équilibre des barrières qui limitent une piste d'obstacles en miniature, consolide la haie et la banquette, passe un chiffon de laine sur les barres nickelées des tremplins où rebondira la colley jaune. C'est lui aussi qui remonte de sa loge une série de cerceaux de papier, humides d'un collage hâtif.

— Je fais tout moi-même! déclare-t-il. L'œil du maître!…

Dans son dos, l'accessoiriste hausse les épaules :

— L'œil du maître, oui ! Et nib de pourboire à l'équipe !

L'« équipe », composée de deux hommes, n'en garde pas rancune à Harry's, qui touche dix francs par jour.

— Dix francs pour trois gueules et dix pattes, c'est pas gras ! concède l'accessoiriste.

Trois gueules, dix pattes et deux cents kilos de bagages. Tout ça tourne, toute l'année, à la faveur de demi-tarifs en troisième classe. L'an dernier, il y avait une « gueule » de plus, celle du caniche blanc qui est mort : un vieux cabot hors d'âge, routier fini, qui connaissait tous les « établissements » de France et de l'étranger. Harry's le regrette et vante encore les mérites de défunt Charlot.

— Il savait tout faire, madame. La valse, le saut périlleux, le tremplin, les trucs du chien calculateur, tout ! Il m'en aurait appris, à moi qui en ai dressé quelques-uns, pourtant, des chiens pour les cirques ! Il aimait son métier, et rien que ça, et il était bouché pour le reste. Les derniers temps, vous n'en auriez pas donné quarante sous, si vous l'aviez vu dans la journée, tout vieux, quatorze ans au moins, tout raide de rhumatismes, avec les yeux qui pleuraient et son nez noir qui tournait au gris. Il ne se réveillait qu'à l'heure de son travail, et c'est là qu'il fallait le voir !

Je le maquillais comme une jeune première : et le cosmétique noir au nez, et le crayon gras pour ses pauvres yeux chassieux, et la poudre d'amidon tout partout pour le faire blanc de neige, et les rubans bleus ! Ma parole, madame, il ressuscitait ! Pas plutôt maquillé, il marchait sur ses pattes de derrière, il éternuait, il n'avait pas de cesse qu'on frappe les trois coups… Sorti de scène, je l'enveloppais dans une couverture et je le frictionnais à l'alcool. Je l'ai bien prolongé, mais ça ne peut pas durer éternellement, un caniche savant…

« Ces deux-là, mes chiennes, elles vont bien ; mais ce n'est plus ça. Elles aiment leur maître, elles craignent la cravache ; elles ont de la tête et de la conscience, mais l'amour-propre n'y est pas. Elles font leur numéro comme elles tireraient une voiture, pas plus, pas moins. C'est des travailleuses, c'est pas des artistes. À leur figure, on voit qu'elles voudraient avoir déjà fini, et le public n'aime pas ça. Ou bien il pense que les bêtes se moquent de lui, ou bien il ne se gêne pas pour dire : « Pauvres bêtes ! ce qu'elles sont tristes ! Ce qu'on a dû les martyriser pour leur apprendre tant de singeries ! » Je voudrais les voir, tous ces messieurs et ces dames de la Protectrice, en train de dresser des chiens ! Ils feraient comme les camarades. Le sucre – la cravache – la cravache – le sucre – et une bonne dose de patience : il n'y a pas à sortir de là… »

Les deux « travailleuses », à cette heure, ne se quittent pas de l'œil. Manette tremble nerveusement, perchée sur un billot de bois bariolé ; Cora, en face d'elle, couche les oreilles comme un chat fâché…

Sur un trille de timbre, l'orchestre interrompt la lourde polka qui trompait l'attente du public, et commence une valse lente ; comme obéissant à un signal, les chiennes rectifient leur attitude : elles ont reconnu *leur* valse. Cora bat mollement de la queue, dresse ses oreilles et prend cette expression neutre, aimable et ennuyée qui la fait ressembler aux portraits de l'impératrice Eugénie. Manette, insolente, luisante, un peu trop grasse, guette la montée pénible du rideau, puis l'entrée d'Harry's, bâille, et halète déjà, d'agacement et de soif…

Le travail commence, sans incident, sans révolte. Cora, avertie par un cinglement de mèche sous le ventre, ne triche pas au saut des barrières. Manette marche sur les pattes de devant, valse, aboie, et saute aussi les obstacles, debout sur le dos de la colley jaune. C'est de l'ouvrage banal, mais correct ; il n'y a rien à redire.

Les gens grincheux reprocheraient peut-être à Cora son indifférence princière, et à la petite fox son entrain factice… On voit bien qu'ils n'ont pas, les gens grincheux, des mois de tournée dans les pattes, et qu'ils ignorent le fourgon à chiens, l'auberge, la pâtée au pain qui gonfle et ne nourrit pas, les longues heures d'arrêt dans les gares, les trop brèves promenades hygiéniques, le collier de force, la muselière – l'attente surtout, l'attente énervante de l'exercice, du départ, de la nourriture, de la raclée... Ils ignorent, les spectateurs difficiles, que la vie des bêtes savantes se passe à attendre, et qu'elles s'y consument...

Les deux chiennes n'attendent, ce soir, que la fin du numéro. Mais dès la chute du rideau, quelle belle bataille ! Harry's arrive juste à temps pour les arracher l'une à l'autre, mouchetées de morsures roses et leurs rubans en loques...

— C'est un genre, madame, un genre qu'elles ont pris ici ! crie-t-il, furieux. Elles camaradent bien, d'habitude, elles couchent ensemble, dans ma chambre, à l'hôtel. Seulement, ici, c'est une petite ville, n'est-ce pas ? On n'y fait pas comme on veut. À l'hôtel, la patronne m'a dit : « Je veux bien d'un chien, mais pas de deux ! » Alors, comme je suis juste, je laisse tantôt l'une, tantôt l'autre de mes chiennes passer la nuit au théâtre, dans le panier cadenassé. Elles ont compris tout de suite le roulement. Et c'est tous les soirs la comédie que vous venez de voir. Dans la journée, elles sont douces comme des moutons ; à mesure que l'heure de boucler approche, c'est à qui des deux ne restera pas dans le panier grillé ; elles se mangeraient de jalousie ! Et vous ne voyez rien ! Ce qui est un vrai spectacle, c'est la tête de celle que j'emmène avec moi, qui fait exprès de japper, de sauter à côté du panier où j'enferme l'autre! Je n'aime pas l'injustice avec les bêtes, moi. Je pourrais faire autrement que je le ferais, mais quand on ne peut pas, n'est-ce pas?…

Je n'ai pas vu Manette ce soir, partir arrogante et radieuse; mais j'ai vu Cora, enfermée, figée dans un désespoir contenu. Elle froissait contre l'osier sa toison blonde et tendait hors des barreaux son doux museau de renard.

Elle écoutait s'éloigner le pas de son maître et le grelot de Manette. Quand la porte de fer se referma sur eux, elle enfla sa poitrine pour jeter un cri; mais elle se souvint que j'étais là encore, et je n'entendis qu'un profond soupir humain. Puis elle ferma les yeux fièrement, et se coucha.

Nonoche

Le soleil descend derrière les sorbiers grappés de fruits verts qui tournent çà et là au rose aigre. Le jardin se remet lentement d'une longue journée de chaleur dont les molles feuilles du tabac demeurent évanouies. Le bleu des aconits a certainement pâli depuis ce matin, mais les reines-claudes, vertes hier sous leur poudre d'argent, ont toutes, ce soir, une joue d'ambre.

L'ombre des pigeons tournoie, énorme, sur le mur tiède de la maison et éveille, d'un coup d'éventail, Nonoche qui dormait dans sa corbeille...

Son poil a senti passer l'ombre d'un oiseau ! Elle ne sait pas bien ce qui arrive. Elle a ouvert trop vite ses yeux japonais, d'un vert qui met l'eau sous la langue. Elle a l'air bête comme une jeune fille très jolie, et ses taches de chatte portugaise semblent plus en désordre que jamais : un rond orange sur la joue, un bandeau noir sur la tempe, trois points noirs au coin de la bouche, près du nez blanc fleuri de rose… Elle baisse les yeux et la mémoire de toutes choses lui remonte au visage dans un sourire triangulaire ; contre elle, noyé dans elle, roulé en escargot, sommeille son fils.

« Qu'il est beau ! se dit-elle. Et gros ! Aucun de mes enfants n'a été si beau. D'ailleurs je ne me souviens plus d'eux… Il me tient chaud. »

Elle s'écarte, creuse le ventre avant de se lever, pour que son fils ne s'éveille pas. Puis elle bombe un dos de dromadaire, s'assied et bâille, en montrant les stries fines d'un palais trois fois taché de noir.

En dépit de nombreuses maternités, Nonoche conserve un air enfantin qui trompe sur son âge. Sa beauté solide restera longtemps jeune, et rien dans sa démarche, dans sa taille svelte et plate, ne révèle qu'elle fut, en quatre portées, dix-huit fois mère. L'extrémité de son poil court et fourni brille, s'irise au soleil comme fait l'hermine. Ses oreilles, un peu longues, ajoutent à l'étonnement gracieux de ses yeux inclinés et ses pattes minces, armées de brèves griffes en cimeterre, savent fondre confiantes dans la main amie.

Futile, rêveuse, passionnée, gourmande, caressante, autoritaire, Nonoche rebute le profane et se donne aux seuls initiés qu'a marqués le signe du Chat. Ceux-là même ne la comprennent pas tout de suite et disent : « Quelle bête capricieuse ! » Caprice ? point. Hyperesthésie nerveuse seulement. La joie de Nonoche est tout près des larmes, et il n'y a guère de folle partie de ficelle ou de balle de laine qui ne finisse en petite crise hystérique, avec morsures, griffes et feulements rauques. Mais cette même crise cède sous une caresse bien placée, et parce qu'une main adroite aura effleuré ses petites mamelles sensibles, Nonoche furibonde s'effondrera sur le flanc, plus molle qu'une peau de lapin, toute trépidante d'un ronron qu'elle file trop aigu et qui parfois la fait tousser…

« Qu'il est beau ! » se dit-elle en contemplant son fils. « La corbeille devient trop petite pour nous deux. C'est un peu ridicule, un enfant si grand qui tète encore. Il tète avec des dents pointues, maintenant… Il sait boire à la soucoupe, il sait rugir à l'odeur de la viande crue, il gratte à mon exemple la sciure du plat, d'une manière anxieuse et précipitée où je me retrouve toute… Je ne vois plus rien à faire pour lui, sauf de le sevrer. Comme il abîme ma troisième mamelle de droite ! C'est une pitié. Le poil de mon ventre, tout autour, ressemble à un champ de seigle versé sous la pluie ! Mais quoi ? quand ce grand petit se jette sur mon ventre, les yeux clos comme un nouveau-né, quand il arrange en gouttière autour de la tétine sa langue devenue trop large… qu'il me pille et me morde et me boive, je n'ai pas la force de l'en empêcher ! »

Le fils de Nonoche dort dans sa robe rayée, pattes mortes et gorge à la renverse. On peut voir sous la lèvre relevée un bout de langue, rouge d'avoir tété, et quatre petites dents très dures taillées dans un silex transparent.

Nonoche soupire, bâille et enjambe son fils avec précaution. La tiédeur du perron est agréable aux pattes. Une libellule grésille dans l'air, et ses ailes de gaze rêche frôlent par bravade les oreilles de Nonoche qui frémit, fronce les sourcils et menace du regard la longue bête en mosaïque de turquoises…

Les montagnes bleuissent. Le fond de la vallée s'enfume d'un brouillard blanc qui s'effile, se balance et s'étale comme une onde. Une haleine fraîche monte déjà de ce lac impalpable, et le nez de Nonoche s'avive et s'humecte. Au loin, une voix connue crie infatigablement : « Allons-v'nez – allons-v'nez – allons-v'nez… mes vaches ! Allons-v'nez – allons-v'nez… » Des clarines sonnent, le vent porte une paisible odeur d'étable, et Nonoche pense au seau de la traite, au seau vide dont elle léchera la couronne d'écume… Un miaulement de convoitise et de désœuvrement lui échappe. Elle s'ennuie. Depuis quelque temps, chaque crépuscule ramène cette mélancolie agacée, ce vide et vague désir…

La première chauve-souris nage en zigzag dans l'air. Elle vole bas et Nonoche peut distinguer deux yeux de rat, le velours roux du ventre en figue… C'est encore une de ces bêtes où on ne comprend rien et dont la conformation inspire une inquiétude méprisante. Par association d'idées, Nonoche pense au hérisson, à la tortue, ces énigmes, et passe sur son oreille une patte humide de salive…

Mais quelque chose arrête court son geste, quelque chose oriente en avant ses oreilles, noircit le vert acide de ses prunelles…

Du fond du bois où la nuit massive est descendue d'un bloc, par-dessus l'or immobile des treilles, à travers tous les bruits familiers, n'a-t-elle pas entendu venir jusqu'à elle, traînant, sauvage, musical, insidieux, l'appel du Matou ?

Elle écoute… Plus rien. Elle s'est trompée… Non ! L'appel retentit de nouveau, lointain, rauque et mélancolique à faire pleurer, reconnaissable entre tous. Le cou tendu, Nonoche semble une statue de chatte, et ses moustaches seules remuent faiblement, au battement de ses narines. D'où vient-il, le tentateur ? Qu'ose-t-il demander et promettre ? Il multiplie ses appels, il les module, se fait tendre, menaçant, il se rapproche et pourtant reste invisible ; sa voix s'exhale du bois noir, comme la voix même de l'ombre…

« Viens !… Viens !… Si tu ne viens pas ton repos est perdu. Cette heure-ci n'est que la première, mais songe que toutes les heures qui suivront seront pareilles à celles-ci, emplies de ma voix, messagères de mon désir… Viens !…

« Tu le sais, tu le sais que je puis me lamenter durant des nuits entières, que je ne boirai plus, que je ne mangerai plus, car mon désir suffit à ma vie et je me fortifie d'amour !... Viens !...

« Tu ne connais pas mon visage et qu'importe ! Avec orgueil, je t'apprends qui je suis : je suis le long Matou déguenillé par dix étés, durci par dix hivers. Une de mes pattes boite en souvenir d'une vieille blessure, mes narines balafrées grimacent et je n'ai plus qu'une oreille, festonnée par la dent de mes rivaux.

« À force de coucher sur la terre, la terre m'a donné sa couleur. J'ai tant rôdé que mes pattes semellées de corne sonnent sur le sentier comme le sabot du chevreuil. Je marche à la manière des loups, le train de derrière bas, suivi d'un tronçon de queue presque chauve... Mes flancs vides se touchent et ma peau glisse autour de mes muscles secs, entraînés au rapt et au viol... Et toute cette laideur me fait pareil à l'Amour ! Viens !... Quand je paraîtrai à tes yeux, tu ne reconnaîtras rien de moi, – que l'Amour !

« Mes dents courberont ta nuque rétive, je souillerai ta robe, je t'infligerai autant de morsures que de caresses, j'abolirai en toi le souvenir de ta demeure, et tu seras, pendant des jours et des nuits, ma sauvage compagne hurlante... jusqu'à l'heure plus noire où tu te retrouveras seule, car j'aurai fui mystérieusement, las de toi, appelé par celle que je ne connais pas, celle que je n'ai pas possédée encore… Alors tu retourneras vers ton gîte, affamée, humble, vêtue de boue, les yeux pâles, l'échine creusée comme si l'enfant y pesait déjà, et tu te réfugieras dans un long sommeil tressaillant de rêves où ressuscitera notre amour… Viens!… »

Nonoche écoute. Rien dans son attitude ne décèle qu'elle lutte contre elle-même, car le mensonge est la première parure d'une amoureuse… Elle écoute, rien de plus…

Dans sa corbeille, l'obscurité éveille peu à peu son fils qui se déroule, chenille velue, et tend des pattes tâtonnantes… Il se dresse, maladroit, s'assied, plus large que haut, avec une majesté puérile. Le bleu hésitant de ses yeux, qui seront peut-être verts, peut-être vieil or, se trouble d'inquiétude. Il dilate, pour mieux crier, son nez chamois où aboutissent toutes les rayures convergentes de son visage… Mais il se tait, malicieux: il a vu le dos bigarré de sa mère, assise sur le perron.

Debout sur ses quatre pattes courtaudes, fidèle à la tradition qui lui enseigna cette danse barbare, il s'approche, les oreilles renversées, le dos bossu, l'épaule de biais, par petits bonds de joujou terrible, et fond sur Nonoche qui ne s'y attendait pas… La bonne farce! Elle en a presque crié. On va sûrement jouer comme des fous jusqu'au dîner!

Mais un revers de patte nerveux a jeté l'assaillant au bas du perron, et maintenant une grêle de tapes sèches s'abat sur lui, commentées de fauves crachements et de regards en furie!... La tête bourdonnante, poudré de sable, le fils de Nonoche se relève, si étonné qu'il n'ose pas demander pourquoi, ni suivre celle qui ne sera plus jamais sa nourrice et qui s'en va très digne, le long de la petite allée noire, vers le bois hanté...

La mère chatte

« Un, deux, trois, quatre… Non, je me trompe. Un, deux, trois, quatre, cinq, six… Non, cinq. Où est le sixième ? Un, deux, trois… Dieu, que c'est fatiguant ! À présent, ils ne sont plus que quatre. J'en deviendrai folle. Petits ! petits ! Mes fils, mes filles, où êtes-vous ?

« Quel est celui qui se lamente entre le mur et la caisse de géraniums ? Je ne dis pas cela parce que c'est mon fils, mais il crie bien. Et pour le seul plaisir de crier, car il peut parfaitement se dégager à reculons. Les autres ?… Un, deux, trois… Je tombe de sommeil. Eux, ils ont tété et dormi, les voilà plus vifs qu'une portée de rats. Je m'enroue à répéter le roucoulement qui les rassemble, ils ne m'obéissent pas. À force de les chercher, je ne les vois plus, ou bien mon souci les multiplie. Hier n'en ai-je pas compté, effarée, jusqu'à neuf ? Ce jardin est leur perdition.

« Attention, vous, là-bas! On ne passe pas, on ne passe *jamais* sous la grille du chenil : combien de fois faudra-t-il le redire ? Quand comprendrez-vous, enfant de la gouttière, bâtard sans instinct, ce que vaut cette chienne ? Elle vous guette derrière ses barreaux et vous goberait comme un mulot, quitte à s'écrier ensuite : « Oh ! c'était un petit chat ? Quel dommage ! Je me suis trompée ! » Elle a des yeux doux, de velours orange, et souvenez-vous de ne vous fier jamais à son sauvage sourire !… Par contre, je vous accorde d'aller, tous, essayer vos griffes enfantines, encore flexibles et transparentes, sur le flanc coriace et le museau de la bouledogue. En dépit de sa laideur – j'ai honte pour elle quand je la regarde ! – elle ne ferait pas de mal à une mouche : c'est à la lettre, car les mouches se jouent de sa gueule en caverne, toujours béante, piège inoffensif dont le ressort, chaque fois, happe le vide. Celle-là, roulez sous ses pattes, sous son ventre, cardez-la comme un tapis, profitez de sa chaleur nauséabonde – elle est votre servante monstrueuse, la laide négresse de mes enfants princiers.

« Petits, petits !… Un, deux, trois… Sincèrement, je voudrais être de deux mois plus vieille ou de trois semaines plus jeune. Il y a vingt jours, je les avais tous les six dans la corbeille, aveugles et pelucheux ; ils ne savaient que ramper et, suspendus à mes mamelles, onduler d'aise comme des sangsues. Une fièvre légère égayait mon épuisement, j'étais une douce machine stupide et ronronnante qui allaitait, léchait, mangeait et buvait avec un zèle borné. Comme c'était facile ! Maintenant, ils sont terribles, et quand il faudrait sévir, ma sévérité désarme rien qu'à les voir. Il n'y a rien au monde qui leur ressemble. Si petits, et déjà pourvus des signes éclatants qui proclament la pureté d'une lignée sans mésalliance ! Si jeunes, et portant en cierge leur queue massive, charnue à la base comme une queue de petit mouton ! Azurés, bas sur pattes, le rein court, gais debout et mélancoliques assis, à l'image de leur glorieux père. Dans deux semaines, leurs prunelles d'un bleu provisoire vont se troubler de paillettes d'or, d'aiguilles micacées d'un vert précieux. Ils cesseront d'être pareils, l'œil grossier des hommes discernera les crânes larges des jeunes matous, les nuques minces des chattes et leurs joues effilées ; une susceptibilité hargneuse armera contre moi, et moi contre elles, ces petites femelles ingénues… Quant à leur pelage, je n'en dirai rien, pour ne me point louer moi-même. Sur leur tête, dans ce duvet bleu d'orage, quatre raies plus foncées, capricieuses comme les ondes qui moirent un profond velours, s'irisent ou fondent selon la lumière…

« Où sont-ils ? Où sont-ils ? Un, deux… Deux seulement ! Et les quatre autres ? Répondez, vous deux, sottement occupés l'un à manger une ficelle, l'autre à chercher l'entrée de cette caisse qui n'a pas de porte! Oui, vous n'avez rien vu, rien entendu, laids petits chats-huants que vous êtes, avec vos yeux ronds!

« … Ni dans la cuisine, ni dans le bûcher! Dans la cave? Je cours, je descends, je flaire… rien… Je remonte, le jardin m'éblouit… Où sont les deux que je gourmandais tout à l'heure? Perdus aussi? Mes enfants, mes enfants! Au secours, ô Deux-Pattes, accourez, j'ai perdu tous mes enfants! Ils jouaient, là, tenez, dans la jungle de fusains: je ne les ai pas quittés, tout au plus ai-je cédé, une minute, au plaisir de chanter leur naissante gloire, sur ce mode amoureux, enflé d'images, où ressuscitent mes origines persanes… Rendez-les moi, ô Deux-Pattes puissants, dispensateurs du lait sucré et des queues de sardines! Cherchez avec moi, ne riez pas de ma misère, ne me dites pas qu'entre un jour et le jour qui vient je perds et retrouve cent fois mon sextuple trésor! Je redoute, je prévois un malheur pire que la mort, et vous n'ignorez pas que mon instinct de mère et de chatte me fait deux fois infaillible!…

« Tiens!… D'où sort-il, celui-ci?… C'est, ma foi, mon lourdaud de premier, tout rond, suivi de son frère sans malice. Et d'où vient celle-ci, petite femelle impudente, prête à me braver et qui jure, déjà, en râlant de la gorge? Un, deux, trois… Trois, quatre, cinq… Viens, mon sixième, délicat et plus faible que les autres, plus tendre aussi, et plus léché, toi pour qui je garde l'une de mes lourdes mamelles d'en bas, inépuisable, dans le doux nid duveté de poil bleu que te creusent mes pattes de derrière… Quatre, cinq, six… Assez, assez! Je n'en veux pas davantage! Venez tous dans la corbeille, à l'ombre fine de l'acacia. Dormons, ou prenez mon lait, en échange d'une heure de répit – je n'ai pas dit de repos, car mon sommeil prolonge ma vigilance éperdue, et c'est en rêve que je vous cherche et vous compte: un, deux, trois, quatre… »

Le tentateur

Un crépuscule d'hiver. Le feu s'éteint. Le chat est assis et rêve. Grand silence.

ELLE. — Chat ! Que regardes-tu dans ce coin ?

LE CHAT. — Rien. Le noir.

ELLE. — Tu t'ennuies ?

LE CHAT. — Non.

ELLE. — Moi, je m'ennuie.

LE CHAT. — Fais comme moi : regarde dans le noir.

ELLE. — Oh ! non… Veux-tu la balle de laine ?

LE CHAT. — Ce n'est pas l'heure. Je joue à autre chose. Fais comme moi : joue. Ouvre tes yeux très grands, ne cligne pas, et regarde.

ELLE. — Mais regarder quoi ?

LE CHAT. — Regarde ! Ne cherche pas, n'appelle rien : tout va venir devant toi… Que vois-tu ?

ELLE. — Presque rien… Un vase gris – je sais qu'il est là – et des roses couleur de brume, devant la fenêtre… Le col élancé d'une lampe… Un rideau de soie qui semble retenu et drapé par une main invisible.

LE CHAT. — Invisible ?

ELLE. — Oui… Je veux dire qu'il n'y a pas de main.

LE CHAT. — Pas de main ? Je la vois.

ELLE. — Ne me fais pas peur !

LE CHAT. — Ce n'est pas pour t'effrayer, c'est pour t'apprendre le jeu. Vois la main qui soulève le rideau !

ELLE. — Non…

LE CHAT. — Une longue main, presque cachée par les plis du rideau, mais j'entends le grincement léger des ongles dans la soie… Tu entends ?

ELLE. — Non…

LE CHAT. — Tu vas entendre. Écoute bien ! Écoute très fort ! que tes oreilles remuent sous tes cheveux ! Tu entends ?

ELLE. — J'entends… Mais c'est le bruissement de mes cheveux contre mes oreilles.

LE CHAT. — Tu ne sais pas encore le jeu. Cela va venir… Ah ! le rideau a remué ! Tu as vu ?

ELLE. — Je ne sais pas… Je ne suis pas sûre…

LE CHAT. — Si ! La main vient de relever un peu le rideau de soie. La fenêtre est plus grande à présent, et bleue comme la neige sous la lune…

ELLE. — La neige… sous la lune…

LE CHAT. — C'est la neige sous la lune… Tu vois, maintenant, la main sur le rideau ?

ELLE. — Oui…

LE CHAT. — Et quoi encore ?

ELLE. — Je vois aussi le col élancé de la 1…

LE CHAT. — Chut !… de la bête serpentine, dressée contre la baie pleine d'eau transparente…

ELLE, *faiblement.* — Mais c'était de la neige…

LE CHAT, *impérieux.* — C'est de l'eau transparente et bleue, à présent ! Joue le jeu, ou je te laisse !

ELLE. — Ne me laisse pas !…

LE CHAT. — Joue le jeu, alors ! Le col élancé de la bête serpentine, tu le vois qui se penche, se penche, et rampe vers…

ELLE, *docilement.* — … Vers le vase gris où trempent les roses… Mais où sont-elles ?

LE CHAT. — Suis la bête ! Tu peux la suivre ?

ELLE. — Oui… attends… Elle rampe, elle est noire, mais, à chaque vague d'écailles de son dos, s'allume un point de lumière mouillée… Viens ! Les roses sont là. Tu les entends s'effeuiller ? Le glissement des pétales est si doux contre les tiges… Dans l'obscurité, on dirait qu'une main douce descend le long d'une jambe lisse…

LE CHAT. — Tu joues mal. Ce n'est pas la rose qui s'effeuille, c'est le glissement soyeux d'une main douce, contre une jambe lisse.

ELLE, *en sursaut.* — Non ! je ne veux pas ! Ou j'allume la lampe !

Le Chat, *très doux.* — Ne te fâche pas ! je me trompais. Ce sont des roses… Tout un jardin de roses…

Elle. — Oui, mais si pâle ! Couleur de cendre, et laiteux… Es-tu sûr qu'il soit désert ?

Le Chat. — Désert. Mais, au tournant de chaque allée, serpente le beau col de la bête vipérine.

Elle. — Que me parles-tu de la bête onduleuse ? C'est un ruisseau. Si mince, tu vois ? comme un bracelet. Et murmurant, à donner soif ! Puis-je boire ?

Le Chat. — Ne bois pas ! C'est un serpent !

Elle. — À mon bras alors ! ou à mon cou… Ah ! qu'il est doux ! On dirait…

Le Chat. — … La caresse d'une main lisse, au long d'une chair tiède qui tressaille…

Elle, *suppliante.* — Non, non ! rends-moi la lumière ! J'ai peur !

Le Chat, *très doux.* — Comme tu es faible ! la nuit rassurante nous garde. Voile-toi de tes cheveux, si tu veux. Mais personne ne verra combien, égarée, tu sembles chérir ta crainte. Il n'y a personne dans les jardins où je te mène. Des allées où les pas ne marquent point, des fleurs sans visage, et pas d'autre miroir que ce vivier bleuâtre, là-bas…

Elle. — Mais c'était la fenêtre bleue ?

Le Chat. — … Que ce vivier bleuâtre, où les queues des poissons égratignent le reflet de la lune…

Remue, du bout de ton pied nu, cette eau lourde où dort, fraternel, le serpent qui glissa de ton bras… Descends une marche… encore une marche… Tu veux te baigner ?

ELLE. — Que l'eau est douce !… Elle étreint mes chevilles comme deux bracelets tièdes, et monte à mes genoux…

LE CHAT. — … Comme deux mains soyeuses, dont la caresse tourne sur une chair lisse…

ELLE. — Hélas !…

LE CHAT. — Ne te défends pas. Couche-toi, parmi les moires de l'eau et les anneaux du serpent. Je t'abandonne ici. Je vais à mes jardins, où tu ne me suivras pas, toi que le crépuscule, le rêve et le sommeil rejettent, implacablement, au même voluptueux souvenir. Mais hésite, une autre fois, à troubler le songe éveillé d'un Chat assis, à la nuit tombante, auprès d'un rideau de soie, entre une lampe au col élancé et le vase où se fanent des roses…

La chienne bull

En quoi est-elle ? en bronze, en vieux bois de Chine, noir, dur et huilé ? Ou en grès flammé, sombre, cuit très longtemps ? Dans la pleine lumière, on distingue sur ses flancs des « bringes » allongées, un peu rousses, comme des léchures de feu…

Elle est chaude quand on la touche, et plus dure qu'un meuble. Ses cuisses courtes sont toutes cordées de muscles, ni plus ni moins qu'à un lutteur japonais.

Pour la figure, chacun en prend ce qu'il veut, et libre à vous d'y retrouver, comme moi, la gueule en tirelire d'un crapaud, un front bossu de dauphin au-dessus de deux trous d'évent pour chasser l'eau, – et ces yeux de cochon, futés, bridés, et ce sourire d'enfant nègre ! Deux grandes oreilles de chauve-souris coiffent le monstre, aptes à s'ouvrir, se fermer, se plier en coquilles, s'orienter en avant, en arrière…

C'est Poucette qu'on la nomme, parce qu'elle est très petite. « Petite, mais costaude »: elle porte avec orgueil la même devise que Bubu de Montparnasse.

Quand elle marche, elle a l'air de nager, tant elle meut délicatement ses courts et légers petits pieds d'éléphant. Mais quand elle nage, elle a l'air de se noyer, verticale et les pattes battant l'eau comme des palettes de moulin, avalant la vague par le nez, par la gueule, par les yeux et les oreilles. Chaque fois, on se demande: « En réchappera-t-elle? » et son bain volontaire ressemble à un suicide.

Goinfre, elle attrape au vol tout ce qui tombe. Elle avale – plouc! – les gros morceaux, mais mâche longuement les petits, et boit cinquante fois le jour, en pensant à autre chose; elle boit par désœuvrement, pour tuer le temps et l'ennui, comme un terrassier se saoule quand il n'a pas d'ouvrage.

L'oisiveté la ronge. Car elle se refuse à dormir pendant que nous veillons. Si je lis, si j'écris, si je flâne au soleil à demi assoupie, Poucette s'astreint à imiter mon silence, mon immobilité. Mais je sens, j'entends tous ses muscles trembler d'impatience et elle ne ferme les yeux que pour cacher le feu guetteur de son regard. Je ne me tiens pas de lui crier, agacée:

— Dors! ou prends un livre! ou brode au point de croix!

Mais rien ne l'intéresse – que moi. Elle me regarde vivre, elle m'écoute penser, elle me juge – elle me gêne.

Il lui arrive de jouer avec un chien, de l'affoler par une rapidité, une brutalité qui lui assurent presque toujours la victoire, mais c'est pour revenir vers moi et me dire :

— Hein ? Tu as vu comme je l'ai arrangé, ce… chien !

Elle chasse le moineau, le canard sauvage, le crabe, le lapin et la courtilière – mais c'est pour parader devant moi, trempée d'eau, engluée de vase, et se pavaner orgueilleusement, un crabe tourteau pendu à sa lèvre, sans crier, avec le sourire !

Que craint-elle ? Ni moi, ni vous, ni le feu du ciel, ni la cravache, ni le fouet. Elle est tout orgueil, bravoure aveugle, jalousie, amour caché. Elle m'interroge avidement, quand je rentre :

— D'où te vient cette odeur que je ne connais pas ? Tu es seule, bien seule ? Tu ne ramènes pas une bête nouvelle, qui s'installera dans notre maison ? Avec toi, sait-on jamais ?… Surtout tu ne rapportes pas un chien, un petit chien caché dans ton manchon, dans ce paquet, dans ce sac ? un petit chien qui vivrait sur tes genoux et que tu embrasserais ? Gare ! regarde mes dents !…

Je marmotte tout bas les mots de « crampon » et de « sale caractère ». Et puis je hausse les épaules et je caresse la dure tête ronde, toute chaude, qui se glisse sous ma main, et je la plains, et je la console. Je la console de m'aimer, et d'avoir, en m'aimant, perdu le repos…

Automne

Sur le balcon de bois, parmi la glycine défaite et les fleurs aplaties d'une sauge rouge, emportées par la bourrasque de cette nuit, ils gisaient, ce matin, comme les pétales d'un pavot effeuillé, les deux papillons verts et roses. Ils vivaient encore un peu quand je les touchai, un petit spasme repliait leurs pattes fragiles contre la fourrure précieuse de leur thorax. L'un mourut très vite, l'autre prolongea quelques minutes la vibration de ses antennes plumeuses, son tremblotement de fleur électrisée…

Je les laisse là, sur le balcon de planches. Dès que je tournerai le dos, les passereaux viendront, et je ne trouverai plus que huit ailes prestement tranchées… Ils ont dû lutter contre le soudain automne, les frileux bombyx peints de croissants rosés ; combien de fois ont-ils cherché, collés à la cheminée tiède qui grimpe le long de ma maison, un abri contre l'aube funeste d'octobre ?

Du haut du balcon, je vois rétrécir, chaque jour, tous les jardins de ce coin de Passy paisible et menacé. Le mien perd son toit de feuilles, et que reste-t-il du triple arceau de rosiers ? Un fer rouillé, maigrement noué de tiges nues… Et ce que je nommais le « parc du voisin », où l'on entendait rire et courir des enfants invisibles, n'était-ce que cet enclos carré, ce massif d'arbres borné de murs hauts et tristes ?

La vie aimable et provinciale qui s'épanouit ici l'été abandonne les jardins et se resserre, comme intimidée, derrière les fenêtres closes. En dépit du soleil revenu, il n'y aura plus, renversées au dossier des fauteuils de paille, les jeunes filles dont je devinais, entre les branches, les corsages clairs et les cheveux brillants.

Je les écoutais vivre, toutes proches, derrière un rideau de feuilles. J'entendais tinter, sur une table de fer, les ciseaux à broder, et le dé rouler sur le sable, et les pages froissées du magazine… Un bruit gai de cuillers et de tasses me disait qu'il était cinq heures, et je bâillais d'appétit… Il ne reste, autour de moi, que la desserte d'un long été : un hamac vide oscille au vent, la grenouille d'un jeu de tonneau happe la pluie. Sous les arbres dépenaillés tournent des allées sans mystère, et les murs dévêtus découvrent les limites de nos paradis chichement mesurés.

J'ai peur de savoir, à présent, que la jeune fille en rose, la svelte jardinière qui taillait les rosiers de l'autre côté de la charmille, est laide… Je voudrais douter, jusqu'aux verdures prochaines, si le couple uni, dont j'entendais la promenade lente, deux fois le jour, est jeune ou vieux…

Les trois enfants qui chantent sur les marches d'un perron, chez la dame en deuil, se taisent brusquement si je les regarde. Je les gêne. Ils n'ignoraient pourtant pas, cet été, que j'étais ici; mais je ne savais pas lequel criait « Merci » quand je rejetais, à travers la haie d'acacias taillés, une balle égarée… Je les gêne, à présent, et ils m'embarrassent – je ne vais plus oser, couverte d'un kimono et les cheveux encore humides, traverser le jardin…

La maison, le feu, la lampe, – un bouquet de dahlias couleur de sang noir – les livres, – les coussins, – les courts après-midi, le soir vite venu qui bleuit la baie vitrée, – allons! il faut s'enfermer. Déjà, sur la crête des murs, sur l'ardoise encore tiède des toits, paraissent, queue en panache, oreilles circonspectes, la patte précautionneuse et l'œil arrogant, les nouveaux maîtres de nos jardins – les chats.

Un long matou noir garde à toute heure le toit du chenil vide, et la nuit douce, bleue d'un brouillard immobile qui sent la fumée de bois vert et le potager, se peuple de petits fantômes veloutés. Des griffes cardent l'écorce, une voix féline, basse, rauque, commence une plainte saisissante et ne l'achève pas…

Le chat persan, jeté comme une écharpe de marabout sur le bord de ma fenêtre, s'étire et chante, en l'honneur de sa femelle qui somnole en bas, devant la cuisine. Il chante à la cantonade, à mi-voix, et semble s'éveiller d'un sommeil de six mois. Il hume le vent à petits coups de nez, la tête en arrière, et le jour n'est pas loin où ma maison va perdre sa parure, ses deux hôtes fidèles et magnifiques, mes angoras argentés comme la feuille de la sauge velue et du tremble gris, comme la toile d'araignée sous la rosée, comme la fleur naissante du saule…

Déjà ils refusent de manger à la même assiette. En attendant le périodique, l'inévitable délire, ils paradent l'un pour l'autre, comme pour le seul plaisir de se rendre l'un à l'autre méconnaissables.

Le mâle déguise sa force, marche les reins bas, la frange floconneuse de ses flancs balaye la terre. La chatte feint de l'oublier et ne lui accorde plus, au jardin, la faveur d'un regard. Dans la maison, elle devient protocolaire, intolérante, grimace haineusement s'il hésite à lui céder le pas sur l'escalier. S'il s'installe sur le coussin qu'elle convoite, elle éclate comme une châtaigne jetée au feu et le griffe au visage, en vraie petite femelle lâche, visant les yeux et le tendre velours du nez.

Le mâle subit les dures règles du jeu et purge sa peine, dont le temps est secrètement fixé. Écorché, humilié, il attend. Il faut quelques jours encore, il faut que le soleil descende un peu vers l'horizon, que l'acacia se décide à jeter, pièce à pièce, l'or voltigeant de ses monnaies ovales, – il faut quelques nuits sèches, une bise d'est qui effraye les dernières feuilles digitées des marronniers…

Sous une froide faucille de lune, ils partiront tous deux, non plus couple fraternel, compagnons de sommeil et de jeu, mais ennemis passionnés que l'amour déguise… Lui, chargé de ruse neuve, de coquetterie sanguinaire ; elle, menteuse, pleine de cris tragiques, prête à la fuite autant qu'aux sournoises représailles… Il suffira qu'une heure, mystérieusement marquée, sonne, pour qu'ils puissent, amants anciens, amis lassés, goûter l'ivresse d'être, l'un pour l'autre, l'Inconnu et l'Inconnue…

Le naturaliste et la chatte

— Celui-là… oh ! celui-là, oui, le grand fauve et brun, glacé de bleu… Combien coûte-t-il ? Je voudrais l'acheter.

— Vous pouvez… vous pouvez.

C'est à peine un consentement. Le marchand naturaliste ne m'encourage pas. Au contraire. Il hoche sa tête grise et ses yeux, d'un bleu jeune, se détournent, d'un air de dire : « Ça ne me regarde pas. L'ère des prodigalités est ouverte, je m'en lave les mains… »

— Il est si beau ! Dites, monsieur, il est cher ? L'honnête figure s'assombrit, la réponse vient lentement :

— Oui… C'est un papillon qui est cher… qui est cher.

— Mais combien ?

— Il est cher… il faudrait que je vous le fasse payer… heu… oui, je le dirai ! Heu… cinq francs cinquante.

Cinq francs cinquante… Pour cinq francs cinquante, j'aurai ce papillon, cette fleur épanouie, aux quatre pétales de velours où fuit et tremble une lueur qui s'évanouit si on la veut fixer, et se rallume inattendue au coin d'une aile… Que peut-on acheter d'aussi beau pour cinq francs cinquante ?…

Le naturaliste ne s'occupe plus de moi. Il a repris sa place au flanc de la longue table et se penche sur une besogne précise, chirurgicale, qui met en jeu des pinces menues, des cotons aseptisés, des épingles à pleines jattes, des pinceaux effilés. Une catastrophe aérienne semble avoir précipité autour de lui, en débris précieux, les ailes arrachées, les élytres fendus, les pattes en cheveux pliés. Tout cela, qui volait de l'autre côté de la terre, gît maintenant en haut d'une noire maison de la rive gauche, chez un homme lent et doux qui dédaigne Paris et l'ignore. L'odeur, un peu funèbre, de camphre et de chlore, s'accorde au silence qui règne ici. Des dépouilles de skunks et de loutre fleurent aussi le bois brûlé, le musc et l'huile de poisson. Une branche d'arbre, fixée au mur, supporte l'élan d'un petit polatouche empaillé. Le même geste tout-puissant, on dirait, vient de suspendre à jamais, dans la posture de leur activité, l'existence de mille créatures nées pour le saut, la course, le vol.

Une lettre est là sur la table, bleuâtre et frangée comme une aile défaite ; elle vient aussi de l'autre côté de la terre, elle a cheminé pendant quarante jours: « La saison est finie, écrit un chasseur de lépidoptères, et voyez ce que j'en rapporterai: soixante papillons en tout, et songez qu'il s'écoulera peut-être plusieurs décades avant qu'un exemplaire de cette espèce parvienne en France... »

Les soleils meurtriers, la fièvre, le marais qui plaît aux fleurs lourdes, aux papillons ivres et aux insectes de métal, la savane chaude où le serpent faufile l'herbe, rien n'a donc épouvanté l'homme lancé à la poursuite d'un papillon, d'un scarabée pareil à un biscaïen de nickel ou à une goutte d'or fondu...

Secs et légers entre deux papiers minces, ventres vidés et ridés, ils passent les mers et viennent dormir chez mon ami le naturaliste. Un lit de sable mouillé, un papier buvard humide leur rend, en quelques jours, assez de souplesse pour que la main du préparateur pare et ordonne leurs cadavres contractés. Les papillons retrouvent leur coiffure d'antennes sataniques, leur corselet de danseuses, et cet air impatient, soulevé d'attente, qu'on voit aux papillons morts et grands ouverts...

Un scarabée, aussi gros qu'une alouette, étale sur la planche de bois tendre son abdomen défoncé, qu'on bourre de coton comme une poupée de deux sous; je sens de loin son odeur de hanneton corrompu... Plus loin, un « Morpho Sulkowsky » purge dans la benzine sa nacre splendide, mais malade, qui « tourne au gras »… Un papillon feuille morte, plus « feuille » encore d'être trépassé, imite sur ses ailes closes les nervures et les taches moisies d'une feuille d'automne. Le « Memnon » que je viens d'acheter me regarde de ses faux yeux de hibou, peints sur l'envers de ses ailes. Silence…

— Rrrrrr…

Une bête tiède, bien vivante celle-là, frôle ma jupe et saute sur la table, d'un bond muet et si précis qu'il n'a pas dérangé les attelles de papier sur le gros scarabée, ni éparpillé un monceau scintillant de cantharides…

— Ah ! la voilà ! Elle est éveillée !

Elle… l'accent de ce mot, dans la bouche du naturaliste, raconte assez qu'*Elle* est la démone révérée de ce logis. C'est une chatte du Siam, petite et parfaite, couleur de tourterelle, sauf le masque, les mitaines et les oreilles, qui sont d'un poil ras presque noir.

Elle vint en France, il y a deux ans, sur le bateau qui apportait les papillons rares, les coléoptères sans prix, et deux années ne l'ont pas encore apprivoisée, au sens avilissant que nous donnons à ce mot.

La longue table est son empire, mais moins que le cœur de son maître, son maître déférent qui dit *Elle* avec crainte et conte, à mi-voix, les caprices de cette princesse siamoise :

— *Elle* a encore mangé une serviette, madame. C'est la faute d'un client qui est venu aujourd'hui. Il ne la connaissait pas, il a voulu lui faire « guiliguili » sous le cou, comme ça. *Elle* l'a mordu, et j'ai été forcé de la corriger. Alors *Elle* s'est retirée dans le cabinet de toilette et *Elle* a mangé, de colère, la moitié d'une serviette.

Elle l'écoute, avec un demi-sourire au fond des yeux impénétrables, bleus comme la flamme qui court sur le velours brun du « Memnon ». Puis elle s'en va, comme par défi, s'étendre et lécher son ventre ombré, entre une planchette-étaloir piquée de papillons fragiles et des boîtes vitrées. Le naturaliste la regarde faire avec orgueil.

— *Elle* n'a pas cassé un papillon en deux ans, me confie-t-il. Elle ne vole pas, elle ne ment jamais. Mais elle ne veut pas de collier et elle ne tolère pas qu'on la caresse.

J'étends la main, tentée… Le pelage de la chatte se moire immédiatement, et les yeux pâles, où brûle la candeur terrible du fauve insoumis, m'avertissent… J'insiste : le sang rougit le beau regard pur, une sorte d'ivresse le trouble, et la griffe blanche et la dent marquent ensemble ma main hardie… La petite déesse trop vivante de cette nécropole exotique se tient devant nous, droite sur un tapis profond en peau de loutre, et accepte le duel ou le châtiment…

— Qu'elle est jolie ! et qu'elle est brave !…

— Chut ! ne riez pas, ne riez pas d'*Elle !* chuchote son esclave.

— Pourquoi ?

— Parce que… *Elle* sait très bien ce que c'est que la moquerie, figurez-vous. Et alors, quand vous serez partie… quand nous serons tout seuls, *Elle* et moi… *Elle* va me battre.

Jardin zoologique

(Anvers, printemps 1914.)

La condition des bêtes sauvages encagées, si l'on s'y arrête, est un tourment pour l'esprit. On peut pourtant, au jardin zoologique d'Anvers, oublier parfois de se dire : « Comme elles sont captives ! » pour s'écrier : « Qu'elles sont belles ! » Il y a là un couple de tigres dont la fraîche robe brille comme sous la rosée de la jungle, rouge, blanc de neige, peinte d'un noir profond et sans bavures. Une lame raide de poils élargit leurs joues musclées, et pas un brin ne manque à la rude aigrette des moustaches et des sourcils.

Ni tristes, ni résignés, ni irrités, ils subissent une perpétuelle insulte : le regard de l'homme ; mais leur vengeance est d'oublier l'homme. En deux heures de temps, leur regard à eux n'est descendu que sur une seule tête : celle du gardien qui les nourrit. Pour l'homme, ils n'ont qu'un visage sans pensée, un œil froid et mi-fermé. La fureur magnifique qui l'allume va droit, par-dessus nous, au puma qui miaule, en face ; l'un des deux tigres, le mâle gigantesque, jaillit du sol et se colle, vertical, à la grille qu'il embrasse ; un cri bref, enflammé, traverse la salle – puis la bête se souvient de la grille et de l'homme, s'éteint brusquement, retombe et se couche.

Le mâle est un peu amoureux de sa femelle, mais les temps ne sont pas venus ; elle le laisse à peine, amicale et froide, lécher ses rondes oreilles et son échine sensible. D'un tressaillement, d'un froncement de sourcils, humain et distingué, elle interrompt la caresse et elle gronde très bas, très bas, comme un orage lointain. Le mâle s'écarte, simule une déférence exagérée, baisse son front rayé et se met à attendre que le signe – un singulier sourire de tigresse, austère, assez méprisant – autorise son approche fraternelle.

Un peu plus tard, les reins longs des deux bêtes s'étirent, les larges pattes se mêlent, par jeu innocent de jeunes chats, et l'on oublierait la prison, la misère de ces êtres puissants et condamnés, s'il n'y avait pas, à chaque instant – et pire que leur va-et-vient maladif d'une paroi à l'autre – cette habitude désolée de lever la tête vers le ciel, cet appel à la lumière, au vent libre, cette prière de la bête qui croit, jusqu'à la mort, à la délivrance…

La panthère noire, plus petite, agitée, consent à nous apercevoir et à nous maudire. Si je lui dis

« Khh ! » elle répond : « Khh ! » et gifle injustement son époux ; elle bondit et jure soudain, parce qu'elle a regardé la cage des pumas, et renâcle contre son gardien, qu'elle accuse de retarder l'heure du repas, – elle est toute fiévreuse, affamée de tout ce qui lui manque, et l'on fait ce rêve simple d'ouvrir, un soir, la porte de sa cage, et de lui dire : « Là…, là…, pauvre démone, voici une nuit claire pour vous, et de l'herbe humide où gambader terriblement, et un mouton tué, que les hommes devaient manger demain, et quelques sottes poules, pauvre démone, pour que vous sachiez enfin ce que c'est que la douceur, le ronron repu, la quiétude… »

La quiétude… C'est le bien de ceux qui ont à jamais choisi une part de leur destin, et rejeté l'autre. Aucune créature, ici, ne semble avoir abdiqué, malgré la viande quotidienne, l'eau pure, la sciure et le sable des cages bien lavées… Une lionne pourtant, renversée, offre ses pattes molles et ses yeux sans secret au gardien qui flatte sa gorge blonde…

Trois léopards, nés au jardin, vêtus d'un velours à mille taches, et gais, roulent un ballon de football, et une petite léoparde bébé vient, confiante, au claquement des doigts… Ceux-là n'ont pas de souvenirs inguérissables. Mais quel secours y a-t-il pour la peine du petit renard bleu, sans cesse pleurant et gémissant, ou du blaireau argenté, ou pour la mélancolie de la tendre hyène tachetée, qui mendie les caresses ?

À cinq heures, un chariot de viande rouge roule contre les cages, et la voix des fauves couvre tous les bruits. L'odeur du sang leur remémore des jeux de guerre et des danses sacrées; l'un des trois léopards secoue sa côte de bœuf comme une pantoufle, et la panthère noire « corrige » son faux-filet comme si ce fût une progéniture ingrate. Mais la tigresse se plaint de n'avoir pas faim, et dit « meuh », tout bas, à petite gueule ennuyée. Et le lion à la lourde chevelure noire, couché sur sa proie, carde délicatement la chair crue, sans la mordre, à lents coups de sa langue râpeuse…

Il n'y a plus, dans la vaste salle, que le son – craquements d'os, dents qui mâchent, clappements de langues et de babines, – d'un énorme repas. Tout à l'heure, ce sera la nuit, le prompt sommeil des bêtes, frémissant de songes, et puis le réveil, – le réveil dans la cage. Le lendemain, ce sera encore le réveil dans la cage. Et celles-ci sont les plus heureuses des bêtes prisonnières. Bon souper, bon gîte, mais… la cage. L'homme aussi? D'accord. Je veux bien m'apitoyer aussi sur l'homme. Mais l'homme est une petite bête que le désert de la liberté éblouit et tue. Et puis, l'homme c'est mon semblable, mon égal, tandis que ceux-ci… Je ne puis pas ne pas me demander: N'y avait-il rien d'autre à en faire que de les tenir captives, cette force, cette beauté, l'intelligence qui brûle dans ces yeux calmes? L'inimitié du fauve n'est-elle pas non seulement une invention, mais une œuvre de l'homme ? Le petit homme, rusé mais fantasque, mais d'instinct peu sûr, a contracté amitié, – amitié intéressée – avec le buffle et le bœuf épais, l'éléphant, avec le chien sauvage, le loup et même le porc dévorateur… Mieux encore : le serval au crâne plat et l'oiseau de proie chassent, rabattent pour le compte de l'homme ! Je fais ce rêve, malgré que j'aie tenu en face de moi, dans une chambre, une petite once tachetée qui mordait la cravache sans colère, simplement pour me dire : « Pourquoi plierais-je, et non toi ? » – je fais ce rêve : être le premier sauvage subtil qui trouverait, brisant la cage et la chaîne, l'autre moyen, le vrai moyen de traiter avec ces beaux princes sanguinaires…

Ricotte

— Un rat! un rat! se sont écriées les chattes, en bondissant dans l'air, hérissées, comme de rapides et terribles oiseaux.

Mais ce n'était pas un rat. Ce n'était qu'un écureuil femelle du Brésil, une petite écureuille qui leur montra tout de suite ses griffes tranchantes, et deux incisives à couper le verre.

— Évidemment, dit la mère Chatte, ce n'est pas un rat… Je demande à réfléchir.

— Je demande aussi à réfléchir, répéta docilement la fille Chatte, toute pareille à sa mère, et qui n'a pas inventé le piège à souris.

Pendant ce temps-là, l'écureuille buvait le lait de la bienvenue, en tenant le bord de la tasse à deux mains. Puis elle s'essuya le museau sur le velours du fauteuil, se peigna des dix doigts comme un poète romantique, se gratta l'oreille, disposa sur son dos sa queue en point d'interrogation, et s'ouvrit des noisettes.

La chienne vint à son tour, dégoûtée, flairer la nouvelle bête, mais l'écureuille jeta sur elle une toux de mécontentement, des « heu! heu! » de professeur difficile, et la chienne, faute d'avoir mûri un plan de conduite, s'en alla. La nouvelle bête resta seule devant nous, et commença de se conduire suivant le code de la véritable bête sauvage, qui, mise en contact soudain avec le Deux-Pattes bienveillant, lui manifeste à peu près ceci : « Tu n'es pas mon ennemi ? Alors tu es mon ami. Prends, en une fois, ma confiance, qui ne saurait progresser. » Aussi bondit-elle sur mon épaule et me donna-t-elle à garder, bien enfoncée entre ma nuque et le col de ma blouse, sa plus grosse noisette, recouverte d'une mèche de mes cheveux cardés.

Le lendemain, je coupai la chaîne qui la retenait. Une chaîne, las! à cet esprit follet, à cette flammèche voletante! Une chaîne, à cette exilée, venue sur la mer dans une cage, et qui m'adoptait comme une patrie! Elle sentit, n'osant y croire, la rupture du lien, et demeura un instant assise en kangourou, palpitante, ses deux mains antérieures serrées contre sa poitrine, comme sous un excès d'émotion. Puis elle risqua un petit bond incrédule, presque gauche… Un autre bond plus long, qui la déposa, légère comme une graine de chardon, sur le bord de la fenêtre ouverte… Mais elle fit un troisième bond, plus assuré que les deux premiers, et celui-là la ramena sur mon épaule. Elle y vola, traçant dans l'air l'arc mystérieux, le pont idéal qui franchit l'abîme, de l'âme des bêtes à la nôtre.

Elle est là, devant moi. La minute d'avant, elle était ailleurs, et la minute d'après, où sera-t-elle ? Il y a si peu de jours que je la connais, que je ne me souviens pas bien, chaque matin, de sa forme ni de ses couleurs, et qu'elle m'étonne à chaque réveil. Une « raie de mulet », noire, marque en long son dos ; les flancs, vêtus d'un poil ras et suave, tournent au vert bronze, pour la plus grande gloire d'un ventre roux ardent, et d'un panache de queue assorti, panache rutilant en brins fins et plats dont on dit d'abord : « Pourquoi Ricotte s'est-elle mis une plume d'autruche au derrière ? »

Elle a des yeux… disons des yeux d'écureuil, et cela suffit à faire connaître qu'ils sont beaux, bien fendus, vifs ; des oreilles rondes de souris, proprement achevées au bord par un petit surjet en relief. Quatre mains de ouistiti, quel luxe, alors qu'une seule suffirait aux dévastations les plus subtiles !

La voici qui traverse la table, sautant sur ses pattes de derrière, car celles de devant serrent précieusement un énorme flocon de coton hydrophile, volé. Ricotte s'offre un mobilier nouveau presque tous les jours. Une pelote de ficelle redevient, par ses soins, chevelure de chanvre, et le cordon du téléphone chevelure de soie. Au centre d'une grosse pelote de laine, Ricotte dort, se lave, taille des amandes et laisse tomber sur les événements actuels des « heu ! heu ! » de blâme…

Elle revient, les pattes vides, et s'assied pour me faire compagnie. Seulement, comme elle me regarde, je ne peux pas m'empêcher de rire, à quoi elle répond par une gaieté d'écureuil, c'est-à-dire une cabriole électrique, si rapide qu'on doute, après, de l'avoir vue…

Le sucrier plein la désolait, hier, parce qu'elle désespérait de trouver dans la chambre une cachette pour chaque morceau de sucre. Ce matin, elle est consolée : ayant remis à leur place, un à un, les morceaux volés, elle monte la garde à côté du sucrier. Je trouve des amandes dans mes bottines, et des fragments de biscuits insinués, comme des sachets, entre mes chemises. Il y a des bouts de bougie dans ma boîte à poudre, et… tiens, qu'est-ce qui craque donc sous le tapis ? Des pastilles au chlorate de potasse ! Ricotte soigne sa gorge. Et ne nous étonnons pas si les cambrioleurs entrent chez nous la nuit : Ricotte a comblé avec des noix les logettes de tous les verrous.

Les couleuvres

Ce sont deux pauvres sauvagesses, arrachées, il y a quatre jours, à leur rive d'étang, à leurs joncs frais, au tertre chaud, craquelé sous le soleil, dont elles imitent les couleurs fauves et grises… Elles ont fait un voyage maudit, avec deux cents de leurs pareilles, étouffées dans une caisse, mêlées, bruissantes, et le marchand qui me choisit celles-ci brassait ce vivant écheveau, ces cordages vernissés, démêlait d'un doigt actif les lacets minces, les fouets robustes, les ventres clairs et les dos jaspés…

— Ça, c'est un mâle… Et ça c'est une grosse femelle… Elles s'ennuieront moins, si vous les prenez toutes les deux…

Je ne saurais dire si c'est d'ennui qu'elles s'étirent, contre les vitres de leur cage. Les premières heures, je faillis les lâcher dans le jardin, tant elles battaient de peur les parois de leur prison. L'une frappait sans relâche, de son dur petit nez, le même joint de vitres ; l'autre s'élevait d'un jet jusqu'au toit grillagé, retombait molle comme une verge d'étain en train de fondre, et recommençait… Leur offrir, à toutes deux, la liberté, le jardin, le gazon, les trous du mur… Mais les chattes veillaient, gaies et féroces, prêtes à griffer les écailles vulnérables, à crever les vifs yeux d'or…

J'ai gardé les couleuvres, et je plains en elles, encore une fois, la sagesse misérable des bêtes sauvages, qui se résignent à la captivité, mais sans jamais perdre l'espoir de redevenir libres. La secrète horreur, l'horreur occidentale du reptile ressuscite en moi, si je me penche longtemps sur elles, et je sais que le spectacle de leur danse obstinée, le mot sans fin qu'elles écrivent contre la vitre, le mouvement mystérieux d'un corps qui progresse sans membres, qui se résorbe, se projette hors de soi, ce spectacle dispense la stupeur…

Mais le mauvais charme s'évanouit dès que je touche et saisis les couleuvres. Sèches, froides, suaves, elles désobéissent à la main et on a plaisir à jouer avec leur force. Le mâle, le plus mince, darde de tous côtés sa tête agile, à petite coiffe jaune et noire, la flamme subtile de sa langue. Il se tord, noue au bras son long corps au ventre niellé de bleu, d'argent, de blanc verdi, se déroule, palpe avec précaution, du menton et de la gorge, la tiédeur de la main, s'y arrête indécis, et je sens dans ma paume palpiter son froid petit cœur…

Dans l'autre main, je retiens la forte femelle autour de laquelle se rejoignent à peine mes doigts. Elle est irritée, fouette de la queue et de la tête, siffle comme un jars, et je ne sais comment apaiser cette colère inoffensive d'une bête qu'on a oublié d'armer… Un rayon piquant de soleil tombe sur mes genoux, juste à point pour que j'y couche, malgré elles, les couleuvres. Un long instant de lutte, de silence, de chaleur – l'immobilité, puis la détente – le vivant ressort révolté qui, tout à coup, cède – plaisir, espoir d'avoir, mieux que vaincu, séduit…

Elles sont là, sur mes genoux, immobiles et aux aguets. L'une se retient de la queue au bras du fauteuil, laisse pendre sa tête le long de ma jupe, et tâte l'air et l'étoffe des bouts de sa vibrante langue. L'autre, roulée en corde molle, souffre à présent que ma main la soulève, la guide comme le cordonnet d'une passementerie ; mais elle tressaille et se bande, au moindre mouvement de la chienne couchée à quelques pas. N'importe, c'est entre nous la première trêve, l'heure ambiguë et calme où nous pouvons, les couleuvres et moi, escompter celles qui suivront : il me semble déjà qu'elles s'humanisent, et elles croient que je m'apprivoise.

L'homme aux poissons

Le petit homme attendait la fin de la pluie, et moi la fin de la panne, dans le petit café de X.-sur-X. De temps en temps, l'un de nous deux soulevait le rideau et découvrait un coin de la rue villageoise en pente, des pavés en tête de chat, bleus de pluie, un jardinet tendre et vert, fouetté par l'averse, un ruisseau qui charriait des fleurs de lilas… Et nous soupirions ensemble. À la fin, il me dit :

— Riche temps pour une matinée. Les Fol'-Berg'de Paris font au moins sept mille, un dimanche comme ça.

Étonnée, je regardai le petit homme, en m'avisant qu'il n'avait rien de rural et qu'une valise fatiguée s'étayait au pied de sa chaise. Il souriait, d'une laide bouche étrange, violacée et détendue, et toute sa figure souriante était, des yeux injectés aux lèvres tuméfiées, celle d'un homme qui vient de sangloter violemment. Il continua, heureux de parler, d'entendre sa voix grasse, facile et râpée de bonisseur :

— J'attends mon train de 5 heures et demie, qui me met à Z… à 7 heures. Oh ! ce n'est pas que mon bagage craigne l'eau…

Il eut un coup d'œil sur sa valise, se pencha de l'autre côté sur un colis invisible qu'il ramassa et posa sur la table : un seau de verre où tournaient trois poissons rouges.

— Ça, c'est *mes* poissons, déclara-t-il.

Napoléon eût dit avec moins d'emphase : « Mes soldats ! » Et je commençai à penser soudain qu'il n'y a pas de fous inoffensifs.

Le petit homme se tut quelques instants, comme s'il jouissait de mon malaise, avant de s'expliquer :

— *Mes* poissons, madame ! Et quand je dis qu'ils sont à moi, il ne peut pas y en avoir de plus *à moi.* Ils me connaissent, par-dedans comme par-dehors, ils savent comment je suis fait, pour cette bonne raison que je les avale une moyenne de deux fois par jour.

— Vous les… quoi ?

— Je les avale, madame. Oh ! soyez sans inquiétude, je les rends !… Je suis artiste, ajouta-t-il plus bas, sur le ton modeste et vaincu d'un grand homme qui renonce à l'incognito. J'avale mes trois poissons et je les rends vivants, après les avoir conservés une demi-heure dans mon estomac. Il leur faut deux litres d'eau, que j'avale en même temps, pour leur satisfaction. Je pourrais même les conserver plus longtemps, mais le public s'impatienterait, et puis le poisson rouge n'aime pas l'obscurité. Tel que vous me voyez, je m'en vais de ville en ville avec mes poissons, mes mêmes poissons depuis trois ans, madame.

« Autrefois, je faisais des engagements dans les music-halls. J'ai passé à Lyon, à Bordeaux, partout. Et puis je me suis fatigué de penser que les managers gagnaient des fortunes sur mon dos – pensez, un numéro unique au monde ! – et je me suis mis à mon compte. Je vois du pays, en petit touriste, sans me presser. Ma valise d'une main, mes poissons de l'autre. J'arrive dans une ville, je m'informe du café le mieux fréquenté. Deux affiches contre les vitres, un roulement de tambour au besoin, et j'opère. J'avale mes deux litres d'eau et houp !... mes trois poissons comme vous goberiez trois fraises. Pendant une demi-heure, j'occupe le public avec un peu de prestidigitation, des tours de cartes, et à l'heure fixée, bloup !... voilà mes poissons ressortis comme ils étaient entrés ! Après quoi je fais la quête autour de l'assistance, et je vous garantis qu'un billet de quinze francs ou même un louis est vite ramassé. Hein ?... vous en êtes comme les autres, vous en restez assise ?

— J'avoue que...

Et je regardais tour à tour, sans trouver de paroles, les trois poissons tournoyants, la bouche violacée aux lèvres molles, puis les poissons, puis la bouche...

— Et je vais encore vous en dire une plus forte! continua l'« artiste ».

— Mais... je ne voudrais pas vous retarder... votre train...

— J'ai le temps, j'ai le temps! La gare est à deux pas, et voilà le soleil. Une plus forte que tout: mon estomac, vous m'entendez bien, *mon* estomac, eh bien, il est acheté, après ma mort, par la Faculté de médecine! À preuve...

Il ouvrit son pardessus, atteignit un portefeuille vert, orné d'un trèfle en faux rubis.

— Tenez, voilà la carte, regardez les timbres, l'en-tête, et tout. Cette carte-là, je la fais passer dans l'assistance après mon exercice, moyennant deux sous; mais nous sommes ici entre voyageurs... Mon cas est une poche stomacale, reprit le petit homme sur son ton de bonisseur, une poche stomacale dont la présence fut révélée par la radiographie; j'ai trente-deux ans, je jouis d'une bonne santé, je peux manger toutes choses réputées lourdes et même du ragoût, à cette seule condition de ne faire qu'un repas par jour.

— Ah! vous ne faites qu'un...

— Un seul! Dame, chuchota l'artiste en inclinant vers moi un insoutenable sourire, vous concevez, si je ne...

— Oui, oui, m'écriai-je, j'ai compris. N'ajoutez rien, n'ajoutez rien!...

Il éclata de rire, me salua rondement et s'en alla portant d'une main sa valise, de l'autre le seau d'eau un peu trouble, et je demeurai seule dans le petit café, devant un verre de bière où je m'obstinais à voir tournoyer trois poissons rouges…

Les chats-huants

Ces sombres journées leur appartiennent. Dans le brouillard immobile qui pleure aux arbres, ils se branchent et chantent. Ils échangent, hulottes et chevêches, effraies et grands-ducs, des rires tremblés, des sanglots, des sifflements doux, et aussi ces cris poignants qu'entendaient seules les nuits. La petite chevêche mêle sa couleur à celle des feuilles des chênes et montre au demi-jour son charmant visage d'oiseau-chat ; le grand-duc s'échappe, avant l'heure, d'une tour et plane un instant, immense, roux comme l'épervier – mais la nuit tôt venue déchaîne et cache leur ronde. On ne les voit plus, on devine, à un ricanement léger, à de faibles appels obstinés, leur nombre et leur vigilance autour de ces vieux murs. Jamais un frôlement d'ailes, jamais un froissement de plumes, leur vol d'esprits évite la branche, le pan de muraille et le croisillon de la lucarne…

Quand le bord du ciel noir se soulève et découvre le rouge sombre d'une aube d'hiver, vite étouffée sous la brume, ils rentrent. L'un d'eux – est-ce toujours le même? – jette, comme pour m'avertir, un cri déchirant de coq nocturne, une clameur qui ressemble à un ordre ironique:

« — Éveillez-vous tous, je vais dormir! » J'obéis, et parfois je me penche à ma fenêtre pour voir le retour des chats-huants.

... Cinquante pieds de brumes au-dessus de moi, un peu plus blanche que la nuit d'en haut et que les chênes où le vent naissant suscite un bruit de palmes sèches. Cinquante pieds de brume où passe et repasse l'élan indistinct de bêtes véloces, un tournoiement aisé de poissons dans l'onde. Mes yeux s'accoutument, et le ciel pâlit: le roux et le blanc, le jaune et le gris se peignent peu à peu sur les grandes ailes ouvertes et nageantes plus bas que moi, sur les dos tavelés et l'éventail des queues. Une aile passe si près de moi qu'elle secoue contre ma tempe l'humidité fine du matin et l'odeur des feuilles confites...

Ils accourent, ils tournoient, ils montent. Le ciel, d'un bleu de neige, est rayé d'oiseaux muets. L'auvent d'un toit pointu, une meurtrière mince, les avalent un à un, au passage. À l'heure où les chiens de troupeaux aboient en bas, invisibles au fond de la brume, il ne reste plus qu'une chouette, une « dame-blanche », assise au bord d'un grenier; elle bat des paupières, se rengorge et gonfle coquettement le mince liseré marron qui serre, autour de ses joues nettes, son petit béguin Marie Stuart.

La petite truie de M. Rouzade

— Cave… cave… Allons, cave !

Elle ne se fait pas prier ; elle donne du groin en avant et elle « cave », puisque c'est son métier. Elle est dodue, très près de terre sur ses courtes jambes, d'aplomb sur ses tout petits pieds. Elle porte collier et laisse, comme un limier, et s'en va, rose sous ses soies clairsemées, toute nue dans la rosée glaciale.

— Cave…, allons, cave…

Des chênes malingres, quelques genévriers, des églantiers tors, – une terre sombre et sanguine, où court un réseau géométrique de murs bas, en pierres sèches, – cette pauvreté cache de l'or, cette terre attristée nourrit la truffe, la truffe capricieuse qui abonde ici, se refuse là ; – nous sommes à Martel, un des meilleurs « crus » limousins de la truffe. C'est pour nous que travaille aujourd'hui – encore qu'il soit un peu tôt et qu'il s'en faille, pour la récolte, d'une gelée ou deux – la petite truie de M. Rouzade.

Familière, jamais battue, elle a commencé à « caver ». Son groin humide, qu'elle guide en soc, soulève un feutre de mousse et d'herbes rousses, laboure la forte terre compacte…

— Elle y est ! La truffe y est !

Le groin intelligent se relève et quête la récompense, une poignée de maïs, et nous décollons, ganguée de terre, la truffe noire, grenue, froide, la surprenante chose qui pousse sans racines, se nourrit mystérieusement, et qui semble aussi étrangère au sol que le silex rond, son voisin.

— Allons, allons, cave !…

Mais il faut d'abord que la truie recueille jusqu'au dernier grain de maïs, et son maître patiente, en homme sage qui dépend de la bête avisée et qui respecte son caprice divinateur. Caprice, car la truie malicieuse essaye, souvent, d'abuser l'homme sans flair…

— Ah ! tu me trompes, tu me trompes, coquine !

La tranchée d'où émerge, cette fois-ci, le groin terreux, est vide, le bâton ferré y tâtonne sans blesser la peau croquante d'une truffe. Surprise en flagrant délit de mensonge, la petite truie éclate en bavardages compliqués, glapit et proteste en reprenant sa tâche… Tout à coup elle fonce en avant, traînant rudement son maître, elle écorche son dos sous des églantiers bas, fouit avec rage et découvre une merveille, une truffe grosse comme une pomme, sans ver et sans trou, digne d'être cuite et montrée seule, d'être mangée « pour elle-même! » Le coin est bon, la petite truie travaille; déployant une ardeur comique et bougonne, elle parle à demi-voix, s'interrompt, flaire le vent, repart… Elle montre un peu de la sensibilité hargneuse des grands artistes, il lui arrive de laisser sa besogne d'inspirée pour dire des choses abominables – appuyées de quel regard bleu, spirituel et vindicatif! – à la chienne qui nous accompagne…

Nous l'escortons, dociles, les pieds trempés, les mains gelées. L'ardeur de la recherche, la joie de la trouvaille, nous rend indifférents à la bruine qui tombe en givre; nous espérons, à chaque arrêt, la truffe fabuleuse, le monstre inégalé… On gagne vite, à ce fructueux et hasardeux métier de trouveur de pépites, l'âpreté du chercheur d'or. Nous apprenons comment on dégage la truffe sans la meurtrir, nous savons à présent que les fibrilles rouges, sur son écorce noire, révèlent sa maturité insuffisante; nous excitons la petite truie de M. Rouzade:

— Cave, allons, cave!…

La bruine tourne en pluie et bleuit l'horizon pelé des truffières; aussi bien, le panier est plein et le punch nous attend près du poêle, dans la petite auberge du village. Il y fait bon se rôtir les jambes, en écoutant quatre paysans graves qui jouent le poker en patois limousin, tandis que, du panier tenu entre nos genoux, monte le précieux, l'apéritif et frais arôme de la truffe nouvelle, à peine arrachée à la rouge terre limousine…

Les papillons

(Forêt de Crécy.)

Au bout de l'allée, vert tunnel, brille l'issue étincelante, la fin de la haute futaie. Ce n'est qu'une étoile bleue, puis, à mesure que nous avançons, une ogive couleur de mer, puis un portique ensoleillé, ouvert sur un bois-taillis, rasé l'an dernier, où des surgeons buissonnent, ombragés de rares chênes. Ici le soleil s'étale, l'air bourdonne de taons et de guêpes, la libellule grésille, déchirant le réseau de rayons que tisse le vol des moustiques et des minces mouches forestières.

Des bousiers noirs et bleus errent sous l'herbe roussie ; une vipère inquiétée se dérobe, – car on ne peut confondre ce fouet brutal, ce coup de queue court et vigoureux qui bat les feuilles, avec le bruissement de ruisseau furtif que fait la fuite soyeuse d'une couleuvre… Ce sol battu et chaud sent le serpent.

Autour des souches, des campanules mauves, des aigremoines jaunes ont jailli en fusées, et des chanvres roses au parfum d'amande amère. Le papillon « citron » y tournoie ; vert comme une feuille malade, vert comme un limon amer, il s'envole si je le suis, et surveille le moindre mouvement de mes mains. Les sylvains roux, couleur de sillon, se lèvent en nuage devant mes pas, et leurs lunules fauves semblent m'épier. Un grand mars farouche franchit le bois et fait resplendir, au soleil, hors de toute atteinte, l'azur et l'argent d'une belle nuit de lune…

Mais le radieux paon-de-jour, en velours cramoisi, frappé d'yeux bleuâtres, clouté de turquoises, plus frais que la plus fraîche fleur, attend, confiant, la main qui l'emprisonne. Je le cueille, plié en deux comme un billet, noir au-dehors, flamme au-dedans. J'entr'ouvre de force ses ailes de diablotin luxueux, j'admire, près de son corselet, la nacre d'un duvet long, mordoré, qui se soulève à mon souffle, les sombres pattes fragiles et tremblantes, les yeux moirés comme ceux d'une abeille… Puis je desserre mes doigts, et son vol nonchalant le ramène sur la même fleur où je puis le cueillir encore, car il butine, goulu, content, déjà rassuré, la trompe raidie et les ailes ouvertes, avec un doux battement voluptueux d'éventail.

Exposition canine

Où donc ai-je vu ces chiens-là. Ici, l'an dernier, à pareille époque. Je reconnais ce lévrier, incapable de commander à ses nerfs et dont la plainte a le charme d'un chant. J'ai déjà hoché la tête devant ce petit brabançon résigné, qui enferme tant de sagesse dans son cerveau en bille et dans ses yeux d'écureuil. Les bulls ronflent comme un dortoir de caserne, et le dobermann-pinscher fait tout ce qu'il peut pour imiter la distinction bien française des beaucerons. Ceux-ci, arrachés à leurs troupeaux par une vogue commençante, s'ennuient avec pudeur et croisent leurs beaux doigts secs et rouges de gentilshommes campagnards. Il y a aussi, sur des coussins, baignés des parfums combinés du crésyl, de l'iodoforme et de l'eau de Cologne, il y a du loulou, du pékinois, du griffon belge, du toy-terrier. Il y a aussi, en bonne quantité, et libre, de la dame qui aime bien les bêtes, qui n'a pas sa pareille pour enlever de terre un toy par une patte et la lui démettre et pour fourrer un doigt ganté dans l'œil d'un petit bull…

La semaine dernière, cet air criblé de cris menus retentissait de la voix des meutes. Des gorges profondes, expertes, clamaient longuement le regret des forêts ou des calmes siestes au chenil. Et c'est là que j'ai vu, vers l'heure de midi, un homme bien vêtu, soigneusement ganté, à genoux contre la grille d'un box où se pressaient de graves museaux, de lourdes oreilles mélancoliques, des fouets de queues vibrants. Je m'approchai de cet homme bien mis, si peu soucieux pourtant du pli de son pantalon, et j'entendis qu'il ne parlait pas à la meute, mais que, pitoyable, délicat et poète d'instinct, il consolait ces fiévreux prisonniers, exilés de la lande et du taillis, en imitant avec sa bouche : – Pou-pou-pou-pou, pou-pou, pou-pou… les sonneries des trompes de chasse dans le lointain…

L'ours et la vieille dame

(Printemps 1914.)

Midi et demi, l'heure des déjeuners parlementaires, dans un restaurant voisin de la Madeleine. À côté de nous déjeunent deux hommes de qui j'ignore les noms, mais il n'est pas difficile de prédire qu'à la fin de leur cigare, quand ils auront vidé leur tasse de café et leur verre de fine, ils passeront le pont pour aller s'enfermer en face, à la Chambre… Vêtus correctement, ils se tiennent mal, en gens qui ne connaissent d'autres repos que les repas ; ils s'accoudent, s'assoient de travers, jouent avec un couteau à dessert comme avec un coupe-papier, témoignent d'une indifférence absolue pour tout ce qui se passe autour d'eux – et ils parlent politique, à demi-voix, d'un air prudent et excédé, non sans que j'entende des mots cent fois imprimés cette semaine, cent fois dits et redits par toutes les bouches :

« Combinaison Viviani… démarche auprès de Doumergue… Peytral… Ribot… Bourgeois… »

Ils s'échauffent, et je puis surprendre, malgré moi, le sens de l'entretien.

— Des procédés de discussion, vous appelez ça des procédés de discussion, vous êtes poli…

— Je tâche…

— *Ils* ne discutent pas, mon cher : chacun pose son ultimatum, et sur quel ton ! On voit là-dedans des gens étonnants, plus catégoriques les uns que les autres : celui-ci *n'admet pas,* celui-là ne *peut pas tolérer* ; questionner Untel, c'est l'offenser mortellement. Chose menace, on ne sait pas bien au nom de qui ou de quoi : à la moindre contradiction, il hurle, remplace les arguments par une danse de guerre et un frénétique « vocero ». Machin ne s'exprime que par sentences généralement excommunicatoires…

— Ce qu'il y a de plus beau, c'est que, si on s'informait d'un peu près, on découvrirait que Machin existe à peine, que Chose n'a aucune espèce de passé politique, ni même financier, que les soutes d'Untel sont vides, et que son tonnerre est une feuille de tôle… Seulement, on ne s'informe pas, on tremble. C'est le règne des Péremptoires.

Un instant, les deux hommes se taisent, fatigués, et je retiens une indiscrète envie d'entrer dans leur conversation, pour leur raconter une très véridique histoire, que leurs dernières paroles viennent d'évoquer – l'histoire de l'ours et de la vieille dame polonaise.

Une vieille dame polonaise habitait, en Autriche – je vous parle là d'une cinquantaine d'années, – un domaine forestier, où l'on trouvait encore parmi des futaies très anciennes des loups et des ours. On y captura une ourse, un peu blessée, que la dame fit soigner et guérir chez elle, et qui s'apprivoisa le mieux du monde, au point de suivre comme une chienne et de coucher sur le tapis du salon.

Un jour que la vieille dame se rendait par un sentier de la forêt à une de ses métairies, elle s'aperçoit que Mâcha, son ourse familière, la suit.

— Non, Mâcha, lui dit-elle, vous ne viendrez pas à la ferme, retournez à la maison.

Refus de Mâcha, qui s'obstine, et que la dame polonaise reconduit elle-même pour l'enfermer sous bonne garde au salon.

Dans la forêt, elle entend de nouveau un trot sourd sur les aiguilles de sapin ; elle se retourne et voit accourir… Mâcha, Mâcha qui la rejoint rapidement et s'arrête court devant elle :

— Oh ! Mâcha ! s'écrie la vieille dame, je vous avais défendu de me suivre ! Je suis très fâchée contre vous ! Je vous ordonne de vous en aller à la maison ! Allez, allez-vous-en !

Et elle ponctue ce discours, pan! pan! de deux petits coups de son ombrelle sur le museau de Mâcha. Celle-ci regarde sa maîtresse d'un œil indécis, fait un bond de côté, et disparaît dans la forêt…

— J'ai eu tort, pense la vieille dame. Mâcha ne va plus vouloir rentrer du tout, elle est vexée. Elle va terroriser les moutons et le bétail… Je vais retourner à la maison et faire chercher Mâcha.

Elle rebrousse chemin, ouvre la porte du salon, et trouve… Mâcha, Mâcha qui n'avait pas bougé, Mâcha sans reproche qui somnolait sur le tapis! La bête, dans le bois, c'était tout bonnement *un autre ours*, qui accourait pour manger la vieille dame, mais qui, gratifié de deux petits coups d'ombrelle et semoncé comme un simple caniche, s'était dit:

— Cette personne autoritaire détient assurément une puissance mystérieuse autant qu'illimitée… Fuyons!

Mais, tout de même, si l'autre ours, l'ours sauvage avait su que la dame, la péremptoire vieille dame, n'était armée que d'une petite ombrelle en coton rose… hein?

Insectes et oiseaux vivants

Il y fait tiède, fade, musqué ; l'air sent l'oiseau et l'étang, et derrière une cloison de toile une lionne invisible rugit à petits coups... Une pluie d'orage avance le crépuscule de deux heures et éloigne le public ; si l'averse se taisait un moment, on pourrait entendre le grignotement des chenilles découpant en rond les feuilles, dans leurs cages, et le crissement des pattes de lézard contre les vitres, et le frrt entravé des oiseaux...

Un appétit superficiel de connaître nous conduit de cage en cage, de nid en nid – le temps de retenir la couleur feuille-morte d'un œuf de bondrée, évident et caché sur son lit de feuilles mortes – de nous égayer à l'humeur sociable d'un petit toucan, tout en bec jaune, avec un court paletot de poil-plume vert ; la mygale lève à notre passage un bras poilu, et l'axolotl secoue ses oreilles-nageoires de cochon rose...

À la condition que cette exposition fût non une éphémère apparition de merveilles, mais un musée durable, nous pourrions pénétrer un peu plus avant dans le secret de tant de vies mystérieuses, que l'homme dédaigne avec une si royale et si stupide indifférence. Le nom de ce poisson surprenant, lame d'écaille claire suspendue dans l'eau, de cet autre tavelé de nacre bleue, frère aquatique des papillons de la Guyane – le nom de ce petit oiseau de flamme violette, de cet insecte démoniaque, nous seraient aussi familiers que celui de la pintade et de la sauterelle…

C'est le temps qui nous manque, mais aussi l'application. Nous n'avons pas assez de patience, nous n'avons que de la curiosité. La stupéfaction nous tient lieu de persévérance, et quand nous avons crié : « Oh!… » nous croyons avoir pris une leçon… Le sourire de Fabre, assis en statue à l'entrée de la serre, sait que l'existence de l'homme semble brève lorsqu'il la passe tout entière penché sur une cité de fourmis… Nous nous sommes précipités pour épier, dix minutes ou une heure, des insectes vivants, et des chenilles, et de petits reptiles, mais nous avions compté sans la frayeur, la répugnance ou la dissimulation de la bête, qu'on ne décide pas de but en blanc à *vivre* devant nous. La mygale se cache, le ver cesse de manger, le lézard palpite et s'immobilise ; seules les fourmis travaillent, envers et contre tous. J'espère qu'il y a, parmi les curieux, des sages qui passent leurs jours ici, en méditation devant une case vitrée, assis sous la frise de papillons secs et de scarabées précieux qui refusent de vivre sous notre ciel, qui meurent si le chasseur les touche, et ne nous abandonnent que leurs momies étincelantes.

Un des bons génies de ce lieu, un paisible génie à l'accent berrichon, nous promène et nous assagit. Il sait combien la terre est petite, pour l'avoir parcourue. Il essaye de nous montrer comme tout est accessible, et que le python, la mygale, le lézard des sables ou l'ocelot ne diffèrent pas tellement, mon Dieu, du chat ou de la rainette… Son mot, c'est : « C'est si facile !… »

— Ça vous fait envie, Madame ? Je vas vous donner un lézard vert. Et puis mon crapaud, mon crapaud *Maxime,* voulez-vous l'avoir aussi ? C'est bien facile… Une jolie lionne de quatre mois, vous devez en avoir besoin d'une ?

— Je voudrais bien, mais…

— Elle est si mignonne, elle couche sur le lit. C'est uniquement une question de place ; il faut un lit un peu grand. Mais une belle couleuvre à damier, ça se loge facilement… Non ? Je vois ce qu'il vous faudrait, une petite bête de dame, pour vous faire société… Attendez, un coati ! Un coati dans les quinze mois, c'est bien facile…

— Un coati… oui… s'il est bien portant, gai et joli… Est-il joli ?

Le génie du lieu tourne vers moi sa malicieuse figure berrichonne :

— S'il est joli ? Tenez, il est juste comme voilà moi !

Salon d'automne

Comme c'est triste, tant de tableaux rassemblés! Et comme c'est laid! Je ne dis pas cela pour faire aux cubistes nulle peine, même légère, – et d'ailleurs les cubistes ne prennent pas souci de moi. Ils sont bien trop occupés, ces novateurs, à leur fonction, toute pneumatique, qui consiste à chasser l'air de leurs tableaux, à oublier cette chose mystérieuse, un peu divine, qu'on nomme la perspective, ce miracle qui a tout à coup, voilà quatre siècles, détaché la figure peinte du mur où elle était collée, empli d'un souffle nécessaire les portraits des arbres et des montagnes et reculé soudain jusqu'au bout du ciel le nuage, la plaine ondulée ou les vagues de la mer…

Pourtant, ô brumes de Corot, ô ciels de Turner, et vous jardins, eaux désaltérantes de Claude Monet, ce n'est pas à vous que j'en appelle, quand je demande au portraitiste de l'éditeur Figuière: « Portraitiste (que vous dites!) de l'éditeur Figuière, comment se fait-il que vous n'ayez pas trouvé – oh ! si peu que ce soit, – l'interprétation cubiste des titres de volumes qui nimbent la tête, si j'ose m'exprimer ainsi, de l'heureux éditeur portraituré ? »

Même avec le joyeux concours du cubisme, ce n'est pas gai, une foule de tableaux. Je sais bien qu'« exposition » c'est l'appellation polie du magasin, et qu'ici on vend de la peinture. Mais dans quelle boutique trouverait-on maintenant ce mépris total du groupement et de l'harmonie ? Si on en avait usé de même au rez-de-chaussée, avec les meubles, l'Art décoratif, plus chatouilleux, eût crié à l'assassinat comme un seul homme, lui qui isole avec amour ses œuvres de choix dans des boxes luxueux ou rustiques. Rien ne manque : la lampe de chevet brûle auprès du lit, le livre est sur la table, et la rose rouge s'effeuille auprès de la jatte de fruits. L'habileté de l'arrangement illusionne à ce point que l'on désire presque, le temps d'un coup d'œil, chaque petit home, étriqué derrière la main courante de velours. Oui, je l'avoue, j'ai voulu qu'on me donnât, pour mes étrennes, cette chambre d'un bleu savonneux, la chambre anémique Pour Personnes Pâles, et le cruel boudoir anguleux, et l'ameublement à coucher, d'un mauve un peu vomi, et les salons en or, et le studio glacial, et vingt autres ! Oui, je serais contente qu'on me les donnât en cadeau, parce que j'aurais l'effronterie de les vendre, et alors je me payerais…

… Je me la payerais, noire, vivante dans sa molle peau et tous ses muscles de bronze, sereine, attentive et pas encore menaçante – je l'achèterais, avec son beau mufle simple, son petit menton irritable, avec ses nobles pattes dont le rythme et l'équilibre enchantent le regard, avec toute sa distinction sauvage – j'achèterais la *Panthère* de M. B…

La salivation psychique

« Dans un jardin d'une des îles de Saint-Pétersbourg, le professeur Pavlov est en train de faire construire un nouveau laboratoire, comprenant des chambres d'isolement strict, où tout fonctionnera automatiquement… »

Vous songez, en lisant ces lignes, à des tuberculeux, qu'on isole, ou à des déments qu'on soigne ?… Il s'agit simplement de faire saliver des chiens. Un chien salive toutes les fois qu'on lui donne à manger ou qu'on lui montre un aliment qui lui plaît. Le professeur Pavlov et ses « nombreux » – hélas ! – élèves s'appliquent à provoquer cette sécrétion, au gré d'une méthode purement psychique. Ces messieurs n'ont pas perdu leur temps ; un des élèves, Orbéli, a habitué un chien à saliver toutes les fois qu'on lui faisait voir la lettre T sur un fond clair : c'est, dit-il, le résultat d'un travail de six mois. Un autre chien a été dressé à « réagir vis-à-vis de treize couples d'excitants », il salive ou non, suivant qu'un accord musical est majeur ou mineur, que le son vient de sa gauche ou de sa droite, que la gamme est ascendante ou descendante ; il salive au son d'un métronome, à condition qu'il ne l'entende qu'aux heures et aux demies ; le même son, ouï aux quarts des heures, le laisse sec.

Il a fallu, pour cela, huit mois, dix mois, un an de dressage, mais le professeur Pavlov nous promet d'obtenir « mieux encore »…

C'est bien terrible, un savant lâché, en liberté, à travers le monde. Nous savons qu'il est nécessaire, ce gaspillage de forces, de temps, de trouvailles mécaniques, d'électricité, de bâtiments spéciaux, autour d'une idée. Mais celle-ci est génératrice d'images saugrenues ou pénibles, et ne fait pas fleurir en nous, nous commun des mortels, l'enthousiasme des découvertes rayonnantes à qui l'on jette, en sacrifice presque joyeux, des hommes et des bêtes vivantes. Ne songeons pas trop longuement aux « dressages » du docteur Pavlov et de ses nombreux élèves : nous finirions par trouver, par comparaison, que les vivisecteurs ne sont pas de si méchantes gens…

Quel beau cauchemar pour un des disciples du savant russe : le docteur Pavlov capturé par des chiens, enchaîné, isolé dans un de ses nouveaux pavillons, harcelé par le battement des métronomes, la vue de l'aliment offert et repris, les décharges électriques, l'apparition et l'extinction d'une lampe rouge, les accords majeurs et mineurs, jusqu'à ce qu'il ait – ô victoire de la science – salivé devant la lettre T !

Les lutteurs au cirque

Des blancs, des jaunes, des noirs, des roses, des beiges, des mauves, il y en a de toutes les couleurs. Cet étal de viande, lorsque pendant la « présentation » ils ceignent le cirque d'une immobile et vivante palissade, frappe, mais non d'admiration. Pour quelques-uns demeurés sveltes – un Hollandais vert et vif comme un lézard, un Allemand tout d'argent rose, peau et cheveux – la plupart sont colossaux, gâtés par l'obésité, par le jabot de chair des « poids lourds ». Beaucoup ont à la nuque un bourrelet dodu, et un doux regard sans pensée.

En dépit des férocités permises du « catch as catch can », il n'y a dans la lutte qu'un moment tragique : celui où l'homme qui est en dessous sent ses épaules plier, où ses omoplates approchent, ligne par ligne, du sol, puis frôlent enfin la laine du tapis… Il n'est guère, à cette minute, de face prognathe, de mufle bovin, qui ne s'ennoblisse d'une douleur *morale,* qui ne crie, non pas le supplice des os et des muscles, mais le *chagrin* d'une âme humiliée.

Des huées, des bravos, des sifflets, accueillent celui qu'on semblait attendre : le lutteur chinois, le monstre. C'est un homme, cela qui s'avance, boitant d'une jambe, dans l'arène, en balançant une grande tête sans front, presque sans yeux, tout en mâchoire, en naseaux écrasés ?... Cela, qui avant d'étendre les mains vers son adversaire, ouvre, d'un mouvement affreux, une gueule qu'on tremble de croire affamée ?... Ses coups ont la lenteur ; la maladresse terrible des bêtes démesurées. Placidement, il écrase le cœur de l'homme couché sous lui, et qu'il regarde, toujours béant, et qu'on lui ôte... Ses vastes pattes laissent glisser la proie, et se tendent vers elle ensuite, comme pour une requête sanguinaire : « Je n'en aurais mangé qu'un petit morceau... »

Bel-Gazou et Buck

Une pluie régulière et fine crible la capote relevée de la voiture d'enfant. Elle est embusquée là-dessous comme un petit douanier dans sa guérite, et plus éveillée qu'une potée de souris. Il y a sur ses joues brunes la buée transparente, le velours d'impalpable humidité qu'une nuit froide suspend aux fruits ; le tablier ciré, la peau d'agneau blanche ondulent sur la danse incessante de deux petites pattes chaussées de laine, qui taquinent la boule d'eau chaude.

Ainsi Bel-Gazou regarde, du haut de la terrasse, venir la troisième saison de sa vie. Ses yeux vagues de nouvelle-née ont d'abord cligné sous le bleu insoutenable d'une fin d'été, puis les premières feuilles jaunes se sont posées sur son voile de tulle. À présent la voiture remplace le moïse, et Bel-Gazou y tient, entre dix heures et quatre heures, à peu près le même office que son voisin, Buck, le chien de garde.

Il a quinze mois, elle en a cinq. Comme lui, elle connaît les deux coups de cloche du déjeuner, et les salue par des cris variés. Elle sait, comme lui, que le va-et-vient du jardinier ne mérite point d'attention : un demi-sourire, un frétillement amical, c'est assez. Le passage des bestiaux n'agite ni l'enfant ni le chien – les « ploc » des pieds larges dans le chemin défoncé, le lent défilé des bêtes rousses, en frise au bord de l'horizon – cela appartient encore, pour Bel-Gazou, à un ordre d'événements trop amples, évidents et indistincts comme la course du nuage et la marche du soleil sur le mur. Si le ciel noircit, si l'averse choit soudain en rideau déroulé, il n'y a pas de quoi changer l'humeur des deux compagnons : Buck aime l'eau et Bel-Gazou rit, tandis qu'on l'emporte, sous la bonne cinglée de pluie qui roule en larmes sur ses joues rondes… Trois longues heures calmes, après midi, donnent à Bel-Gazou et à Buck le repos et le rêve. Une sagacité pareille commande à tous deux un loisir complet, durant lequel la bête repue abandonne l'attitude correcte du chien de garde, pattes jointes et museau tourné vers la route ; Bel-Gazou, rassasiée, bat des cils et cesse d'éprouver, sur la dentelle de son coussin, la force neuve de ses mains destructrices. Elle est alanguie, embellie, comme fardée de chaleur et de bien-être. C'est l'heure où elle accueille les hommages par un regard sans âge, un regard de femme, condescendant et distrait. Elle ne réclame rien, qu'une paix rituelle et sacrée. Les ombres connues, les visages familiers apparaissent sur la terrasse, sans que Bel-Gazou pousse vers eux son appel de paon, sans que Buck daigne dresser l'oreille.

Mais le sable crie, mais une silhouette inconnue grandit au fond de l'allée, et l'odeur insolite offense les narines de Buck hérissé. L'intrus se penche sur la voiture où somnolait Bel-Gazou, Bel-Gazou maintenant éveillée, et qui regarde, au-dessus d'elle, l'assaillant penché… Elle a peur. Elle va suffoquer, battre son coussin de ses bras courts et éclater en cris suraigus… Non. Entre les deux attitudes que peut prendre un être menacé, elle a déjà *choisi*. Rassemblant toutes les armes de sa vivace faiblesse, elle abaisse ses sourcils, ses prunelles soutiennent fermement le regard de l'étranger et, sourdement, du fond de son gosier, elle gronde.

Conte pour les petits enfants des poilus

Au seuil d'un gourbi de terre et de lattes, le soldat veillait. Il était bardé de laine en lambeaux, botté de moquette, casqué de tricot, lourd et massif comme une primitive idole à peine extraite de son bloc. Mais quand il levait la tête vers la lune inexorable, on distinguait la blonde couleur d'une longue barbe de jeune homme, et deux yeux aussi bleus que la nuit.

— Il fait froid, chuchota-t-il, il fait froid.

Non qu'il grelottât, mais il soufflait ces deux mots presque inconsciemment, et s'amusait de son haleine blanche. Il écoutait le silence comme il eût écouté un bruit insolite, le silence récent, inexplicablement purgé de tout tonnerre et de tout éclair de mitraille. Autour de lui, il n'y avait que les fétus, les gravats, moellons en poudre et pierre en cendres, les scories de la bataille qui ne laisse rien de grand derrière elle, que les morts.

Le soldat qui veillait se battit un moment les flancs de ses deux poings, puis reprit son immobilité. De longs jours de gel, des nuits de bise d'est avaient retiré à la terre sa brune et vivante humidité. Seule, la poussière du froid sans neige couvrait la hutte, la jonchée de bois haché, les houseaux de moquette et les joues fendillées du jeune soldat.

Quelque chose, soudain, bondit et s'arrêta : une mince martre jaune, vêtue de neuf par les mois rigoureux, chassait. Elle s'assit en écureuil, peigna sa queue, se gratta, regarda la lune.

— Psss, psss, appela le soldat.

La martre fit un saut comique, comme si elle eût éclaté de rire avec tout son corps, et disparut.

Quittant sa sérénité de pâtre, le soldat se tourna vers l'intérieur de la hutte, y contempla, à la flamme basse d'une lampe, ses biens fragiles : une couverture, des armes, et des journaux déployés.

— *Pour nos poilus,* lut-il. *Les étrennes de nos poilus. La Noël de nos poilus.* C'est vrai, c'est demain Noël… Poilus, poilus, hélas, pas assez poilus. Je ne suis qu'un soldat timide, et le sang me fait horreur, et le froid me pétrifie. Si du moins j'avais, comme la martre, un pelage, un vrai… Ce froid me serre la tête, j'ai peur de dormir… Si j'avais, comme la martre, une fourrure à moi, bien implantée dans ma peau…

Il rêvait, à demi couché, raidi, tenté par l'immobilité éternelle :

— Mais quelle toison me réchaufferait, à présent ? Est-ce qu'il n'est pas trop tard ?

Il essaya de se relever, ses jambes n'obéirent pas à son effort.

— C'est la mort, sans doute. Le sommeil de la mort. Un peu de chaleur m'eût sauvé... Si j'avais eu...

— Si tu avais eu quoi ? glapit une coupante petite voix de martre. Une fourrure ? Tu n'as qu'à choisir et à souhaiter.

La martre, assise sur la couverture, s'exprimait avec une assurance pédagogique, en remuant le bout du museau, et jouait en parlant avec la barbe blonde du soldat.

— Elle parle, dit-il en lui-même. Ai-je déjà quitté le monde où les hommes et les bêtes, ennemis et frères, ne se comprennent plus ?

— Tu ne sais donc pas, poursuivit la martre, que cette nuit est une nuit entre toutes les nuits ? Cela, je te le passe encore. Mais comment n'as-tu pas deviné, rien qu'à me voir tout à l'heure, que je suis une martre entre toutes les martres ?... Tu veux, résumons-nous, une fourrure, une fourrure née de toi, vivante avec ta peau, une fourrure pour courir, combattre, dormir au chaud ?

— Au chaud... répéta le soldat. Au chaud... ah! avoir chaud...

— Retourne-toi, commanda la martre. Et choisis.

Un poulain bourru, tout pétaradant, arrivait on ne sait d'où, sur ses muets sabots non ferrés. Il montra ses dents plates dans un sourire anglais et hennit au soldat :

— Tu veux une peau ? Prends ma peau, ma bonne peau. C'est solide, un peu raide, inusable, c'est une peau...

— Qui ne vaut pas la mienne, bêla une chèvre grise. Pauvre homme, né tout nu, prends ma peau de chèvre, au lieu d'écouter ce poulain mal peigné. N'est-ce pas ?

Elle loucha d'une manière assez démoniaque, et brouta, comme par mégarde, la *Semaine catholique* qui enveloppait une poignée de tabac.

— Il y a mieux, cria en fausset, de loin, l'ours laineux qui passait, au gré d'un flot clapotant, assis mollement sur un petit iceberg confortable. Je ne dis rien de plus : il y a mieux.

Le flot s'éloignait, et l'ours voguait comme un nuage énorme. Avant que le soldat eût pu répondre, une bête douce et sombre frôla sa jambe, et il se pencha vers une loutre de rivière, qui apportait avec elle l'odeur de la menthe des marais, du jonc fleuri et des roseaux. Elle se dressa debout, pour montrer mieux le velours ruisselant de sa robe, les perles de glace pendues à ses raides moustaches, et dit, légèrement enrouée par le brouillard des étangs :

— Tu me vois, toute mouillée, toute brodée de glace ? Touche-moi, et tu vas sentir, peu à peu, ma chaleur monter vers ta main, ma bonne chaleur égale, la chaleur de mon sang de loutre, bien défendu contre l'eau, la bise, le ruisseau qui charrie les glaçons... Tu la veux, dis, ma belle peau ?

Elle parlait encore, que sa voix fut couverte par les grattements, les reniflements, les bavardages étouffés d'une foule quadrupède, dont les dos multicolores moutonnaient sous la lune jusqu'aux collines d'argent, jusqu'au nuage en fuseau couché sous les plus basses étoiles :

— Et nous, et nous, nous les mille et mille lapins bleus, lapins noirs, lapins blancs et roux, nous les lapins sans malice, bien vêtus et mal coiffés ? Veux-tu, rude lapin, la fourrure d'un brave lapin ?

Ayant dit, tous à la fois, ils se turent, tous à la fois, par humilité devant celle qui approchait. Et le soldat ébloui crut que la lune elle-même lui rendait visite, lorsque la Chatte Blanche se posa, comme descend un flocon, sur sa couverture. Elle vibrait toute d'un ronron cristallin, et dans son poil se jouait le vague et pâle arc-en-ciel qu'emprisonnent les aigrettes de verre filé. Elle chanta comme une viole, en peu de mots, rythmés par de savants silences :

— La neige… le cygne… le nuage ourlé d'argent… la graine du chardon, voguant sur un souffle… la colombe et l'hermine, et le col de ta bien-aimée sous un ruban de velours noir… tout est moins blanc que moi. Je suis belle, dis ?

— Oh ! belle… murmura le soldat. Il lui parlait bas, et plein de crainte, comme à une femme.

Elle arrêta sur lui ses yeux verts qui ne clignaient pas, et il eut envie de toucher du doigt ses petites narines roses et régulières.

— Passe la main sur mon dos, poursuivit la Chatte. Un feu crépitant suit ta paume, – ainsi l'eau phosphorescente dessine les pas du promeneur, la nuit, sur une plage mouillée. Veux-tu que je roue comme un paon, non de plumes, mais d'étincelles ? Prends, pour ton plaisir, pour ton repos, prends, pour garder la vie de tes membres, prends, – car la nuit va finir, avec le charme – prends la robe de la Chatte Blanche…

Il souhaita la robe, et la Chatte elle-même, qu'il voulut princesse dans sa hutte, mais ses bras refermés n'étreignirent qu'une toison blanche, vide, chaude encore d'une présence miraculeuse…

Un coup de feu, sec et clair, éveilla le soldat endormi, qui reçut entre ses paupières étonnées le premier rayon horizontal et rouge de l'aurore d'hiver. Sur sa poitrine, sur ses joues, à la place de sa barbe blonde, une toison sans tache, micacée, une prodigieuse fourrure, la fourrure…

— Mais oui, se dit-il, *ma* fourrure. Celle que la Chatte Blanche m'a donnée.

Une salve plus proche le mit debout, la main sur son fusil. Fidèle encore à ses songes, fier de son pelage sans pareil, il se jeta dehors. Mais au premier pas il vit s'envoler, en duvet voltigeant, la neige qui, pendant les heures de la nuit, avait chu dans sa hutte mal close et couvert sa barbe.

— De la neige, seulement de la neige… murmura-t-il.

Et pourtant son jeune sang battait encore, magiquement réchauffé, comme bat le sang généreux des bêtes bien vêtues. Le canon, après la fusillade, recommença de compter les secondes d'une nouvelle journée de bataille, et le soldat, inconsciemment, enfla sa poitrine et ferma ses poings lourds, en soufflant comme l'ours. Un de ses compagnons, surgi de tous les souterrains de la plaine, tomba, et le soldat grinça des dents, avec un féroce sourire, comme la martre. Il prit son arme, s'élança d'un bond félin et sûr, et courut. Il avait si chaud qu'il eût voulu jeter, en courant, tous ses vêtements de laine misérable. Il courait, délivré de toute crainte, il courait, portant sur lui le cadeau de la nuit merveilleuse, sa nouvelle et sauvage bravoure, apportée par les bêtes de Noël.

Les chiens sanitaires

(Hiver 1913-1914.)

Le vent souffle de l'est, et la neige ne fond pas, sur les hauteurs de Meudon. Mais Nelly et Polo, « chiens sanitaires », sont au chaud sous leur rude chape de poil. Quand ils lèvent la tête vers le capitaine X…, on voit leur médaillon officiel, leur croix rouge de brancardiers.

… Un homme est dans le bois, couché sur la neige, un autre gît par là, très loin, au creux d'un fossé gelé. Il s'agit, pour les chiens, de les trouver et de les « signaler ».

— Allez, Nelly ! Allez, Polo !

Nelly est une doyenne, une chienne de berger allemande, alourdie par l'âge, blanche au museau. Elle fait son métier en vieille routière, elle « croise » sagement, ménageant ses forces, tandis que Polo, bouvier des Flandres, l'œil en or, fougueux et jeune, flaire le vent, s'agite, puis fonce droit devant lui…

Nelly, qui s'éloigne, est toute petite au milieu d'un pré, où son trot crève des miroirs de glace dont nous entendons le bris musical. Soudain elle s'arrête, penchée sur quelque chose que nous ne voyons pas, et rit de tout son corps : la queue fouette, les reins frétillent, nous devinons d'ici son sourire de renard aux lèvres relevées… Puis elle saute et disparaît dans un pli de terrain.

Mais déjà Polo revient, fauve sur la neige, au galop, un képi aux dents ; l'eau d'un ruisseau traversé gèle sur lui et colle ses poils, un glaçon coupant a fendu la peau de sa patte, mais il exulte, il ne sent ni le froid, ni le mal, il remet le képi, la « preuve » à son maître, et l'emmène vers l'homme gisant…

— Et Nelly ?… Ah ! la voilà !

La doyenne retraverse le même pré, franchit les mêmes flaques gelées ; à chaque saut, on voit danser son dos de louve engraissée…

— Mais… elle ne porte rien ? Elle n'a rien trouvé ? Oh ! Nelly !

L'honnête travailleuse ne couche pas les oreilles sous le blâme, et dépose dans la main du capitaine X… une petite croûte de fromage de gruyère. Car son homme, à elle, n'avait ni képi, ni mouchoir, et le museau habile, plongeant dans une poche de l'homme inerte, n'a trouvé que cette preuve, tentante mais sacrée, où les dents de Nelly ont à peine marqué.

Et malgré nos rires et ceux des « blessés » qui reviennent poudrés à frimas, chacun de nous songe probablement au jour où le jeu, la leçon seront la vérité sombre, où cent, où mille hommes couchés sentiront leur sang tiède se refroidir sur la neige – l'attente… la nuit qui vient… l'espoir de la bête intelligente, du brancardier à quatre pattes qui n'a jamais peur, qui n'est jamais fatigué, qui voit et flaire à travers l'ombre… L'attente… la vie qui s'en va – et soudain l'haleine canine, le museau frais, la langue amicale qui essuie ensemble le sang et les larmes de faiblesse – le secours, toute la chaude vie qui revient.

La paix des bêtes

Au front des armées, les bêtes sauvages partagent le sort de l'homme : les terriers tremblent, croulent et sautent, la branche foudroyée tombe avec l'oiseau qu'elle portait. Mais dans nos bois préservés, le gibier qu'on oublie se rassure et peut croire que la terre est revenue à l'innocence, et les bêtes goûtent enfin l'illusion de la paix.

Nulle parure de fleurs ou de feuilles n'adoucit encore leur domaine, ces beaux bois sévères qui environnent Paris, les forêts de Marly, de Saint-Germain, et les champs labourés où la perdrix n'ignore pas qu'elle est couleur de glèbe. Le bourgeon des chênes dort, et le soleil glisse sur l'argent soyeux des châtaigniers nus. Au-dessus du parc, un pêcher rose, un amandier blanc s'effeuillent de froid. En cherchant des violettes sous les feuilles sèches et sous l'herbe morte de l'an dernier, nous trouvons seulement des glands germés, rouges comme des cerises et qui lancent, hors de leur coque crevée, un délié, un tenace et vivant fil qui plonge, aveugle, intelligent, dans la terre humide… Il n'y a pas d'enfants cueilleurs d'anémones, ni de fagoteuses, et pourtant la forêt vivante crépite de pas légers, de claquements de becs, de cris printaniers, de battements d'éventail : voici sur nos têtes, à nos pieds, partout, les êtres qui n'ont pas cessé, malgré nous, d'espérer en nous.

Pour une trêve de quelques mois, quelle confiance ! Une mésange nous suit, nous dépasse, revient, nous parle. Pendant chacune de ses pauses, elle ouvre et ferme ses ailes, tout près de nos visages, par coquetterie, et ses yeux brillent sous sa petite coiffe de velours. Une colonie de pinsons ne fuit pas à notre approche, appelle interrogativement, dialogue, s'occupe de nous, et deux rouges-gorges s'échappent sans hâte des basses branches, courent sur le sol devant nous comme deux souris…

Un lapin, deux lapins, dix lapins !… Mais ce n'est pas la fuite éperdue des autres années, le derrière blanc aperçu et évanoui dans la même seconde. C'est seulement l'émoi, et surtout l'indécision : faut-il fuir ? faut-il rester ?… S'arrêter dans sa course, et regarder derrière soi, n'est-ce pas déjà une grande hardiesse, pour un petit lapin de garenne sans cervelle ? Le plus aventureux se tient debout, en kangourou. Il est couleur de froment mûr, et joint les oreilles. Il serre ses pattes de devant contre sa poitrine, humainement. Peut-être qu'il va crier : « Ah ! que vous m'avez fait peur ! » Peut-être qu'il va rire…

Au premier tournant de la route forestière, il faut, lorsque nous repartons, que la voiture s'arrête court, car ses roues ont bien failli écraser, rouges et or comme le soleil qui se couche, majestueux sous leur manteau à traîne pointue, ronds et cossus comme des bouquets de campagne, cinq faisans qui traversent la voie sans hâte, dédaigneux familiers, et qui semblent nous dire, sur le rythme de leur petit pas dandiné de poules grasses : « Vous êtes bien pressés… C'est notre tour. Attendez… atten-dez… at-ten-dez… »

À propos de l'auteure

Colette, de son vrai nom Sidonie-Gabrielle Colette, est née à Saint-Sauveur-en-Puisaye en 1873, et décède en 1954 à Paris.

Elle a commencé à publier ses écrits sous le nom de son mari, Willy. *Dialogues de bêtes* est le premier roman qu'elle fait paraître sous son propre nom, en 1905, mettant fin à son mariage.

Figure marquante de l'émancipation féminine autant que de l'amour des animaux, cette écrivaine qui a été promue grand officier de la Légion d'honneur est aussi la première femme à présider l'académie Goncourt, de 1949 à 1954.

Table

PAPIER CERTIFIÉ

Achevé d'imprimer par Bussière,
en avril 2025
N° d'imprimeur : 2084396
Dépôt légal : mai 2025

Imprimé en France